历代笔记小说大观

石林燕语 避暑录话

[宋] 叶梦得 撰

田松青 徐时仪 校点

图书在版编目(CIP)数据

石林燕语 避暑录话 / (宋)叶梦得撰;田松青 徐时仪校点.
—上海:上海古籍出版社,2012.12(2023.8 重印)
(历代笔记小说大观)
ISBN 978-7-5325-6332-6

Ⅰ.①石… ②避… Ⅱ.①叶… ②田… ③徐… Ⅲ.①笔
记小说-小说集-中国-宋代 Ⅳ.①I242.1

中国版本图书馆 CIP 数据核字(2012)第 044973 号

历代笔记小说大观

石林燕语 避暑录话

[宋]叶梦得 撰

田松青 徐时仪 校点

上海古籍出版社出版发行

(上海市闵行区号景路 159 弄 1-5 号 A 座 5F 邮政编码 201101)

(1)网址:www.guji.com.cn
(2)E-mail:guji1@guji.com.cn
(3)易文网网址:www.ewen.co

常熟文化印刷有限公司印刷

开本 635×965 1/16 印张 11.5 插页 2 字数 160,000
2012 年 12 月第 1 版 2023 年 8 月第 2 次印刷
印数:2,101—3,200
ISBN 978-7-5325-6332-6

I·2486 定价:28.00 元

如有质量问题,请与承印公司联系

总　目

石 林 燕 语

［宋］叶梦得　　撰
［宋］宇文绍奕　考异
　　田松青　　校点

校 点 说 明

　　《石林燕语》十卷,宋叶梦得撰。梦得(1077—1148),字少蕴,号石林居士,原籍吴县(今属江苏),居乌程(今浙江吴兴)。哲宗绍圣四年(1097)进士,徽宗朝累迁翰林学士,高宗朝官至户部尚书,绍兴初为江东安抚大使,拜崇信军节度使。学问博洽,精熟掌故,著述甚富,有《春秋传》二十卷、《春秋考》十六卷、《春秋谳》二十三卷、《石林奏议》十五卷、《石林燕语》十卷、《避暑录话》二卷等。

　　据书前自序,本书始撰于徽宗宣和五年(1123),作者隐退湖州时,高宗建炎二年(1128)令其子栋裒集为十卷,名为《石林燕语》。因作者历官神宗、哲宗、徽宗、钦宗、高宗五朝,谙熟朝廷典章制度,琐闻轶事,故书中所记北宋以来有关典章制度,颇足援据;所录人物逸事如"米芾拜石"之类,也十分广博,向为史家所重。因本书为作者晚年回忆之作,所记不免失实,故成书后有南宋人汪应辰《石林燕语辨》和宇文绍奕《石林燕语考异》二书为之纠谬补益。

　　本书陈振孙《直斋书录解题》著录为十卷,今有明刻本、商濬《稗海》本、《四库全书》本、《说郛》本、《儒学警悟》本等。此次校点,以《四库全书》本为底本,校以他书,凡底本有误,据校本改正,不出校记。《四库》本将宇文绍奕的《考异》分列于各条之下,考辨甚精,现亦一并收入。

目　　录

原　序

　　宣和五年，余既卜别馆于卞山之石林谷，稍远城市，不复更交世事，故人亲戚时时相过周旋。嵁岩之下，无与为娱，纵谈所及，多故实旧闻，或古今嘉言善行，皆少日所传于长老名流，及出入中朝身所践更者；下至田夫野老之言，与夫滑稽谐谑之辞，时以抵掌一笑。穷谷无事，偶遇笔札，随辄书之。建炎二年，避乱缙云归。兵火荡析之余，井闾湮废，前日之客死亡转徙略相半，而余亦老矣。洊罹变故，志意销铄，平日所见闻，日以废忘，因令栋更衰集为十卷，以《石林燕语》名之。其言先后本无伦次，不复更整齐。孔子语虞仲、夷逸曰："隐居放言。"而公明贾论公叔文子曰："夫子时然后言，人不厌其言。"子曰："然。"夫言不言，吾何敢议？抑谓初无意于言而言，则虽未免有言，以余为未尝言可也。八月望日，石林山人序。

卷一

太祖皇帝微时,尝被酒入南京高辛庙,香案有竹杯筊,因取以占己之名位。以一俯一仰为圣筊。自小校而上至节度使,一一掷之,皆不应。忽曰:"过是则为天子乎?"一掷而得圣筊。天命岂不素定矣哉!晏元献为留守,题庙中诗,所谓"庚庚大横兆,謦欬如有闻",盖记是也。

太祖英武大度,初取僭伪诸国,皆无甚难之意。将伐蜀,命建第五百间于右掖门之前,下临汴水,曰:"吾闻孟昶族属多,无使有不足。"昶既俘,即以赐之。召李煜入朝,复命作礼贤宅于州南,略与昶等。尝亲幸视役,以煜江南嘉山水,令大作园池,导惠民河水注之。会煜称疾,钱俶先请觐,即以赐俶。二居壮丽,制度略侔宫室。是时,诸国皆如在掌握间矣。昶居后为尚书都省,俶居至钱思公惟演,亦归有司,以为冀公宫锡庆院,今太学其故地也。

《考异》:礼贤宅在京城南,钱俶入觐太祖,以此馆之。至太宗初,俶纳土始赐焉,非俶先请觐即赐也。钱思公与诸弟乞归之有司,非思公独请也。

汉凡王宫,皆曰"禁中";后以元后父名禁,遂改"禁"为"省"。唐以前,天子之命通称"诏",武后名"照",遂改"诏"为"制"。肃、代后,集贤院有待制之名,即汉东方朔之徒所谓"待诏金马门"者也。京师大内,梁氏建国,止以为建昌宫,本唐宣武节度治所,未暇增大也。后唐庄宗迁洛,复废以为宣武军。晋天福中,因高祖临幸,更号大宁宫,今新城是也。其增展外罗城,盖周世宗始为之。

《考异》:汉制度云:帝之下书有四:一曰策书,二曰制书,三曰诏,四曰戒敕。此云天子之命通称"诏书",非也。唐永徽中,命弘文馆学士一人日待制于武德殿西门,则待制名非始于肃、代以后也。明皇置翰林院,延文章之士至术数之士皆处之,谓之"待诏"。即待诏之名,初不改也。

太祖建隆初，以大内制度草创，乃诏图洛阳宫殿，展皇城东北隅，以铁骑都尉李怀义与中贵人董役，按图营建。初命怀义等，凡诸门与殿须相望，无得辄差，故垂拱、福宁、柔仪、清居四殿正重，而左右掖与升龙、银台等诸门皆然，惟大庆殿与端门少差尔。宫成，太祖坐福宁寝殿，令辟门前后，召近臣入观。谕曰："我心端直正如此，有少偏曲处，汝曹必见之矣！"群臣皆再拜。后虽尝经火屡修，率不敢易其故处矣。

太宗即位，尊孝章皇后为开宝皇后，移居东宫，而不建名。真宗尊明德太后，始名所居殿曰"嘉庆"。后中书门下请为皇太后建宫立名，于是诏筑宫曰"万安"。明肃太后既临朝，不筑宫，止名所居殿曰"会庆"。明肃上仙，遗诏进太妃杨氏为皇太后，乃名所居为"保庆"，号保庆太后。迄治平，慈圣宫曰"慈寿"，元祐宣仁宫曰"崇庆"，建中钦圣宫曰"慈德"，皆遵用万安故事也。崇宁初，元符太后宫称"崇恩"，盖进太后故礼加于开宝云。

崇政殿即旧讲武殿，惟国忌前一日，及军头司引见，呈试武艺人。吏部引改官人，即常朝退，少顷，以衫帽再坐。忌前则服澹黄衫皂带，自延和殿出，降阶由庭中步至，不乘辇；遇雨，然后行西廊。皆祖宗之旧也。从官独二史得入侍。旧制不甚大。崇宁初，始徙向后数十步，因增旧制，发旧基，正中得玉斧，大七八寸，玉色如截肪，两旁碾波涛戏龙，文如屈发，制作极工妙。余为左史时每见之。盖古殿其下必有宝器为之镇。今乘舆行幸，最近驾前所持玉斧是也。

东华门直北有东向门，西与内东门相直，俗谓之谹门，而无榜。张平子《东京赋》所谓"谹门曲榭"者也。薛综注："谹，曲屈斜行，依城池为道。"《集韵》："谹字或作荭。"以为宫室相连之称。今循东华门墙而北转，东面为北门，亦可谓斜行依墙矣。凡宫禁之言，相承必皆有自也。

启圣禅院，太宗降诞之地，太平兴国中既建为寺，以奉太宗神御。太祖降诞于西京山子营，久失其处。真宗朝尝遣人访之。或以骁胜营旁马厩隙地有二冈隐起为是。复即其地建应天禅院，以奉太祖。天圣中，明肃欲置真宗神御其间，而难于遗太宗，因以殿后斋宫并置二殿，曰"三圣殿"。庆历中，始名太祖殿曰"兴先"，太宗曰"帝华"，真宗曰"昭考"。

《考异》：昭考，当作"昭孝"。

琼林苑、金明池、宜春苑、玉津园，谓之四园。琼林苑，乾德中置。太平兴国中，复凿金明池于苑北，导金水河水注之，以教神卫虎翼水军习舟楫，因为水嬉。宜春苑本秦悼王园，因以皇城宜春旧苑为富国仓，遂迁于此。玉津园则五代之旧也。今惟琼林、金明最盛。岁以二月开，命士庶纵观，谓之"开池"。至上巳，车驾临幸毕，即闭。岁赐二府从官燕，及进士闻喜燕，皆在其间。金明，水战不复习，而诸军犹为鬼神戏，谓之"旱教"。玉津半以种麦，每仲夏，驾幸观刈麦。自仁宗后，亦不复讲矣，惟契丹赐射为故事。宜春俗但称庶人园，以秦王故也，荒废殆不复治。祖宗不崇园池之观，前代未有也。

太祖尝问赵中令："礼何以男子跪拜，而妇人不跪？"赵不能对。询遍礼官，皆无知者。王贻孙，祁公溥之子也，为言古诗"长跪问故夫"，即妇人亦跪也。则天时，妇人始拜而不跪，因以大和中张建章《渤海国记》所载为证。赵大赏。天圣初，明肃太后垂帘，欲被衮冕，亲祠南郊，大臣争莫能得。薛简肃公问："即服衮冕，陛下当为男子拜乎？妇人拜乎？"议遂格。礼九拜，虽男子亦不跪，贻孙之言盖陋矣。简肃亦适幸其言偶中，使当时有以贻孙所陈密启者，则亦无及矣。然天下至今服简肃之抗论也。

母后加谥自东汉始。本朝后谥，初止二字。明道中，以章献明肃尝临朝，特加四字。至元丰中，庆寿太皇太后上仙，章子厚为谥议请于朝，诏以太后功德盛大，四字犹惧未尽，始仍故事，遂谥"慈圣光献"。自是"宣仁圣烈"与"钦圣宪肃"皆四字云。

《考异》：始仍故事，当作姑仍故事。诏云：今以四字为谥，大惧未足形容万一，姑循故事而已，宜以四字定谥。

熙宁末年旱，诏议改元。执政初拟"大成"，神宗曰："不可！'成'字于文，一人负戈。"继又拟"丰亨"，复曰："不可！'亨'字为子不成，惟'丰'字可用。"改元丰。

范鲁公质、王祁公溥皆周朝旧相。太祖受禅时，质年四十四，溥四十二，在位俱二年。质罢八年薨，溥二十年薨。雍容禅代之际，疑间不生，虽二人各有贤德，然太祖保全大臣，亦前代所未有也。质性本卞急，好面折人过，然以廉介自居，未尝营生事，四方馈献皆不纳。太宗尝论前宰相，以质循规矩、慎名器、持廉节为称。溥宽厚，喜荐导后进。罢相时，其父尚无恙，犹常执子弟之礼不废。贻永尚太宗女，乃其子也。

张伯玉皇祐间为侍御史，时陈恭公当国。伯玉首言天下未治，未得真相故也，由是忤恭公。仁宗时眷恭公厚，不得已出伯玉知太平州，然亦惜其去，密使小黄门谕旨劳之，曰："闻卿贫，无虑，朕当为卿治装。"翌日，中旨三司赐钱五万，恭公犹执以为无例。上曰："吾业已许之矣。"卒赐之。祖宗爱惜财用如此，又见所以奖励言官之意也。

明肃太后上徽号初，欲御天安殿，即今大庆殿也。王沂公争之，乃改御文德殿。元祐初，宣仁太后受册，有司援文德故事为请，宣仁不许，令学士院降诏。苏子瞻当制，颇斥天圣之制，犹以御文德为非是。既进本，宣仁批出曰："如此是彰先姑之失，可别作一意，但言吾德薄，不敢比方前人。"闻者无不畏服。是岁，册礼止御崇政殿。

《考异》：按子瞻草诏云："矧予凉薄，常慕谦虚，岂敢躬御治朝自同先后。处之无过之地，乃是爱君之深。"内批"常慕"字以下二十六字，旨意稍涉今是，不免有昔非之议，可叙述太皇太后硕德，实不及章献，不敢必依章献御文德殿故事，宜三省改此意进入。

韩魏公为英宗山陵使。是时，两宫尝为近侍奸人所间。一日侵夜，忽有中使持帘帷御封至，魏公持之久不发，忽自起赴烛焚之。使者惊恳曰："有事当别论奏，安可辄焚御笔？"公曰："此某事，非使人之罪也，归但以此奏知。"卒焚之。有顷，外传有中使再至，公亟出迎问故。曰："得旨追前使人，取御封。"公曰："不发，焚之矣。"二使归报，慈圣太后叹息曰："韩琦终见事远，有断。"

《考异》：英宗，当作仁宗。

大辽国信书式，前称月日，大宋皇帝谨致书于大辽国徽号皇帝阙下，入辞，次具使副全衔，称今差某官充某事国信使副，有少礼物，具诸别幅,奉书陈贺不宣,谨白,其辞率不过八句。回书其前式同,后具所来使衔,称今某官等回,专奉书陈谢不宣,谨白。不具副使衔,辞亦不过八句。元祐间,宣仁太后临朝,别遣太后使副以皇帝书达意,式皆如前,但云"今差某官充太皇太后某使"尔。贺书亦如之。

元祐垂帘,吕司空晦叔当国。元日,欲率群臣以天圣故事,请太后同御殿,行庆会称贺之礼。宣仁谦避不从,止令候皇帝御殿礼毕,百官内东门拜表而已。苏子容当制,作手诏云:"顾惟菲凉,岂敢比隆于先后?其在典法,亦当几合于前规。"是岁,进《春帖子》,其一篇云:"上寿春朝近外廷,诏恩不许会公卿。即时二史书谦德,只使群官进姓名。"

国朝典礼,初循用唐《开元礼》,旧书一百五十卷。太祖开宝中,始命刘温叟、卢多逊、扈蒙三人,补缉遗逸,通以今事,为《开宝通礼》二百卷,又《义纂》一百卷,以发明其旨;且依《开元礼》,设科取士。嘉祐初,欧阳文忠公知太常礼院,复请续编,以姚辟、苏洵掌其事,为《太常因革礼》一百卷,议者病其太简。元丰中,苏子容复议,以《开宝通礼》及近岁详定礼文,分有司、仪注、沿革为三门,为《元丰新礼》,不及行。至大观中始修之,郑达夫主其事。然时无知礼旧人,书成颇多抵牾,后亦废。

士大夫家庙,自唐以后不复讲。庆历元年郊祀赦,听文武官皆立庙,然朝廷未尝讨论立为制度,无所遵守,故久之不克行。皇祐二年,初祀明堂,宋莒公为相,乃始请下礼官定议。于是请平章事以上立四庙,东宫少保以上立三庙,而其详皆不尽见。文潞公为平章事,首请立庙于洛,终无所考据,不敢轻作。至和初知长安,因得唐杜佑旧庙于曲江,犹是当时旧制,一堂四室,旁为两翼。嘉祐初,遂仿为之。两庑之前,又加以门,以其东庑藏祭器,西庑藏家牒。祊在中门之右,省牲展馔涤濯等在中门之左。别为外门,置庖厨于中门外之东南。堂中分四室,用晋荀安昌公故事,作神板而不为主。唐周元阳《祀录》以元日、寒食、秋分、冬夏至为四时祭之节。前祭皆一日致斋,在洛则以是祭,或在他处则奉神板自随,仿古诸侯载迁主之义。公元丰间始致仕归洛,前此在洛无几,则庙不免犹虚设,乃知古今异制,终不可尽行也。

父没称"皇考",于《礼》本无见。《王制》言:天子五庙,曰考庙、王考庙、皇考庙、显考庙、祖考庙。则皇考者,曾祖之称也。自屈原《离骚》称"朕皇考曰伯庸",则以皇考为父。故晋司马机为《燕王告祔庙文》,称"敢昭告于皇考清惠亭侯",后世遂因不改。汉议宣帝父称,蔡义初请谥为悼,曰悼太子,魏相以为宜称尊号曰皇考。则皇考乃尊号之称,非后世所得通用。然沿习已久,虽儒者亦不能自异也。

　　《考异》:《曲礼》祭父曰皇考,此云父没称皇考,于《礼》本无见非也。

治平中,议濮安懿王称号,学士王禹玉、中丞吕献可、谏官范景仁、司马君实等皆谓宜称皇伯,此固显然不可。欧阳永叔为参政,尤诋之。五代史书追尊皇伯宗儒为宋州刺史,所以深著其说。然遂欲称考,则不免有两统贰父之嫌,故议者纷然久不决。慈圣光献太后内出手诏,令称"亲"。当时言官亦力争而止,以诸侯入继,古未有也。自汉宣帝以来始见之。魏相以为宜称皇考,此固亡乎《礼》之礼,而哀帝称定陶王为恭皇,安帝称清河王为孝德皇,则甚矣。礼以王以皇以显冠考,犹是尊称,若举谥而加皇,乃帝号,既不足辨父子,子而爵父,此正礼之所禁也。曾子固尝著议,以为父没之通称,施于为人后之义为无嫌,此盖附永叔之意。当时群议既不决,故仍旧,但称濮安懿王,盖难之也。

　　《考异》:时吕献可为御史知杂,范景仁为翰林学士,此云吕中丞、范谏官,非也。曾子固谓皇考一名,而为说有三:如《礼》之皇考,则曾祖也;汉宣帝父称尊号曰皇考,则加考以皇号也;屈原称"皇考曰伯庸"之类,则父没之通称也。且言有可有不可者,其剖析甚详,而以悼园称皇立庙为非。今三说中专举其"父没之通称"之一句,以为附永叔之意,亦未尽也。若谓皇乃帝号,则或曰皇考,或举谥而加皇,苟以为不可,则一也,岂得执一以为亡礼乎!既以濮议称皇伯为显然不可,又以称考为有两统贰父之嫌,然则当何称乎?欧阳公尝辨贰父则有之,而非两统也。然则两统或可以言嫌,而贰父亦谓之嫌,非也。

皇祐、治平，天下财赋岁入皆一亿万以上，岁费亦一亿万以上，出入略相当。景德官一万余员，皇祐、治平加二万余员，景德郊费六百万，皇祐、治平加一千万以上，二者皆倍于景德。元丰中，曾子固尝请欲推考所从来，悉为裁损，使岁入如皇祐、治平，而禄吏奉郊之费同景德，止二者所省已半。以类推之，岁入以亿万为率，岁但省三之一，则三十年当有九亿万，遂可以为十五年之蓄。议格不行。此虽论其大约，未必尽然，要之言节用，似当略仿此，可以得实效，愈于毛举目前琐碎，徒为裁减之名，而讫不能行也。

仁宗庆历初，尝诏儒臣检讨唐故事，日进五条，数谕近臣，以为有补，其后久废。元祐间，苏子容为承旨，在经筵复请如故事。史官学士采新旧《唐书》诸帝所行，及群臣献纳，日进数事，因诏讲读。官遇不讲日，各进汉、唐故实二事，子容仍于逐事后略论得失大旨，当时遂以为例。濮议，廷臣既皆欲止称皇伯，欧阳文忠力诋以为不然，因引《仪礼》及《五服敕》云："为人后者，为其父母服。"则是虽出继，而其本生犹称父母也，是以汉宣帝、光武皆尊其父称皇考。时未有难之者。惟司马君实在谏院独疏之云："为人后而言父母，此因服立文；舍父母则无以为称，非谓其得称父母也。此殆政府欲欺罔天下之人，以为皆不识文理。若宣帝承昭帝之后，以孙继祖则无嫌，故可尊其父为皇考，而不敢尊其祖为皇祖。光武起布衣，虽名中兴，与创业同，使自立七庙犹不为过，况但止称皇考。今上为仁宗子，而称濮王为皇考，则置仁宗何地乎？"文忠得此，亦无以夺之。谓称皇伯不然，君实虽辩之力，然无据依，亦终不能夺文忠也。

《考异》：按两制等议，谓礼律为父母报云者，势当然不可，云为叔伯报也。赵大观又引"去妇出母"为证，则当时论难非独温公，而此云未有能难之者，惟司马君实云云，非也。既云文忠得此，亦无以夺之，又云君实终不能夺文忠也，则二者孰是？况二公各持其论，终未尝少屈乎？

故事：宰相食邑满万户，始开国。贾文元罢相，知北京，未满万户。以出师佐平贝州功，特封安国公，其后以武胜军节度使入为祥源观使，留京师，请还节。仁宗特置观文殿大学士宠之。观文有大学士，自文元始。苏子容挽辞所谓"大邦开国赏元勋，秘殿升班宠旧臣"是也。

故事：台官皆御史中丞知杂与翰林学士互举，其资任须中行员外郎以下，太常博士以上，曾任通判。人未历通判，非特旨不荐，仍为里行，此唐马周故事也。议者颇病太拘，难于应格。熙宁初，司马君实为中司，已请稍变旧制；及吕晦叔继为中司，遂荐张戬、王子韶，二人皆京官也。既而王荆公骤用李资深，以秀州军事判官特除太子中允，权监察御史里行。命下，宋次道当制，封还词头；已而次命李才元、苏子容，皆不奉诏，盖谓旋除中允而命，犹自选人而除也。三人皆谪，卒用资深。近岁有差遣，合用京官，特改官而除者，自资深始也。

国朝经筵讲读官旧皆坐，乾兴后始立。盖仁宗时年尚幼，坐读不相闻，故起立欲其近尔，后遂为故事。熙宁初，吕申公、王荆公为翰林学士，吴冲卿知谏院，皆兼侍讲，始建议：以为《六经》言先王之道，讲者当赐坐，因请复行故事，下太常礼院详定。当时韩持国、刁景纯、胡宇夫为判院，是申公等言。苏子容、龚鼎臣、周孟阳及礼官王汾、刘攽、韩忠彦，以为讲读官曰侍，盖侍天子，非师道也。且讲读官一等，侍读仍班侍讲上，今侍讲坐而侍读立，不应为二，申公等议遂格。今讲读官初入，皆坐赐茶，唯当讲，官起就案立，讲毕复就坐，赐汤而退。侍读亦如之，盖乾兴之制也。

邢昺自翰林侍讲学士以工部尚书知曹州，仍旧职。翰林侍讲学士外除，自昺始。张文节公知白求罢参知政事，以刑部侍郎充翰林侍读学士，知天雄军。翰林侍读学士外除，自知白始。昺班翰林学士上，从其官也。

卷二

《周官》"坐而论道谓之王公"者，非人臣也。王乃天子，公五等诸侯，自三公而下皆卿大夫尔。古者以六卿兼三公，通谓之"卿"。唐制，宰相对正衙，皆立而不奏事，开延英奏事始得坐，非尊之也，盖以其论事难于久立。本朝范鲁公为相，当禅代之际，务从谦畏，始请皆立；则今经筵官初皆得坐者，非以其师尊之，亦以讲读难久立故也。太祖开宝中，召王昭素讲便殿，太宗端拱中幸国子监，召学官李觉讲，皆赐坐。此出一时特恩，非讲官例也。

《考异》：《周官》以太师、太傅、太保为三公，论道经邦，则坐而论道，非谓五等诸侯也。五等诸侯岂得云非人臣乎？《周官》孤卿大夫与三公皆不同，岂得云三公而下皆卿大夫乎？三公不必备，何必以卿兼公而通谓之"卿"乎？周公位冢宰，乃公兼卿也。开宝中，乃开宝元年；端拱中，亦端拱元年。

应天府艺祖肇基之地，祥符七年，始建为南京，诏即衙城为大内，正殿以"归德"为名。当时虽降图营建，而实未尝行。天禧中，王沂公为守，始请减省旧制，别为图以进，亦但报闻。其后夏文庄、韩忠献、张文定相继为守，有请仅能修祥辉、崇礼二门而已。元丰间，苏子容自南京被召还朝，复以为言，但请以沂公奏先修归德一殿，约为屋百间，神宗亦未暇也。至今惟正门以真宗东封回，尝驻跸、赐赦、观酺，赐名重熙颁庆楼。犹是双门，未尝改作，内中唯有御制诗碑亭二，余为守时已将倾颓，其中榛莽，殆不可入也。

元丰官制行，王禹玉为左仆射，蔡持正为右仆射，新省成，即都堂礼上，郎中、员外郎迎于门外。仆射拜厅讫，升厅，各判祥瑞案三道，学士、两省官贺于厅上，中丞、尚书以下百官班于庭下，东西向。仆射降阶就褥位，直省官赞揖；台吏引中丞出班，北向致辞贺，复位；直省吏赞拜，仆射答拜；退即尚书省燕，侍郎、给舍以上，及中丞、学士皆与。时有司定仪制以闻，禹玉等拜辞，神宗以官名始正，特行之。自后为相者，初正谢即辞，例从之，故惟此一举而已。

元丰官制行，吴雍以左司郎中出为河北都转运使。是时，神宗方经营北虏，有巡幸之意，密以委雍，乃除直龙图阁。都司除职自此始。其后，文及甫自吏部员外郎出知陕府，潞公在洛便养为请，欲以示优礼，亦除直龙图阁。郎官除职，自此始，皆非常例也。故自是郎官出入，皆未有得职者。至元祐间，范子奇自左司郎中除河北转运使，范纯粹自右司郎中除京东转运，皆除直龙图阁，用吴雍例也。

元丰五年，官制初行，新省犹未就，仆丞并六曹寓治于旧三司。司农寺、尚书省及三司使廨舍，七月成，始迁入。新省揭榜曰"文昌府"，前为都省令厅，在中，仆射厅分左右，凡为屋一千五百八十间有奇。六曹列于后，东西向，为屋四百二十间有奇。凡二千五百二十间有奇，合四千一百间有奇。时首拜王禹玉、蔡持正为相，至元祐、绍圣间，二人皆贬。其后追治元祐党人，吕申公、司马温公、吕汲公、范忠宣、刘莘老皆贬，免者惟苏公一人而已。故言阴阳者，皆谓凡居室以后为重，今仆射厅不当在六曹前。使言于是，都官员外郎家安国自言得唐都省图，六曹在前，持献请迁。遂迁旧七寺监，移建如唐制。既那其地步，欲速成，将作少监李诫总其事，杀其间数，工亦灭裂，余为祠曹郎，尚及居之。议者惜其壮丽不逮前也。

契丹既修兄弟之好，仁宗初，隆绪在位，于仁宗为伯。故明肃太后临朝，生辰正旦，契丹皆遣使致书太后，本朝亦遣使报之，犹娣妇通书于伯母，无嫌也。至和二年，宗真卒，洪基嗣位，宗真妻临朝，则仁宗之弟妇也，与隆绪时异。众议：每遣使但致书洪基，使专达礼意，其报亦如之，最为得体。元祐初，宣仁临朝，洪基亦英宗之弟，因用至和故事。

礼逮事父母，则讳王父母；不逮事父母，则不讳王父母。郑氏以逮为及识，当是有知之称。旧法：祖父母私忌不为假，元丰编敕修《假宁令》，于父母私忌假下，添入逮事祖父母者准此，意谓生时祖父母尚存云尔。然不当言逮事，盖误用礼之文也。原为此法者，谓生而祖父母死，则为不假，存则为假，所以别于父母也。若谓逮事为及见之辞，则礼云不逮父母者，今遗腹子固有不及见父者矣，而母则安有不及见者乎？法初行，安厚卿为枢密，适祖母忌。祖母没时，厚卿才二岁，疑而以问礼部郎官何洵直。洵直虽知法官之误，因欲迁就其说，引"子生三月而父名之"，以为天时一变为有识，欲以三月为限断。过矣！今士大夫凡生，而祖父母存者，皆告假，从立法者之意也。

　　唐以宣政殿为前殿，谓之正衙，即古之内朝也。以紫宸殿为便殿，谓之上阁，即古之燕朝也，而外别有含元殿。古者，天子三朝：外朝、内朝、燕朝。外朝在王宫库门外，有非常之事，以询万民于宫中。内朝在路门外，燕朝在路门内。盖内朝以见群臣，或谓之路朝；燕朝以听政，犹今之奏事，或谓之燕寝。郑氏《小宗伯》注，以汉司徒府有天子以下大会殿。为周之外朝，而萧何造未央宫言前殿，则宜有后殿。大会殿设于司徒府，则为外朝；而宫中有前后殿，为内朝、燕朝，盖去周犹未远也。唐含元殿，宜如汉之大会殿，宣政、紫宸乃前后殿，其沿习有自来矣。方其盛时，宣政盖常朝，日见群臣，遇朔望陵寝荐食，然后御紫宸；旋传宣唤仗入阁，宰相押之，由阁门进，百官随之入，谓之"唤仗入阁"。紫宸殿言"阁"，犹古之言"寝"，此御朝之常制也。中世乱离，宣政不复御正衙，立仗之礼遂废，惟以只日常朝，御紫宸而不设仗。敬宗始复修之，因以朔望陈仗紫宸以为盛礼，亦谓之"入阁"，误矣。

　　唐正衙日见群臣，百官皆在，谓之"常参"；唤仗入阁，百官亦随以入，则唐制天子未尝不日见百官也。其后不御正衙，紫宸所见惟大臣及内诸司。百官俟朝于正衙者，传闻不坐即退，则百官无复见天子矣。敬宗再举入阁礼之后，百官复存朔望两朝，至五代又废。故后唐明宗始诏群臣，每五日一随宰相入见，谓之"起居"。时李琪为中丞，以为非礼，请复朔望入阁之礼。明宗曰："五日起居，吾思见群臣，不可罢，朔望入阁可复。"遂以五日群臣一入见中兴便殿为起居；朔望天子一出御文明前殿为入阁，迄本朝不改。元丰官制行，始诏侍从官而上，日朝垂拱，谓之"常参官"；百司朝官以上，每五日一朝紫宸，为"六参官"；在京朝官以上，朔望一朝紫宸，为"朔参官"。遂为定制。

　　古者天子之居，总言宫而不名，其别名皆曰堂，明堂是也。故《诗》言"自堂徂基"，而《礼》言"天子之堂"。初未有称殿者，《秦始皇纪》言作阿房、甘泉前殿，《萧何传》言作未央前殿，其名始见。而阿房、甘泉、未央亦以名宫，疑皆起于秦时。然秦制独天子称陛下。汉有鲁灵光殿，而司马仲达称曹操、范缜称竟陵王子良皆曰"殿下"，则诸侯王汉以来皆通称殿下矣。至唐初制令，惟皇太后、皇后，百官上疏称殿下，至今循用之，盖自唐始也。其制设吻者为殿，无吻不为殿矣。

本朝未定六参之制，百官日俟朝于前殿者。便殿初引班，常以四色官一人，立垂拱门外，亢声唱。前殿不坐，及宰相便殿奏事毕，即复出，押百官虚拜于前殿庭下而散。其宰相遇奏事日高，皆不复押，亦百官以序自拜于陛下而出。韩魏公为相，在位久，遂更不押班。王乐道为中丞，力击之以为不臣，其言虽过，然当时议者犹以无故不押班为非礼。故司马君实代乐道，以辰时二刻前朝，退则押班，过则免，遂以为例。

前世常患加役流法太重，官有监驱之劳，而配隶者有道路奔亡困踣之患。苏子容元丰中建议，请依古置圜土，取当流者治罪讫，髡首钳足，昼夜居作，夜则置之圜土，满三岁而后释。未满岁而遇赦者不原。既释，仍送本乡，讥察出入；又三岁不犯，乃听自如。崇宁中，蔡鲁公始行之，人不以为善也。

集贤院学士，故事，初不分高下，但以为名而品秩自从其官。故吴正肃公以前执政，资政殿大学士刘原甫以从官翰林侍读学士，皆以疾换授，盖不为要职也。然在学士之列，视待制则为优，故元厚之以天章阁待制知南京。仁宗即位，亦特换授，是岁迁龙图阁直学士，知广州。苏子容罢知制诰，知亳州；再遇赦，遂复此职。尝请别其品秩，不报，故其谢表云："惟丽正图书之府，盛开元礼乐之司。在外馆之地则为闲，正学士之名则已重。先朝著令，或自二府公台而践更；近例迁官，皆由两省丞郎而兼领。"又云："惟其恩数之优，当有官仪之别，亦尝自言于公府，岂敢取必于金谐？"

《考异》：集贤院学士钱若水、陈恕、郭贽，皆自前执政除，非独吴正肃也。吕祐之、吕文仲、李维、盛度皆自翰林学士，晁迥自翰林学士承旨除，非独刘原甫也。李行简自龙图阁待制除，非独元厚之也。又有自集贤院学士除待制者陈升之、李大临、陈绎、曾布、邓绾、沈括、丰稷，皆是。其除龙图阁直学士者，陈尧咨、任布、任中师、魏瓘、吕居简、李东之、李参、孙长卿、吕溱、宋敏求皆是，亦非独元厚之也。邓绾自御史中丞得罪，元丰元年正月，复除龙图阁待制，言者以为超越，乃改集贤院学士。七月复除待制，则是时集贤院学士次于待制矣。苏子容罢知制诰，岁余会恩知婺州、亳州，入勾当三班院，加集贤院学士。此云罢知制诰而知亳州，再遇赦遂复此职，非也。

国朝讲读官初未有定制，太宗始命吕文仲为侍读，继而加翰林侍读，寓直于御书院。文仲官著作佐郎，但如其本官班而已。真宗初即位，杨文庄公徽之为枢密直学士，以老求罢。徽之尝为东宫官，乃特置翰林侍读学士以命之，并授文仲、夏侯峤三人。又以邢昺为翰林侍讲学士，始升其班次，翰林学士禄赐并与之同。设直庐于秘阁，侍读更直，侍讲长上。

讲读官自杨文庄等，后冯元、鲁宗道皆以龙图阁直学士兼侍读，高若讷以天章阁待制兼侍读，皆不加翰林及学士之名。读官初无定职，但从讲官入侍而已。宋宣献、夏文庄为侍读学士，始请日读《唐书》一传，仍参释义理，后遂为定制。

《考异》：冯元、鲁宗道皆兼侍讲。此云侍读，非也。

唐有翰林侍书学士，柳公权尝为之。太祖平蜀，王著，蜀人，善书，为赵州隆平县主簿。或荐其能书，召为卫尉寺丞、史馆祗候，使详定《急就章》等，后遂以为翰林侍书，而不加学士之名，盖惜之也。自著后，不复除人。著后官亦不显。有翰林学士王著者，自别一人，非此人也。

王君玉琪为馆阁校勘，晏元献以前执政留守南京，辟为签书留守判官公事，诏特令带旧职，从之。馆职外除，自君玉始。

神宗初，欲为《韩魏公神道碑》。王禹玉为学士，密诏禹玉具故事有无。禹玉以唐太宗作《魏徵碑》，高宗作《李勣碑》，明皇作《张说碑》，德宗作《段秀实碑》，及本朝太宗作《赵普碑》，仁宗作《李用和碑》六事以闻，于是御制碑赐魏公家。或云：即禹玉之辞也。

　　唐制：门下省有弘文馆，中书省有集贤殿书院，皆以藏图书。弘文馆即修文馆也。武德初置，设生徒，使习书，选京官五品以上为学士，六品以上为直学士，及使他官领直馆。武后垂拱后，以宰相兼领馆务。中宗景龙中置大学士，至开元初，乾元殿写四部书置乾元院，后改丽正修书院，又改集贤，直学士等官，略如弘文。自是宰相皆带弘文、集贤大学士，遂为故事。

　　梁迁都汴，贞明中始于右长庆门东北，设屋十余间，谓之三馆，盖昭文、集贤、史馆也。初极卑隘。太宗太平兴国中，更命于左升龙门里，旧车辂院地改作，置集贤书于东庑，昭文书于西庑，史馆书于南庑，赐名崇文院，犹未有秘书省也。端拱中，始分三馆，书万余卷，别为秘阁，命李至兼秘书监，宋泌兼直阁，杜镐兼校理。三馆与秘阁始合为一，故谓之馆阁，然皆但有书库而已。元丰官制行，遂改为秘书省。

　　唐贞观初，始置史馆于门下省，以他官兼领，秩卑者以为直馆，宰相莅修撰。开元中，李林甫为监修国史，始迁于中书省。复置史馆修撰，迄五代，遂为故事。本朝乾德初，首以赵韩王监修国史，修撰之外复有编修、校勘、勘书。校勘、编修随时创制不一，旧但以书库吏抄录报状论次，其后遂命进奏院及诸司，凡诏令等皆关送。开宝后，命中书枢密皆书《时政记》，以授史官。淳化中，张秘请别置起居院，为左右史之职，以梁周翰、李宗谔为之。凡长春崇德殿宣谕陈列事，中书以《时政记》记之，枢密院则本院记之，其余百司封拜除授，沿革制置等事，皆悉记录，月终送史馆；而起居郎、舍人分直崇政殿，别记言动为《起居注》。元丰官制行，左右史所书如旧，各为厅于两后省，史馆归之。著作局、国史院有故，则置假左散骑常侍厅为之，而后始以宰相监修。

　　梁改枢密院为崇政院，因置直崇政院。唐庄宗复旧名，遂改为枢密院直学士。至明宗时，安重诲为枢密使。明宗既不知书，而重诲又武人，故孔循始议置端明殿学士二人，专备顾问，以冯道、赵凤为之，班翰林学士上，盖枢密院职事官也。本朝枢密院官既备，学士之职浸废，然犹会食枢密使厅。每文德殿视朝，则升殿侍立，亦不多除人。

官制行，乃与学士皆为职名，为直学士之冠，不隶枢密院。升殿侍立，为枢密都承旨之任。每吏部尚书补外，除龙图阁学士，户部以下五曹，则除枢密直学士，相呼谓之密学。

元昊请和，欧公具当时议论有三：一曰天下困矣，不和则不能支，少屈就之，可以纾患；一曰羌夷险诈，虽和而不敢罢兵，则与不和无异，是空包屈就之羞，全无纾患之实；一曰自屈志讲和之后，退而休息，练兵训卒，以为后图。三说皆力破之，以为不和害少，和则害多。因言方今不羞屈志急欲就和之人，其类有五：不忠于陛下者欲急和，谓数年以来，庙堂劳于斡运，边鄙劳于戎事，苟欲避此勤劳，自偷目下安逸；他时后患，任陛下独当也。无识之人欲急和，谓和而偷安，利在目下；和后大患，伏而未发也。奸邪之人欲急和，谓宽陛下以太平无事，而望圣心怠于庶事；因欲进其邪佞，惑乱聪明也。疲兵懦将欲急和，谓屡败之军，不知得人则胜，但惧贼来常败也。陕西之民欲急和，谓其困于调发诛求也。五者，惟陕西之民可因宣抚使告以朝廷非不欲和，而贼未逊顺之意，其余可一切不听，使大议不沮，而善算有成。

本朝宰相，自建隆元年至元祐四年，一百三十年，凡五十人；自元祐五年至今绍兴六年，四十六年，凡二十八人，几倍于前也。

故事：制科分五等，上二等皆虚，惟以下三等取人。然中选者亦皆第四等，独吴正肃公尝入第三等，后未有继者。至嘉祐中，苏子瞻、子由乃始皆入第三等。已而子由以言太直，为考官胡武平所驳，欲黜落，复降为第四等。设科以来，止吴正肃与子瞻入第三等而已。故子瞻《谢启》云："误占久虚之等。"

官制行，内两省诸厅照壁，自仆射而下，皆郭熙画树石；外尚书省诸厅照壁，自令仆而下，皆待诏书《周官》。苏子容时为吏部侍郎，《谢幸省进官表》云："三朝汉省，已叨过辇之恩；六典《周官》，愿谨书屏之戒。"

元丰间，三佛齐、注辇国入贡，请以所贡金莲花、真珠、龙脑，依其国中法，亲撒于御座，谓之撒殿。诏特许之。御延和殿引见，使跪撒于殿柱外，前未有也。注辇在广州南，水行约四千里至广州。三佛齐，南蛮别种，与占城国为邻。

国朝三公官，未始兼备，惟元丰末年，文潞公守太尉，雍王、曹王守司空，富郑公、曹济阳守司徒，皆同一时。其后宣和间，蔡鲁公为太师，王将明为太傅，郑达夫为太保，方相继两见。

元丰三年，高丽入贡，有日本国车一乘，正使柳洪，副使朴寅亮，先致意馆伴官云："诸侯不贡车服，诚知非礼，但本国欲中朝，略见日本工拙尔。"诏特许进。

内香药库在谯门外，凡二十八库。真宗赐御制七言二韵诗一首为库额曰："每岁沉檀来远裔，累朝珠玉实皇居。今辰内府初开处，充牣尤宜史笔书。"

唐正衙宣政殿庭皆植松。开成中，诏入阁赐对，官班退立东阶树下是也。殿门外复有药树，元微之诗云："松间待制应全远，药树监搜可得知。"自晋魏以来，凡入殿奏事官，以御史一人立殿门外搜索，而后许入，谓之监搜。御史立药树下。至唐犹然，大和中始罢之。

《考异》：宣政殿庭东西有四松，非皆植松也。诏书乃开成元年正月，赐对当作次对。唐制：百官入宫殿门必搜，非止为奏事官也。药树，有监搜御史监搜，位非泛用，御史一人亦非立也。大和元年诏，今后坐朝，众僚既退，宰臣复进奏事，其监搜宜停止，谓宰臣勿搜，非皆罢也。

高丽自端拱后不复入贡。王徽立，尝诵《华严经》，愿生中国。旧俗：以二月望张灯祀天神，如中国上元。徽一夕梦至京师观灯，若宣召然。遍呼国中尝至京师者问之，略皆梦中所见，乃自为诗识之曰："宿业因缘近契丹，一年朝贡几多般。忽蒙舜日龙轮召，便侍尧天佛会观。灯焰似莲丹阙迥，月华如水碧云寒。移身幸入华胥境，可惜终宵漏滴残。"会神宗遣海商喻旨使来朝，遂复请修故事。余馆伴时，见初朝张诚一《馆伴语录》所载云尔。

卷三

唐旧事：门状，清要官见宰相，及交友同列往来，皆不书前衔，止曰"某谨祗候"，"某官谨状"。其人亲在，即曰"谨祗候"，"某官兼起居，谨状"，祗候、起居不并称，各有所施也。至于府县官见长吏，诸司僚属见官长，藩镇入朝见宰相及台参，则用公状，前具衔，称"右某谨祗候"，"某官伏听处分"，"牒件状如前，谨牒。"此乃申状，非门状也。元丰以前，门状尚带"牒件状如前"等语，盖沿习之久，后虽去，而祗候、起居并称，犹不改。今从官而上，于某官下称"谨状"，去"伏候裁旨"四字，略如唐制，而具前衔，谓之"小状"。他官则前衔与前四字兼具，而不言"谨状"，不知有"牒件状如前，谨牒"七字，则"谨状"字自不应重出。若既去此七字，则当称"谨状"。以为恭而反简，自元丰以来失之也。

太平兴国中，司天言太一式有五福、大游、小游、四神、天一、地一、真符、君綦、臣綦、民綦凡十神，皆天之贵神。而五福所临无兵疫，凡行五宫，四十五年一易。今自甲申岁，入黄室巽宫，当吴分，请即苏州建宫祠之。已而复有言今京城东南有苏村，可应姑苏之名，乃改筑于苏村，京师建太一宫自此始。

枢密使拜罢，旧皆用麻。皇祐中，狄武襄岭南成功回，高文庄若讷为使，罢为群牧制置使，武襄自副使补其阙，止令舍人院草辞，自是遂为故事。

唐起居郎、舍人皆随宰相入殿。预闻奏事，仗在紫宸，则立殿下，直第二螭头，即其坳处，和墨以记事，故号"螭头"，或曰"螭坳"。自高宗后，前殿不奏事，则二史固无所书矣。本朝记注，初不侍立，但于前后殿为次，使候上殿臣寮退，面问所尝言书之，然未尝有敢告之也。后始诏后殿轮日入侍。崇宁初，郑丞相达夫为史官，复建言：并前殿皆入，并立于垛殿，虽存故事，而奏对语略不相闻，亦不敢自书。惟经筵与讲读官并列，嘉祐间，贾直孺所请也。

太祖初平诸伪国，得其帑藏金帛，以别库储之，曰"封桩库"，本以待经营契丹也。其后三司岁终所用，常赋有余，亦并归之。尝谕近臣，欲候满三五百万，即以与契丹，以赎幽、燕故土；不从则为用兵之费，盖不欲常赋横敛于民。故不隶于三司，今内藏库是也。

狨坐不知始何时，唐以前犹未施用。太平兴国中，诏工商庶人许乘乌漆素鞍，不得用狨毛暖坐，则当时盖通上下用之矣。天禧元年，始定两省五品、宗室将军以上，许乘狨毛暖坐，余悉禁，遂为定制。今文臣自中书舍人以上，武臣节度使以上，方许用，而宗室将军之制，亦不行矣。

《考异》：太平兴国七年，翰林学士承旨李昉等奏：商贾庶人有僭乘银装鞍勒、狨毛暖坐等，请禁断。从之。当时以为僭，则非通上下用之矣。今著令谏议大夫以上，及节度使、曾任执政官者，许乘狨坐。此云文臣中书舍人以上、武臣节度使以上方许用，非也。

参知政事班，旧不与宰相同行。至道中，吕正惠公与寇莱公同为参知政事，正惠先相，恐莱公意不平，乃请进与宰相同行。莱公罢，复如旧。

服色，凡言赐者，谓于官品未合服而特赐也。故职事官服紫，虽侍从以上官，未当其品，亦皆言赐；若官当其品，虽非侍从，如磨勘告便不带赐矣。告不带赐，则亦不当入衔。近见士大夫有误以赐为正服之名，虽官及品，而衔犹沿习言赐，此不惟不知所应服，亦自读其告不审也。

郭进守雄州，太祖令有司造第于御街之东，欲以赐之。使尽用甋瓦，有司言：非亲王、公主，例不应用。太祖大怒曰："进为我捍契丹十余年，使我不忧西北，岂不可比我儿女！"卒用之。宅成以赐，进屡辞，乃敢受。太平兴国中，始别赐进宅。或以为因展修相国寺，并入为寺基也。

祖宗驸马都尉宅，主薨，例皆复纳入官，或别赐第。曹沂王宅，许怀德旧第也。李和文宅，亦王贻永旧第。自和文始，世有之，宏丽甲诸主第，园池尤胜，号东庄。和文好贤乐士，以杨文公为师友，其子孙多守家法，一时名公卿率从之游。宣和间，复取为撷芳园，后改崇德宫，以居宁德皇后云。

哲宗元祐初，春秋尚少，渊嘿未尝语。一日经筵，司马康讲《洪范》，至"乂用三德"，忽问："只此三德，为更有德？"群臣耸然。康言："三德虽少，然推而广之，天下事无不皆在。"上曰："然。"

太宗留意字书。淳化中，尝出内府及士大夫家所藏汉、晋以下古帖，集为十卷，刻石于秘阁，世传为"阁帖"是也。中间晋、宋帖多出王贻永家。贻永，祁公之子，国初藏名书画最多，真迹今犹有为李驸马公炤家所得者，实为奇迹。而当时摹勒出待诏手，笔多凝滞。间亦有伪本，如李斯书，乃李阳冰、王密《德政碑》石本也。石后禁中，被火焚，绛人潘师旦取阁本再摹，藏于家，为绛本。庆历间，刘丞相沆知潭州，亦令僧希白摹刻于州廨，为潭本。绛本杂以五代近世人书，微出锋。希白自善书，潭本差能得其行笔意。元祐间，徐王府又取阁本刻于木板，无甚精彩。建中、靖国初，曾丞相布当国，命刘焘为馆职，取淳化所遗与近出者，别为《续法帖》十卷，字多作焘体，又每下矣。

《考异》：淳化官帖，黄鲁直、秦少游所记，皆云"板刻"，此乃云"刻石"，非也。鲁直云：元祐中，亲贤宅从禁中借板墨百本，分遗官僚。此云："徐王府取阁本刻于木板。"岂各自一事耶？《续法帖跋》云："元祐五年四月十三日，秘书省请以秘阁所藏墨迹，未经太宗朝摹刻者，刊于石，有旨从之。至建中靖国元年四月二十三日，出内藏缗钱十五万趣其工，以八月旦日毕，厘为十卷，上之。"此乃云：曾丞相当国，命刘焘别为《续法帖》十卷，非也。

杨文公以工部侍郎卒。旧制：四品不应得谥。王文康公为枢密使，明其尝与寇莱公共议请皇太子决事，以其家奏草上闻，遂特赐谥。李献臣当制，略曰："天禧之末，政渐宫闱，能叶元臣，议尊储极。"文康，莱公婿也。

张仆射齐贤为相，时其母晋国夫人，年八十余，尚康强。太宗方眷张，时召其母入内，亲款如家人。余尝于张氏家见赐其母诗云："往日贫儒母，年高寿太平。齐贤行孝侍，神理甚分明。"又一手诏云："张齐贤拜相，不是今生，宿世遭逢；本性于家孝，事君忠；婆婆老福，见儿荣贵。"祖宗诚意待大臣，简质不为饰盖如此也。

宣徽南北院使，唐末旧官也。置院在枢密院之北，总内诸司及三班内侍等事。国初，与枢密先后入叙班，盖视二府一等也。每除枢密先为使者，必辞请居其下，而后从之。熙宁间，始诏定班枢密副使下。元丰官制行，犹存不废。自王拱辰改除节度使，遂罢不除。元祐间复置，以命张安道，后亦废。

燕乐教坊外，复有云韶班、钧容直二乐。太祖平岭表，得刘氏阉官聪慧者八十人，使学于教坊，赐名"箫韶部"，后改今名。钧容直，军乐也。太平兴国中，择军中善乐者，初曰"引龙直"，以备行幸骑导。淳化中改今名，皆与教坊参用。元丰后，又有化成殿亲事官。

唐中书制诏有四：封拜册书用简，以竹为之；画旨而施行者曰"发日敕"，用黄麻纸；承旨而行者曰"敕牒"，用黄藤纸；赦书皆用绢黄纸，始贞观间。或云：取其不蠹也。纸以麻为上，藤次之，用此为重轻之辨。学士制不自中书出，故独用白麻纸而已，因谓之"白麻"。今制不复以纸为辨，号为白麻者，亦池州楮纸耳。曰"发日敕"，盖今手诏之类。而敕牒乃尚书省牒，其纸皆一等也。

职事官差除，皆除目先下。惟中书舍人，宰相得旨，朝退，遣直省官召诣都堂，面传旨召试。被命者致辞，宰相谢之，直省官径引入中书省。前期，侍郎厅设幕次几案于中。就坐少顷，本省吏房主首，持宰相封题目来，即就试中书。具食罢，侍郎致茶果。是日，宰相住省，俟纳试卷始上马；翌日进呈，除命方下。盖召试之制也。有思迟不即就者，往往过期；或为留内门，然已不称职矣。嘉祐间，有试而不除，改天章阁待制者。

《考异》：咸平中，黄夷简、曾致尧皆试而不除。嘉祐七年，司马温公既试，除知制诰，力辞，改天章阁待制。黄、曾虽试而不除，非改待制也。温公虽改待制，非试而不除也。

韩门下维以赐出身，熙宁末，特除翰林学士。崇宁中，林彦振赐出身，用韩例亦除翰林学士。国朝以来，学士不由科第除者，唯此二人。

唐制：翰林学士本职在官下。五代赵凤为之，始讽宰相任圜移在官上，后遂为定制。本朝凡兼学士，结衔皆以职名为冠，盖沿习此例。

《考异》：赵凤乃端明殿学士，此云翰林学士，非。此书第四卷亦云赵凤为端明殿学士，云兼学士，非兼也。此云"本朝凡兼学士，结衔皆以职名为冠"，第四卷又云"唐以宰相兼昭文馆、集贤殿学士，结衔皆在官下，盖兼职宜然，本朝循用其旧"云云，前后未免抵牾。

自两汉以来，谓中书为政本，盖中书省出令，而门下省覆之。王命之重，莫大于此，故唐以后，以同中书门下平章事为宰相者，此也。尚书省但受成事而行之耳。本朝沿习唐制，官制行始用《六典》，别尚书、门下、中书为三省，各以其省长官为宰相，则侍中、中书、尚书令是也。既又以秩高不除，故以尚书令之贰左右仆射为宰相。而左仆射兼门下侍郎以行侍中之职，右仆射兼中书侍郎以行中书令之职，而别置侍郎以佐之，则三省互相兼矣。然左右仆射既为宰相，则凡命令进拟，未有不由之出者；而左仆射又为之长，则出命令之职，自已身行，尚何省而覆之乎？方其进对，执政无不同，则所谓门下侍郎者，亦预闻之矣。故批旨皆曰："三省同奉圣旨。"既已奉之，而又审之，亦无是理。门下省事惟给事中封驳而已，未有左仆射与门下侍郎自驳已奉之命者，则侍中、侍郎所谓省审者，殆成虚文也。元祐间，议者以诏令稽留，吏员冗多，徒为重复，因有并废门下省之意。后虽不行，然事有当奏稟，左相必批送中书，左相将上而右相有不同，往往或持之不上，或退送不受，左相无如之何。侍郎无所用力，事权多在中书。自中书侍郎迁门下侍郎，虽名进，其实皆未必乐也。

《考异》：此云唐以后，以同中书门下平章事为宰相，后又云唐参知乃宰相，而平章乃参佐之名。秦、汉至唐有官名虽相沿，而实不同者。尚书，秦官；汉武帝使宦者典事尚书，谓之中书。故萧望之谓"中书，政本"，又云"尚书，百官之本，宜罢"。中书，宦官也。至成帝乃罢中书宦者，置尚书。魏武帝为魏王，置秘书令，典尚书奏事，文帝改为中书令。此云"自两汉以来，谓中书为政本,中书省出令,而门下省覆之",又云"尚书省但受成事行之"。盖汉魏所谓尚书、中书者,本出于一,且初未有门下省,今乃以历代官名职制混而言之,非也。

故事:职事官以告老得请,受命即行;不入谢辞,为其致为臣而去也。神宗初,李少保东之自侍读致仕,上特召对延和殿,命坐赐茶,退偕讲读官燕饯于资善堂。后数日,李侍郎受继去,亦用东之故事,召对赐燕。二人皆英宗经筵旧臣,故礼之特厚,非常例也。当时谓之"二李"。东之,文定公子,素忠谨,乐易。受亦谨慎长者云。

景祐中,宋莒公为知制诰,仁宗眷之厚,即除同知枢密院事。时王沂公为相,以故事未有自知制诰除二府者,乃改翰林学士。明年,遂除参知政事。

唐参议朝政、参议政事、参知机务。参知政事,皆宰相之任也。参知政事,盖刘洎为相时名。唐初,宰相未有定名,因人而命,皆出于临时。其后,高宗欲用郭待举为参知政事,以其资浅,故命于中书门下同受进止平章事。参知,非参佐也。盖宰相非一人,犹言共知尔,而平章乃参佐之名。本朝太祖始以赵中令独相,久欲拜薛文惠公等为之副而难其名,召学士陶毂问:"下丞相一等有何官?"毂以"唐有参知政事"对,遂以命之。不知此名本自高于平章事,轻重失伦,后遂沿习莫能改云。

本朝以科举取士,得人为最盛。宰相同在第一甲者,王文正榜,王文忠;宋莒公榜,曾鲁公;王伯庸榜,韩魏公、文潞公;刘辉榜,刘莘老、章子厚;叶祖洽榜,蔡鲁公、赵正夫;惟杨置榜,王禹玉、韩子华、王荆公三人,皆又连名,前世未有也。自熙宁三年,余中榜至今,惟焦蹈榜,徐择之一人而已,他榜亦未有登执政者。

元丰末,文潞公致仕归洛,入对时,年几八十矣。神宗见其康强,问:"卿摄生亦有道乎?"潞公对:"无他,臣但能任意自适,不以外物伤和气,不敢做过当事,酌中恰好即止。"上以为名言。

馆职初除,故事,皆行启遍谢内外从官以上。从官惟中书舍人初除,亦行启遍谢内外。盖惟此两职,试而后除,与直拜命者异,故其礼亦殊。近年,中书舍人行启,但及见任执政而不及外,馆职虽在内,从官亦有不及者矣。

三衙内见宰执，皆横杖子，文德殿后主廊阶下唱喏。宰执出笏，阶上揖之。外遇从官于通衢，皆敛马避。敛马之制久废，前辈记之矣。惟内中横杖子之礼，迄今不敢废也。

旧制：幞头巾皆折而敛前。神宗尝谓近臣，此制有承上之意。绍圣后，始有改而偃后者，一时宗之，谓前为敛巾，遂不复用。此虽非古服，随时之好，然古者为冕，皆前俯而后仰，敛巾尚有遗意也。

元丰既新官制，四十年间，职事官未有不经除者。惟御史大夫、左右散骑常侍至今未尝除人。盖两官为台谏之长，非宰执所利，故无有启之者。或云元丰末，黄安中为中丞久次，神宗欲擢为常侍，会寝疾不果。崇宁中，朱圣予为中丞，尝请除二官，竟不行。

唐制：降敕有所更改，以纸贴之，谓之"贴黄"。盖敕书用黄纸，则贴者亦黄纸也。今奏状札子皆白纸，有意所未尽，揭其要处，以黄纸别书于后，乃谓之"贴黄"，盖失之矣。其表章略举事目与日月道里，见于前及封皮者，又谓之"引黄"。

旧大朝会等庆贺，及春秋谢赐衣，请上听政之类，宰相率百官奉表，皆礼部郎官之职，唐人谓之"南宫舍人"。元丰官制行，谓之"知名表郎官"。礼部别有印曰"知名表印"，以其从上官一人掌之。大观后，朝廷庆贺事多非常例，郎官不能得其意，蔡鲁公乃命中书舍人杂为之。既又不欲有所去取，于是参取首尾。或摘其一两联次比成之，故辞多不伦，当时谓之"集句表"。礼部所撰，惟春秋两谢赐衣表而已。

后唐明宗尝入仓观受纳，主吏惧责其多取，乃故为轻量。明宗曰："仓廪宿藏，动经数岁，若取之如此，后岂免销折乎？"吏因诉曰："自来主藏者，所以至破家竭产以偿欠，正为是。"明宗恻然，乃诏"自今石取二升为雀鼠耗"，至今行之，所谓"加耗"者是也。明宗知恤吏矣，不知反堕其计中，遂为民害。近世立"盘量出剩法"，本防吏奸，而州县贪暴者因以敛民，至于倍蓰。以其正数上供及应监司之求，而留出剩以自给，监司知之亦不问，"加耗"又不足言也。

唐至五代，国初京师皆不禁打伞。五代始命御史服裁帽。本朝淳化初，又命公卿皆服之。既有伞，又服帽，故谓之"重戴"。自祥符后始禁，惟亲王、宗室得打伞。其后通及宰相、枢密、参政，则重戴之名有别矣。今席帽、裁帽分为两等，中丞至御史，与六曹郎中，则于席帽前加全幅皂纱，仅围其半为裁帽；非台官及自郎中而上，与员外而下，则无有为席帽，不知何义，而"裁"与"席"之名亦不可晓。

宋次道记，金带曾经赐者皆许系，宰相罢免，虽散官，并依旧服笏带。因宣献公为学士，以玉清、昭应宫灾，落职为中书舍人，仍系遇仙花带。李文定天圣中，自秘书监来朝，除刑部侍郎，仍系笏头带，以为经赐许服。景祐中，著于诏令。近岁，前执政官到阙，止系遇仙花带。从官非见带学士，亦不敢系。待制自如本品，无职则随本官，在庶官班中皆系皂带，盖阁门之制，不知冲改始何时。余建炎中召至扬州行在，以杭州变罢职，官朝请大夫，亲如上制。

元丰以后，待高丽之礼特厚，所过州皆旋为筑馆，别为库，以储供帐什物。始至，太守皆郊迓，其饯亦如之。张安道知南京，独曰："吾尝班二府，不可为陪臣屈。"乃使通判代将迎，已受谒而后报，时以为得体。大观中，蔡元度知镇江，高丽来朝，遂亦用安道例。

契丹历法与本朝素差一日。熙宁中，苏子容奉使贺生辰，适遇冬至，本朝先契丹一日。使副欲为庆，而契丹馆伴官不受。子容徐曰："历家迟速不同，不能无小异。既不能一，各以其日为节，致庆可也。"契丹不能夺，遂从之。归奏，神宗喜曰："此事难处，无逾于此。"其后奉使者或不知此，遇朔日有不同，至更相推谒而不受，非国体也。

《考异》：此云"熙宁中"，第九卷云"元丰中"；此云"冬至，本朝先契丹一日"，第九卷云"契丹历先一日"；此云"使副欲为庆，契丹馆伴官不受"，第九卷云"契丹趣使者入贺"；皆前后抵牾。按苏墓志云：熙宁十年冬至，本朝历先契丹一日，或疑彼此致庆，当孰从，公言各从本朝历可也。

给事中、中书舍人虽皆四品，给事中自服绯，除受告日，便自易服，盖品应得也。惟中书舍人必俟后殿正谢面赐，乃易服。后殿不常坐，或待数日，则或绯或绿，犹仍其旧服。祖宗时，知制诰皆然，而亦有不赐者。李宪成公谘自知制诰出守荆南，尚服绯，以学士召还并赐紫,而后服金带是也。

国朝选人寄禄官,凡四等七资。留守节察判官、掌书记支使防团判官,留守节察推官、军事判官,为两使职官;防团军事推官、军监判官,为初等职官;司录、县令、知县为令录;军巡判官、司理、司户、司法、簿尉,为判司簿尉。其升迁之序,则自判司簿尉举令录迁令录;举职官,迁初等职官。自职令荐书及格,皆改京官,不及格而有二荐书,则迁两使职官,谓之"短般",以劳叙赏,谓之"循资"。崇宁中,邓枢密洵武建言,以为名实混淆不正,乃改今七等名。

卷四

官制：寄禄官银青光禄大夫，与光禄、正议、中散、朝议，皆分左右。朝议、中散，有出身人皆超右，其余并以序迁。大观中，余为中书舍人，奉诏以为非元丰本意，下拟定厘正，乃参取旧名，以奉直易右朝议，中奉易左中散，通奉易右正议，正奉易右光禄，宣奉易左光禄，而右银青光禄大夫正为光禄大夫，遂为定制。

故事：百官磨勘，中书止用定辞。熙宁中，孙巨源为知制诰，建言：君恩无高下，何独于磨勘简之？非所以重王命也。乃诏各为辞。元丰官制行，惟侍从官而上，吏部检举，奏抄命辞；他官自陈于吏部，奏抄拟迁，而不命辞。

国朝两制，皆避宰相执政官亲。曾鲁公修《起居注》，贾文元为相，其友婿也。当召试，乃除天章阁待制，文元去位，始为知制诰。刘原甫，王文安之甥，文安之为参知政事，乃以侍读学士出知扬州。宋子京、王原叔为翰林学士，子京避莒公改龙图阁学士，原叔避文安改侍读学士。元祐间，苏子由秉政，子瞻自扬州召为承旨，引原叔例请补外，不从。近岁惟避本省官，如宰相二丞亲则不除尚书侍郎，门下侍郎亲则不除给事中，中书侍郎亲则不除舍人之类。六曹尚书避亲，多除翰林学士，盖于三省无所隶。异于旧制，自子瞻以来然也。

大驾仪仗，通号"卤簿"，蔡邕《独断》已有此名。唐人谓：卤，橹也，甲楯之别名。凡兵卫以甲楯居外为前导，捍蔽其先后，皆著之簿籍，故曰卤簿。因举南朝御史中丞、建康令皆有卤簿，为君臣通称，二字别无义，此说为差近。或又以"卤"为"鼓"，"簿"为"部"，谓鼓驾成于部伍，不知"卤"何以谓之"鼓"？又谓石季龙以女骑千人为一卤部，"簿"乃作"部"，皆不可晓。今有《卤簿记》，宋宣献公所修，审以"部"为簿籍之"簿"，则既云"簿"，不应更言"记"。

唐制：节度使加中书门下平章事为使相，自郭元振始，李光弼等继之。盖平章事，宰相之名，以节度使兼，故云尔也。国朝因之。元丰官制,罢平章事名,而以开府仪同三司易之,亦带节度使,谓之使相。盖以仪同为相也。

《唐书》言大臣初拜官,献食天子,名曰"烧尾"。苏瓌为相,以食贵,百姓不足,独不进。然唐人小说所载与此不同,乃云:士子初登科,及在官者迁除,朋僚慰贺,皆盛置酒馔、音乐燕之,为"烧尾"。举韦嗣立入三品,赵彦昭假金紫,崔湜复旧官,中宗皆令于兴庆池烧尾。则非献食天子也。其解烧尾之义,以为虎豹化为人,惟尾不化,必以火烧之,乃成人;犹人之新除,必乐饮燕客,乃能成其荣。其言迂诞无据,然谓太宗已尝问朱子奢,则其来盖已久矣。近世献食天子固无是,而朋僚以音乐燕集,亦未之讲也。

庆历五年,贾文元为相,始建议重修《唐书》。诏以判馆阁王文安、宋景文、杨宣懿察、赵康靖概,及张文定、余襄公为史馆修撰。刊修未几,诸人皆以故去,独景文下笔。已而景文亦补外,乃许以史稿自随。编修官置局于京师者仍旧,遇有疑议取证,则移文于局中,往来迂远,书久不及成。是时,欧阳文忠公非文元所喜,且方贬出,独不得预。嘉祐初,文忠还,范蜀公为谏官,乃请以《纪》、《志》属文忠。至五年,书始成。初,文元以宰相自领提举官。及罢去,陈恭公相,辞不领,乃命参知政事王文安。讫奏书,亦曾鲁公以参知政事领也。

从驾谓之"扈从",始司马相如,《上林赋》云:"扈从横行,出乎四校之中。"晋灼以扈为大,张揖谓"跋扈纵横,不案卤簿"。故颜师古因之,亦以为"跋扈恣纵而行"。果尔,从盖作平声。侍天子而言"跋扈",可乎?唐封演以为"扈养以从",犹之"仆御"。此或近之。然不知通用此语自何时也。

唐自明皇以诞日为千秋节,其后肃宗为地平天成节,至代宗,群臣请建天兴节,不报。自是历德、顺、宪、穆、敬五帝,皆不为节。文宗大和中,复置庆成节,故武宗为庆阳节。终唐世,宣宗为寿昌节,僖宗为嘉会节,昭宗为乾和节,中间惟懿宗不置。则唐世此礼亦不常,各系其时君耳。千秋节诏天下咸燕乐,有司休务三日。其余凡建节,皆以为例。穆宗虽不建节,而紫宸殿受百官称贺,命妇光顺门贺皇太后;及有麟德殿沙门、道士、儒官讨论三教之制。文宗时,又尝禁屠宰,燕会惟蔬食脯醯,后旋仍旧。

　　熙宁初,改经义取士,兴建太学,讫崇宁罢科,赋每榜魁,南省皆迭为得失。始余中榜,邵刚魁得;次徐铎榜,余幹落;时彦榜,黄中魁得;次黄裳榜,侯绶落;惟焦蹈榜,陶直夫落。差一榜,次七榜。李常宁、毕渐、李釜、蔡薿榜,章綜、李朴、蔡靖、陈国林皆得;马涓、何昌言、霍端友榜,费元量、王瞻、陈宾皆落,不差一人,亦可怪也。时谓之“雌雄解元”。

　　两京留台皆有公宇,亦榜曰御史台。旧为前执政重臣休老养疾之地,故例不视事。皇祐间,吴正肃公为西京留台,独举其职。时张尧佐以宣徽使知河南府,郡政不当,有诉于台者,正肃即为移文诘之。尧佐惶恐,奉行不敢异。其后司马温公熙宁、元丰间相继为者十七年,虽不甚预府事,然亦守其法令甚严,如国忌行香等,班列有不肃,亦必绳治。自创置宫观后,重臣不复为,率用常调庶官,比宫殿给使,请俸差优尔。朝廷既但以此为恩,故来者奔走府廷,殆与属吏无异矣。

　　国朝侍从官间有换武职者,盖唐袁滋故事,例皆换观察使。如李尚书维自承旨,李左丞衡自三司使,皆然。天圣间,陈康肃以翰林学士知开封府,亦换宿州观察使,加检校司徒,知天雄军。陈不乐行,力辞。明肃后以只日御朝,而喻之曰:“天雄,朔方会府,敌人视守臣为轻重,非文武兼材不可。”陈不得已受命,自是加留后,遂建节。庆历中,陕西用兵,韩魏公、范文正公、庞庄敏公为帅,皆以龙图阁直学士换观察使,文正恳辞不拜。盖当权者实欲排之,而以俸优为言,故文正不肯受。已而韩、庞亦辞,遂罢。

　　臣僚上殿札子,末概言“取进止”,犹言进退也。盖唐日轮清望官两员于禁中,以待召对,故有“进止”之辞。崔祐甫奏“待制官候奏事官尽,然后趋出,于内廊赐食,待进止,至酉时放”是也。今乃以为可否取决之辞,自三省大臣论事皆同一体,著为定式。若尔自当为取圣旨,盖沿习唐制不悟也。

　　唐武德初,以太宗为西讨元帅,自是非亲王不为。安禄山叛,以哥舒翰守潼关,除诸道兵马元帅,始以臣庶为之。至德初,代宗以广平王为天下兵马元帅，以郭子仪为副。其后又以舒王谟为荆南等道节度，诸军行营都元帅，加"都"字自是始，此皆实领兵柄。唐末以授钱镠，则姑以名宠之尔。

唐乾元中，以户部尚书李峘为都统淮南、江东、江西节度使，始立"都统"之号。其后以节度使充者，建中二年，李勉以汴州节度使充汴、宋、滑、亳、河阳等道都统是也。宰相充者，中和二年，王铎以司徒、中书令为京城四面诸道行营兵马都统是也。

高丽自三国以来见于史者，"句骊"，其国号，"高"其姓也。隋去"句"字，故自唐以来止称"高丽"。《五代史》记后唐同光元年韩申来，其王尚姓高，则自三国至五代，止传一姓。长兴中，始称"权知国事王建"。王氏代高，当在同光、长兴之间，而史失其传。元丰初，王徽遣使金梯入贡，建之七世孙也。其表章称"知国王事"，盖习用其旧；而年称甲子，以其受契丹正朔故也。

唐以宰相兼昭文馆、集贤殿学士，结衔皆在官下，盖兼职宜然。本朝循用其旧，而他学士则皆冠于官上，此自五代赵凤为之也。始后唐置端明殿学士，以命凤及冯道；后凤迁礼部侍郎，因恳宰相任圜升学士于官上，盖自示其贵重。故本朝观文殿大学士而下，皆以为例，亦世以职为重故尔。若宰相则所贵不待职也。

枢密使，《唐书》、《五代史》皆不载其创始之因，盖在唐本宦者之职。唐中世后，宦人使名如是者多，殆不胜记，本不系职官重轻，而五代特因唐名而增大之，故史官皆不暇详考。据《续事始》云："代宗永泰中，以中人董秀管枢密，因置内枢密使。"《续事始》为蜀冯鉴所作也。

唐翰林学士结衔或在官上，或在官下，无定制。余家藏唐碑多，如大和中《李藏用碑》，撰者言"中散大夫、守尚书户部侍郎、知制诰、翰林学士王源中"之类，则在官下；大中中《王巨镛碑》，撰者言"翰林学士、中散大夫、守中书舍人刘琢"之类，则在官上。琢仍不称知制诰，殊不可晓。不应当时官名而升降，庞杂乃尔也。

尚书省文字下六司诸路，例皆言"勘会"。曾鲁公为相，始改作"勘当"，以其父名会避之也。京师旧有"平准务"，自汉以来有是名。

蔡鲁公相,以其父名准,亦改为"平货务"。

唐旧制:集贤书藏于门下省。永泰后,以勋臣罢节制归京师者无职事,欲以慰其意,乃诏与儒臣日并于集贤院待制,仍赐钱三千缗为食本,以给其费。于是郭英乂、孙志直、臧希让、高昇、王延昌与裴遵庆、畅璀、崔涣、贾至、李季卿、吴令珪等十一人皆在选。待制之名,于此盖无别于文武。余有裴士淹所作《孙志直碑》。待制给食入衔,此出一时权宜,后不以为常,故《唐书》载之不详。

向传范,钦圣太后之叔也。在神宗时已为观察使,历知陕州、沧州矣。神宗即位,徙知郓州。杨绘知谏院,言"郓州领京东西路安抚使,不宜以后族为之"。文潞公在枢府,因称传范在先朝已累典大郡,今用非以外戚。上徐曰:"得谏官如此言亦甚好,可以止他日妄求者。"乃移知潞州。祖宗用人无私,虽以材选,而每不忘后世之戒如此。

婕妤,《史记·索隐》训婕为承,妤为佐。字本皆从人。大抵古人取训,各以其意适然者,而字多从省。盖倢,捷也,乃相承敏捷之意,字从省去扌。伃为相予,则训佐理亦宜,然后以为妇职,因易人为女耳。

元丰既新官制,建尚书省于外,而中书、门下省、枢密、学士院,设于禁中,规模极雄丽。其照壁屏下,悉用重布,不纸糊。尚书省及六曹皆书《周官》,两省及后省枢密、学士院,皆郭熙一手画,中间甚有杰然可观者。而学士院画《春江晓景》为尤工。后两省除官未尝足,多有空闲处,看守老卒以其下有布,往往窃毁盗取。徐择之为给事中时,有窃其半屏者,欲付有司,会窃处有刀痕,议者以禁廷经由,株连所及多,遂止。然因是毁者浸多,亦可惜也。

古者妇人无名,以姓为名,或系之字,则如仲子、季姜之类;或系之谥,则如戴妫、成风之类,各不同。周人称王姬、伯姬,盖周姬姓,故云。而后世相承,遂以姬为妇人通称,以戚夫人为戚姬,虞美人为虞姬。自汉以来失之。政和间,改公主而下名曰帝姬、族姬,此亦沿习熟惯而不悟。国姓自当为嬴,余尝以白蔡鲁公,惮于改作而止。

曾宣靖公提举修《英宗实录》成,将上,故事当迁一官。曾官已左仆射,乃预辞于上曰:"臣官进一等则为司空,此三公之职也。坐而论道,不可以赏劳。"神宗以为诚,遂从其请。书上,曾独不迁官,人以为得体。

《考异》:时韩忠献进《仁宗实录》,曾宣靖进《英宗实录》。韩奏"窃见宰臣李沆、吕夷简提举编修《太宗实录》及《三朝国史》,并乞书成更不推恩,皆蒙上俞允"云云。曾言"若迁官,臣须改司空,韩琦须改太保,三公亦非赏劳之官",遂皆许之。然则其同时有韩其,异时有李吕,今止记曾豫辞于上,而云"独曾不迁官,人以为得体",非也。

治平初,议濮庙者六人:吕献可为中丞,吕微仲、范尧夫、赵大观、傅钦之与龚鼎臣为御史。既同时相继被贬,天下号"六御史"。

唐人初未有押字,但草书其名以为私记,故号"花书",韦陟"五云体"是也。余见唐诰书名,未见一楷字。今人押字,或多押名,犹是此意。王荆公押石字,初横一画,左引脚,中为一圈。公性急,作圈多不圆,往往窝匾,而收横画又多带过。常有密议公押歹字者,公知之,加意作圈。一日,书《杨蟠差遣敕》,作圈复不圆,乃以浓墨涂去,旁别作一圈,盖欲矫言者。杨氏至今藏此敕。

祖宗时,监司、郡守荐部吏,初无定员,有其人则荐之,故人皆慎重,不肯轻举。改官每岁殆无几。自庆历后,始以属邑多寡制数,于是各务充元额,不复更考材实,改官人岁遂增至数倍。事有欲革弊而反以为弊者,固不得不慎。其初,治平中,贾直孺为中司,尝以为言,朝廷终莫能处。盖人情沿习既久,虽使复旧,亦不可为也。

祖宗时,见任官应进士举,谓之"锁厅",虽中选,止令迁官,而不赐科第;不中者则停见任,其爱惜科名如此。淳化三年,滁州军事推官鲍当等应举合格,始各赐进士及第。自是遂皆赐第。

《考异》:太平兴国五年,见任官赴殿试者六人,惟单诜、周绪赐及第,余皆诸州节度掌书。此云迁官而不赐科第,非皆如此也。

天圣末,诏即河南永安县訾王山建宫,以奉太祖、太宗、真宗神宗御容,欲其近陵寝也。宫成,赐名会圣,改訾王山为凤台山。自是祖宗山陵成，皆奉安于宫中。苏子瞻《神宗山陵曲赦文》云："敞凤台之仙宇，粢龟洛之仁祠。"凤台以山名也。宣祖初葬今京城南，既迁陵寝，遂以其地建奉先寺，仍为别殿，岁时奉祠宣祖昭宪太后。其后祖宗山陵，遂皆即京师寺宇为殿，如奉先故事。兴国开先殿以奉太祖，启圣院永隆殿以奉太宗，慈孝崇真殿以奉真宗，普安殿以奉元德皇后。元丰间，建景灵宫，于是皆奉迎以置原庙。自奉先而下皆废，普安亦元德皇后殡宫旧地也。

咸平中，以侍读、侍讲班秩未崇，乃命杨徽之为翰林侍读学士，邢昺为侍讲学士，班翰林学士下。讲读置学士自此始。其后昺以老请补外，真宗以其久在讲席，使以本职知曹州；而张文节公罢参知政事知天雄军，改翰林侍读学士。于是讲读学士始为兼职，得外任。庆历后，凡自翰林学士出者，例皆换侍读学士，遂为故事。

《考异》：咸平二年，命杨徽之、夏侯峤、吕文仲为翰林侍读学士，此止载杨徽之，未尽也。云讲读学士始为兼职，非兼也。

赵中令为相，李处耘为枢密使，处耘之女为中令子妇，并居二府，不避姻家。皇祐中，文潞公为相，程康肃为枢密副使；熙宁中，王荆公为相，吴正宪为枢密副使，皆不避。

江南李煜既降，太祖尝因曲燕问"闻卿在国中好作诗"，因使举其得意者一联。煜沉吟久之，诵其咏扇云："揖让月在手，动摇风满怀。"上曰："满怀之风，却有多少？"他日复燕煜，顾近臣曰："好一个翰林学士。"

咸平三年，王魏公知举，数日即院中拜同知枢密院事，当时以为科举盛事。余绍圣试礼部时，邓安惠公温伯以翰林学士承旨知举，亦就拜尚书右丞。时试已第二场，邓公自厅事上马扬鞭，左右拥诸生而去。自魏公后，继之者惟邓公也。

吴越钱俶初来朝，将归，朝臣上疏请留勿遣者数十人。太祖皆不纳，曰："无虑。俶若不欲归我，必不肯来，放去适可结其心。"及俶辞，力陈愿奉藩之意，太祖曰："尽我一世，尽你一世。"乃出御封一匣付之，曰："到国开视，道中勿发也。"俶载之而归，日焚香拜之。既至钱塘，发视，乃群臣请留章疏。俶览之泣下，曰："官家独许我归，我何可负恩!"及太宗即位,以尽一世之言,遂谋纳土。

寇莱公性豪侈,所临镇燕会,常至三十盏。必盛张乐,尤喜《柘枝舞》,用二十四人,每舞连数盏方毕。或谓之"柘枝颠"。始罢枢密副使,知青州,太宗眷之未衰,数问左右:"寇准在青州乐否?"如是一再。有揣帝意欲复用者,即曰:"陛下思准不少忘,闻准日置酒纵饮,未知亦思陛下否?"上虽少解,然明年卒召为参知政事。祖宗用人之果,不使细故谗人得乘间如此。

林文节连为开封府南省第一,廷试皆属以魁选。仁宗亦遣近珰伺其程文毕,先进呈。时试《民监赋》,破题云:"天监不远,民心可知。"比至上前,一近侍傍观,忽吐舌,盖恶其语忌也。仁宗由是不乐,亟付考官,依格考校。考官之意,不敢置之上等,入第三甲。而得章子平卷子,破题云:"运启元圣,天临兆民。"上幸详定幕次,即以进呈,上曰:"此祖宗之事,朕何足以当之?"遂擢为第一。

卷五

祥符中，杨文公为翰林学士，以久疾初愈入直，乞权免十日起居。诏免半月，仍令出宿私第。文公具表谢，真宗以诗批其末，赐之云："承明近侍究儒玄，苦学劳心疾已痊。善保兴居调饮食，副予前席待多贤。"祖宗眷礼儒臣之盛，古未有也。

> 《考异》：文公疾，在假。诏遣使挟医视之。文公上表谢，真宗以诗批其末赐之；其权免起居，又别是一节也。见《会要》。而《金坡遗事》云："文公被疾既赴朝参，具状称谢，御笔于状尾批七言二韵诗赐之。"两说不同，然要非因权免起居赐诗也。

太祖初命曹武惠彬讨江南，潘美副之。将行，赐燕于讲武殿。酒三行，彬等起跪于榻前，乞面受处分。上怀中出一实封文字，付彬曰："处分在其间。自潘美以下有罪，但开此，径斩之，不须奏禀。"二臣股栗而退。迄江南平，无一犯律者。比还，复赐燕讲武殿。酒三行，二臣起跪于榻前："臣等幸无败事，昨面授文字，不敢藏于家。"即纳于上前。上徐自发封示之，乃白纸一张也。上神武机权如此。初，特以是申命令，使果犯而发封，见为白纸，则必入禀；及归而示之，又将以见初无轻斩之意。恩威两得，故虽彬等无不折服。

仁宗初复制科，立等甚严，首得富公，次得吴春卿、张安道、苏仪甫，惟吴春卿入三等，富公而下皆第四等。自是迄苏子瞻，方再入第三等。设科以来，两人而已。故子瞻《谢启》云："误占久虚之等。"

国初贡举法未备，公卿子弟多艰于进取，盖恐其请托也。范杲，鲁公之兄子，见知陶谷、窦仪，皆待以甲科。会有言"世禄之家，不当与寒畯争科名"者，遂不敢就试。李内翰宗谔已过省，以文正为相，唱名辞疾不敢入，亦被黜。文正罢相，方再登科。天僖后立法，有官人试不中者，皆科私罪，仍限以两举。或云：王冀公所请也。庆历以来，条令日备，有官人仍别立额，于是进取者始自如矣。

> 《考异》：天禧二年，王钦若请锁厅人不及格坐私罪。天圣

四年,诏免责罚,听再举。以旧制试礼部不及格赎铜,永不得应举也。七年诏:文臣许应两次,武臣一次。盖科罪者,王冀公所请;而免责罚许两次者,乃后来从宽,今并云"冀公所请",非也。天僖当作天禧。

欧阳文忠公初荐苏明允,便欲朝廷不次用之。时富公、韩公当国,虽韩公亦以为当然,独富公持之不可,曰:"姑少待之。"故止得试衔初等官。明允不甚满意,再除,方得编修《因革礼》。前辈慎重名器如此。元祐间,富绍庭欲从子瞻求为《富公神道碑》,久之不敢发。其后不得已而言,一请而诺,人亦以此多子瞻也。

元祐初,文潞公为太师,吕申公为左仆射,皆以高年特赐免拜。二公力辞。苏子瞻为翰林学士,因论"八十拜君命,一坐再至,此但传命非朝见,犹且不免。周天子赐齐小白无下拜,非不拜,谓无降阶,然终下拜。今二臣既辞,宜当从其请。遇见间或传宣免,则可为非常之恩。"仍降允诏,当时以为得体。

故事:臣寮告老,一章即从。仁宗时,始命一章不允,两章而后从,所以示优礼也。熙宁末,范景仁以荐苏子瞻、孔经甫不从,曰"臣无颜可见班列",乃乞致仕。章四上不报。最后第五章并论《青苗法》,于是始以本官致仕。神宗初未尝怒也。景仁既得谢,犹居京师者三年。时王禹玉为执政,与景仁久同翰林,景仁每从容过之道旧,乐饮终日,自不以为嫌,当权者亦不之责。

元祐初,熙宁、元丰所废旧臣,自司马温公以下,皆毕集于朝,独景仁屡召不至,世尤以为高云。

唐人记张延赏妻,苗晋卿女。父为宰相;舅嘉贞,子宏靖,皆宰相;婿韦皋虽不为真相,而食王爵。以为有唐衣冠之盛,一门而已。本朝韩忠献亿夫人,王魏公女。忠献参知政事,虽不为相,而康公、玉汝皆浩登相位,持国又为门下侍郎;长子综虽早死,亦为知制诰,皆王氏出。婿李内翰淑与苗氏殆不相远,他士族未有比者。

宰执每岁有内侍省例赐新火冰之类,将命者曰"快行家",皆以私钱一千赠之。元丰元年除日,神宗禁中忽得吴道子画钟馗像,因使镂板赐二府。吴冲卿时为相,欲赠以常例。王禹玉曰:"上前未有特赐,此出异恩,当稍增之。"乃赠五千。其后御药院遂为故事。明年除日,复赐冲卿,例复授五千,冲卿因戏同列曰:"一馗足矣。"众皆大笑。宣和间,一二大臣恩幸既殊,将命之人有饮食果实而得五十千者,日或至一再赐也。

司空图,朱全忠篡立,召为礼部尚书。不起,遂卒。宋次道为河南通判时,尝于御史台案牍中,得开平中为图荐辍朝敕,乃知虽乱亡之极,礼文尚不尽废,至如表圣,盖义不仕全忠者,然亦不以是简之也。

大臣及近戚有疾,恩礼厚者多宣医。及薨,例遣内侍监护葬事,谓之"敕葬"。国医未必皆高手,既被旨,须求面投药为功,病者不敢辞,偶病药不相当,往往又为害。敕葬,丧家无所预,一听于监护官,不复更计费,惟其所欲,至罄家资有不能办者。故谚云:"宣医纳命,敕葬破家。"近年敕葬多上章乞免,朝廷知其意,无不从者。

试院官旧不为小录。崇宁初,霍端友榜,安枢密惇知举,始创为之。余时为点检试卷官,自后遂为故事。进士小录,具生月日时者,叙齿也。安喜考命,时考官有善谈命者数人,安日使论之,故亦具生月日时,则过矣。

公燕合乐,每酒行一终,伶人必唱"嗺酒",然后乐作,此唐人送酒之辞。本作"碎"音,今多为平声,文士亦或用之。王仁裕诗:"淑景易从风雨去,芳樽须用管弦嗺。"

京师百司胥吏,每至秋,必醵钱为赛神会,往往因剧饮终日。苏子美进奏院,会正坐此。余尝问其何神,曰"苍王",盖以苍颉造字,故胥吏祖之,固可笑矣。官局正门里,皆于中间用小木龛供佛,曰"不动尊佛",虽禁中诸司皆然。其意亦本吏畏罢斥,以为祸福甚验,事之极恭。此不惟流俗之谬可笑,虽神佛亦可笑也。

旧制:学士以上赐御仙花带而不佩鱼,虽翰林学士亦然,惟二府服笏头带佩鱼,谓之"重金"。元丰官制行,始诏六曹尚书、翰林学士、杂学士皆得佩鱼。故苏子瞻《谢翰林学士表》云:"玉堂赐篆,仰淳化之弥文;宝带重金,佩元丰之新渥。"

"玉堂之署"四字,太宗飞白书,淳化中以赐苏易简。

　　枢密院既专总兵柄,宰相非兼领殆不复预闻。庆历初,元昊用兵,富公为谏官,乃请宰相如故事兼院事。时吕文靖为相,不欲兼,富公争之力,遂兼枢密使。自是相继为相者,初授除皆带兼使。八年,文潞公自参知政事相,始不带兼使。于是皇祐初,宋莒公、庞颍公相,皆不兼,盖元昊已纳款故也。神宗初更官制,王荆公诸人皆欲罢枢密院,神宗难之。其后遂定官制,论者终以宰相不预兵政为嫌,使如故事复兼,则非正名之意,乃诏厘其事大小:大事,三省与枢密同议进呈,画旨称三省枢密院同奉圣旨,三省官皆签书,付枢密院行之;小事,枢密院独取旨,行讫关三省,每朝三省、枢密院先同对,枢密院退待于殿庐,三省始留进呈,三省事退,枢密院再上进呈,独取旨,遂为定制。

　　殿庐幕次,三省官为一幕,枢密院为一幕,两省官为一幕,尚书省官为一幕,御史台为一幕。中司则独设椅子,坐于隔门之内,惟翰林学士与知开封府同幕。盖旧制,知府常以翰林学士兼故也。始枢密院与中书门下同一幕,赵中令末年,太祖恶其专,而枢密使李崇矩乃其子妇之父,故特命拆之,迄今不改。

　　唐制:惟弘文馆、集贤院置学士,宰相得兼外,他官未有兼者,亦别无学士之名,如翰林学士、侍讲学士、侍读学士、侍书学士,乃是职事之名尔。自后唐安重海为枢密使,明宗以其不通文义,始置端明殿学士,以冯道、赵凤为之,班枢密使下,食于其院;端明即正衙殿也。本朝改端明为文明,以命程羽。自后文明避真宗谥号,改紫宸。既又以紫宸非人臣所称,改观文。则端明、文明、紫宸本一殿。观文虽异,而创职之意则同,四名均一等职也。明道中,既别改承明殿为端明,仍置学士,中间又设资政殿大学士、学士,则职名增多,不得尽循旧制。始真宗为王冀公置资政殿学士,班枢密下,此即文明之职也。盖是时真宗眷冀公方厚,故不除文明,而别创此名。及丁文简之罢参政,不除资政殿大学士,复置观文,观文班在资政殿大学士上。而皇祐中,乃以命孙威敏,盖用丁文简故事尔,轻重疑亦不伦。近岁,自资政殿以上,皆为二府职名,乃是本朝新制;而端明殿为从官兼职之冠,则后唐故事也。

　　《考异》：唐弘文馆、集贤殿学士有非宰相而为之者，宰相亦非兼也。明皇以集仙殿为集贤殿，丽正书院为集贤院，殿与院不同，此云集贤院，非也。有大学士，有直学士，此云"他官未有兼者，亦别无学士之名"，非也。端明即西京正衙殿，当有"西京"二字。资政殿大学士，班文明学士下，翰林学士承旨上，此云"班枢密下"，又云即"文明之职"，不知何据。第六卷云"班翰林承旨上"，第十卷云"班枢密副使下"，前后不同。近岁有非二府而除资政者，亦有二府罢止除端明者，端明往往特拜。此云近岁自资政殿以上皆为二府职名，是本朝新制，而端明为从官兼职之冠，则后唐故事，皆非也。

　　古者丧服有负版，缀于领下，垂放之，方尺有八寸，《服传》所谓"负广出于适寸"者也。郑氏言：负在背上，适，辟领也。盖丧服之制，前有衰，后有负版，左右有辟领，此礼不见于世久矣。自秦汉以来，未之闻。翟内翰公巽尝言：《论语》式负版，非板籍之版，乃丧服之版，以"子见齐衰者必式"为证。

　　尧称陶唐氏，舜称有虞氏，禹称有夏氏，唐、虞、夏或其封国，或其所生土名，故其先皆命以为氏，后因以为国，则尧、舜、禹者，疑其为谥号也。然《易》称"尧、舜氏作"，则尧、舜亦氏，岂复追称之或以谥耶？其通称则皆谓之帝。秦本欲称泰皇，既去泰号称皇帝，固已过矣，汉以后因之，不能易。至唐武后天授中，加尊号曰"圣神皇帝"，中宗神龙加尊号曰"应天皇帝"，明皇又以年冠之，称"开元皇帝"。其后更相衍，多至十余字，此乃生而为谥，果何礼哉？本朝初废不讲。仁宗景祐初，群臣用开元故事，请以景祐为号。自是每遇南郊大礼毕，则百官拜表，加上尊号，以示归美之意。神宗即位，诸臣累上尊号，皆辞不受，元丰三年遂下诏罢之。帝王之盛举也。

　　俗称翰林学士为"坡"，盖唐德宗时尝移学士院于金銮坡上，故亦称"銮坡"。唐制：学士院无常处，驾在大内，则置于明福门；在兴庆宫，则置于金明门，不专在翰林院也。然明福、金明不以为称，不常居之尔。谏议大夫亦称"坡"，此乃出唐人之语。谏议大夫班本在给舍上，其迁转则谏议岁满方迁给事中，自给事中迁舍人。故当时语云：

“饶道斗上坡去，亦须却下坡来。”以谏议为上坡，故因以为称，见李文正所记。

国初取进士，循唐故事，每岁多不过三十人。太宗初即位，天下已定，有意于修文，尝语宰相薛文惠公治道长久之术，因曰：“莫若参用文武之士。吾欲于科场中广求俊彦，但十得一二，亦可以致治。”居正曰：“善。”是岁御试题，以“训练将士”为赋，“主圣臣贤”为诗，盖以示参用之意。特取一百九人，自唐以来未有也。遂得吕文穆公为状头，李参政至第二人，张仆射齐贤、王参政化基等数人，皆在其间。自是连放五榜，通取八百一人，一时名臣，悉自此出矣。

《考异》：国初取进士，每岁有不止三十人者，此云多不过三十人，非也。

唐末、五代武选，有东西头供奉、左右班侍禁殿直；本朝又增内殿承制崇班，皆禁廷奉至尊之名。然宰执及戚里，当时得奏乞给使恩泽，皆例受此官，沿习既久，不以为过。政和中，改武官名，有拱卫、亲卫、大夫等职，宰相给使有至此官者，会其将罢，或欲阴中之，因言人臣而用拱卫、亲卫，意不可测，不知亦前日承制、侍禁之类也。

唐致仕官，非有特敕，例不给俸。国初循用唐制，至真宗乃始诏致仕官特给一半料钱，盖以示优贤养老之意。当时诏云：始呈材而尽力，终告老以乞骸。贤哉，虽叹于东门；邈矣，遂辞于北阙。用尊耆德，特示殊恩。故士之得请者颇艰。庆历中，马季良在谪籍得致仕，言者论而夺之，盖以此。其后有司既为定制，有请无不获，人寖不以为贵。乃有过期而不请者，于是御史台每岁一检举；有年将及格者，则移牒讽之，今亦不复举矣。

《考异》：唐贞元五年，萧昕等致仕，给半俸，遂为例。太和元年，杨於陵致仕，特全给俸料，辞云：“半给之俸，近古所行。伏自思惟，已为过幸。”此云“唐致仕官，非有特敕”，例不给俸，非也。太宗淳化元年，诏致仕官给半俸，此云真宗，非也。咸平五年，谢泌言：致仕官近皆迁秩，今录授朝官给半俸，须有清名及劳效乃可听。乃诏七十以上求退者许致仕，因疾及历任有赃犯者听从便；若谪籍不得致仕，后来亦然。范忠宣公是也。苏子由诗云"余年迫悬车,奏草屡濡笔。籍中顾未敢,尔后当容乞"是也。明道二年,大赦,丁谓特许致仕,真宗朝御史卢琰言:"朝士有衰老不退者,请举休致之典。"时二三名卿犹有不退之讥,则过期不请,非独后来也。

唐三院御史,谓侍御史与殿中侍御史、监察御史也。侍御史所居曰"台院",殿中曰"殿院",监察曰"察院",此其公宇之号,非官称也。侍御史自称"端公",知杂事则称"杂端",而殿中、监察称曰"侍御",近世"殿院"、"察院",乃以名其官,盖失之矣。而侍御史复不称台院,止曰"侍御",端公、杂端但私以相号,而不见于通称,各从其所沿袭而已。

《考异》:《因话录》侍御史众呼为"端公",非自称也。

唐御史台北向,盖沿隋之旧。公堂会食,侍御史设榻于南,而主簿在北,两院分为东西,故俗号侍御史为"南榻"。

监察御史里行,监察御史之资浅者也。始唐太宗自布衣擢马周令于监察御史里行,遂以名官。《马周传》不载,《六典》言之。或曰:始龙朔中王本立,亦见唐人杂记,然不若《六典》为可据也。

《考异》:马周、王本立为监察御史里行,皆见《唐书·职官志》。此云见《六典》及唐人杂记,不若以《唐书》为据也。唐侍御史、殿中侍御史皆有里行,非独监察御史也。

唐诏令虽一出于翰林学士,然遇有边防机要大事,学士所不能尽知者,则多宰相以其处分之要者自为之辞,而付学士院,使增其首尾常式之言而已,谓之"诏意"。故无所更易增损,今犹见于李德裕、郑畋集中。近岁或尽出于宰相。进呈讫,但召待诏,即私第书写;或诏学士,宰相面授意,使退而具草,然不能无改定也。

元祐初,用治平故事,命大臣荐士试官职,多一时名士,在馆率论资考次迁,未有越次进用者,皆有滞留之叹。张文潜、晁无咎俱在其间。一日,二人阅朝报,见苏子由自中书舍人除户部侍郎。无咎意以为平,缓曰:"子由此除不离核。"谓如果之粘核者。文潜遽曰:"岂不胜汝枝头干乎?"闻者皆大笑。东北有果如李,每熟不得摘,辄便槁,土人因取藏之,谓之"枝头干",故云。

陈恭公自为参政时,仁宗即眷之厚,不但以其尝请建储德之也。

皇祐初,赵清献诸人攻恭公二十余章,意终不解。一日,喟然顾一老中官曰:"汝知我不乐乎?"中官曰:"岂非以陈相公去住未定耶?"上曰:"然"。中官曰:"此亦易尔。既台谏官有言,何不从之使去?"上曰:"我岂不知此?但难得如此老子不谩我尔。"后不得已欲罢之,犹令自举代。恭公荐吴正肃公。即召至阙下,会赐宴,正肃疾作不果相,然世亦以此多恭公也。

陈恭公初相,张安道为学士,仁宗召至幄殿,面谕曰:"善为草麻辞,无使外人得有言。"盖恐其物望未孚也。安道载其请建储之事云:"纳忠先帝,有德朕躬。"上览称善。及恭公薨,墓碑未立,时论者犹未一,上赐额曰"襃忠之碑",特命安道为之。故安道首言:"襃忠碑者,皇帝神笔,表扬故相岐国公执中之遗烈也。"于是遂无议之者。

《考异》:"纳忠先帝,有德朕躬",乃陈恭公除参政制词,此云麻词非也。

陈希夷将终,密封一缄付其弟子,使候其死上之。既死,弟子如其言入献,真宗发视无他言,但有"慎火停水"四字而已。或者以为道家养生之言,而当时皆以为意在国事,无以是解者。已而祥符间,禁中诸处数有大火,遂以为先告之验。上以军营人所聚居,尤所当戒,乃命诸校悉书之门,故今军营皆揭此四字。

元祐初,哲宗将纳后,得狄谘女,宣仁意向之,而庶出过房,以问宰执。或曰:"勋臣门阀可成。"王彦霖为签书枢密院,曰:"在礼问名,女家答曰'臣女夫妇所生',及列外氏官讳,今以狄氏为可,将使何辞以对?"宣仁默然,遂罢议。

《考异》:元祐初当作元祐六年。

帝女谓之"公主",盖婚礼必称"主人",天子不可与群臣敌,故以同姓诸侯主之。主者,言主婚尔。而汉又有称"翁主"者,诸侯之女也。翁者,老人之称,古人大抵谓父为翁。诸侯自相主婚无嫌,故称翁者谓其父自主之也。自六朝后,诸王之女皆封"县主",隋以后又有称"郡主"者,自是遂循以为故事。则主非主婚之名,盖尊之,犹言县君、郡君云尔。国初,赵韩王以开国元臣,诏诸女特比宗室,皆封"郡主"。臣庶而封主者,惟赵氏一家而已。而名实之差,流俗相习而不悟，主、君皆尊称，则县主、县君、郡主、郡君，初何所辨？但以非宗室不封，故从以为异也。

大驾玉辂，世传为唐高宗时物，坚壮稳利，至今不少损。元丰间，礼文既一新，有司请别造新辂，诏宋用臣董之，备极工巧珠宝之饰。既成，以正旦大朝会，宿陈于大庆殿廷，车人先以幕屋覆之。将旦彻屋，忽其上一木坠，尽压而碎。一木之势，盖不能至此，人以为异。自后竟乘旧辂。

金明池龙舟，太宗时造，每岁春驾上池必登之。绍圣初，亦尝命别造形制，有加于前，亦号工丽。余时正登第在京师。初成，琼林赐燕，蔡鲁公为承旨，中休往登以观，至半辄坠水，几不免相继。哲宗临幸，是日，大风昼冥，池水尽波，仪卫不能立，竟不能移跬步。自后遂废不用。二事适相似，亦可怪也。

卷六

　　节度使旌节：门旗二，龙虎旌一，节一，麾枪二，豹尾二，凡八物。旗以红缯为之九幅，上为涂金铜龙头以揭旌，加木盘。节以金铜叶为之。盘三层，加红丝为旄。麾枪亦施木盘。豹尾以赤黄布画豹文。皆以髹漆为杠，文臣以朱，武臣以黑。旗则绸以红缯，节及麾枪则绸以碧油，故谓之"碧油红旆"。受赐者藏于公宇私室，皆别为堂，号"节堂"。每朔望之次日祭之，号"衙日"。唐制有六纛，今无有也。

　　殿前司与侍卫司、马军步军为三衙，其实两司。而侍卫司都指挥使外，又分置马步军都指挥使尔。殿前司亦参马步军，而总于都指挥使，故殿前司都指挥使、副都虞候，侍卫亲军都指挥使、副都虞候，与马军步军都指挥使、副都虞候，两司三衙合十二员，分天下兵而领之，此祖宗制兵之大要也。始唐制，有十二卫兵，后又有六军。十二卫兵为南衙，汉之南军也；六军为北衙，汉之北军也。末年，常以大臣一人总之，如崔允判六军、十二卫是也。都指挥使本方镇军校之名，自梁起宣武军，乃以其镇兵，因仍旧号，置在京马步军都指挥使而自将之。盖于唐六军诸卫之外，别为私兵。至后唐明宗，遂改为侍卫亲军，以康义诚为马步军都指挥使。秦王从荣以河南尹为大元帅，典六军，此侍卫司所从始也。及从荣以六军反入宫，义诚顾望不出兵，而侍卫马军都指挥使朱宏宝击败之，其后遂不废。殿前军起于周世宗，是时，太祖为殿前司都虞候。初，诏天下选募壮士送京师，命太祖择其武艺精高者为殿前诸班，而置都点检，位都指挥使上。太祖实由此受禅，见于《国史》。欧阳文忠公为《五代史》，号精详，乃云"不知其所始"，盖考之未详也。自有两司，六军诸卫渐废，今但有其名。则两司不独为亲军而已，天下之兵柄皆在马。其权虽重，而军政号令则在枢密院，与汉周之间史宏肇之徒为之者，异矣。此祖宗之微意，非前世所可及也。

　　马数岁者以齿。唐人多谓陇右人为张万岁讳。万岁为太仆卿，掌马政三十余年,恩信行于陇右故也。亦未必。然他畜不计年,惟马之壮老,人所欲知,而无以验其实,必自其齿观之。则以岁为齿,理固宜尔也。

《考异》:《曲礼》齿路马,《周礼》马质书其齿毛,《春秋传》马之齿长矣。则马数岁者以齿,非自唐始也。

唐制:户部、度支各以本司郎中、侍郎判其事。盖户部掌纳,度支掌出,谓常赋常用也。又别置盐铁转运使,以掌山泽之入,与督漕挽之事。中世用兵,因以宰相领其职;乾符后,改置租庸使以总之。至后唐,孔谦暴敛,明宗诛谦,遂罢使额,以盐铁、户部、度支分为三司,而以大臣一人总判,号曰"判三司"。未几,张延朗复请置三司使,乃就命延朗,班宣徽使之下。本朝因其名,故三司使权常亚宰相。

《考异》:肃宗始以第五琦为盐铁使,后刘晏始兼盐铁转运使,晏为相,充使如故。非其初户部、度支之外,便别有此等使名也。租庸使自开元十一年有之,永泰元年并停,然盐铁转运使则如故,非乾符后始改置租庸使,而租庸使亦非总户部度支之职也。盖自《五代史·张延朗传》失之,此既承误又甚尔。梁始复置租庸使,则三司之职皆总之矣。

国朝既以绯紫为章服,故官品未应得服者,虽燕服亦不得用紫,盖自唐以来旧矣。太平兴国中,李文正公昉尝举故事,请禁品官绿袍,举子白纻,下不得服紫色衣;举人听服皂,公吏、工商、伎术,通服皂白二色。至道中,弛其禁,今胥吏宽衫,与军伍窄衣,皆服紫,沿习之久,不知其非也。

《考异》:太平兴国七年,诏详定车服之制。李昉等奏,中外官及举人不得绯绿白袍内服紫,仍许通服皂衣白袍,非李公自为此请也。

祥符中,始建龙图阁,以藏太宗御集。天禧初,因建天章、寿昌两阁于后,而以天章藏御集,虚寿昌阁未用。庆历初,改寿昌为宝文,仁宗亦以藏御集,二阁皆二帝时所自命也。神宗显谟阁,哲宗徽猷阁,皆后追建之,惟太祖英宗无集,不为阁。

太庆殿初名乾元,太平兴国、祥符中,皆因火改为朝元、天安,景祐中方改今名。有龙墀、沙墀。凡正旦至大朝会,策尊号,则御焉。郊祀大礼,则驾宿于殿之后阁,百官为次,宿于前之两廊。皇祐初,始行明堂之礼。又以为明堂,仁宗御篆"明堂"二字,每行礼,则旋揭之,事已复去。文德殿在大庆殿之西少次,旧曰端明,后改文明,祥符中因火再建,易今名。紫宸殿在大庆殿之后少西,其次又为垂拱殿,自大庆殿后,紫宸、垂拱之两间有柱廊相通。每月视朝,则御文德,所谓"过殿"也。东西阁门皆在殿后之两旁,月朔不过殿,则御紫宸,所谓"入阁"也。月朔与诞节郊庙礼成受贺,契丹辞见,亦皆御紫宸。文德遇受册发册,明堂宣赦,亦御而不常用。宣麻不御殿,而百官即庭下听之,紫宸不受贺,而拜表称贺,则于东上阁门;国忌未赴景灵宫,先进名奉慰,则于西上阁门;亦就庭下拜而授阁门使,盖以阁不以殿也。惟垂拱为日御朝之所。

集英殿,旧大明殿也,明道中改今名,每春秋大燕皆在此。太祖尝御策制科举人,故后为进士殿试之所。其东廊后有楼曰"升平",旧紫云楼也。每大燕,则宫中登而观焉。皇仪殿旧名滋福,咸平初,太宗明德皇后居之,以为万安宫。后崩复旧。明道中改今名,故常废而不用,以为治后丧之所。

熙宁中,苏子容判审刑院,知金州张仲宣坐枉法赃,论当死。故事:命官以赃论死,皆贷命杖脊,黥配海岛。苏请曰:"古者刑不上大夫,可杀则杀。仲宣五品,虽有罪得乘车。今杖而黥之,使与徒隶为伍,得无事污多士乎?"乃诏免杖黥,止流岭外,自是遂为例。

《考异》:当云官五品,时法官援李希辅例,请贷命杖脊,黥配海岛。苏言希辅、仲宣均为枉法,仲宣止系违命,视希辅有间。上令免决黥之。苏又奏不可,曰:"古者刑不上大夫。仲宣官五品,今贷死而黥之,使与徒隶为伍;虽其人无可矜,所重者污辱衣冠耳。"遂免杖黥,流岭外。非故事皆贷命杖黥,配海岛也。又,先已免杖,次乃免黥。

皇祐初,丁文简公罢参知政事,初除观文殿学士,以易紫宸之名而已。其后加大学士以命贾文元。始诏非尝任宰相,不除观文殿大学士,遂为宰相职名。熙宁间,韩康公自陕西宣抚使失律,以本官罢相。是岁,明堂恩复观文殿学士,而不加大学士,自是宰相不以美罢,率止除观文殿学士。而王子纯以熙河功,王乐道以宫僚,虽非宰相亦除,盖异恩也。然皆兼端明殿、龙图阁学士。

国朝状元为相者四人:吕文穆公、王文正公、李文定公、宋元宪公。文穆登第十二年拜,文正二十一年,文定二十九年,元宪二十七年;文正、文定皆再入,而文穆三入为尤盛。文正初携行卷见薛简肃公,其首篇《早梅》云:"如今未说和羹事,且向百花头上开。"简肃读之,喜曰:"足下殆将作状元了,做宰相耶?"

王伯庸名尧臣榜,韩魏公第二,赵康靖公第三。嘉祐末,魏公为相,康靖为参知政事,伯庸虽先罢去,而魏公与康靖同在政府,当时号为盛事。熙宁末,王荆公相,韩康公、王禹玉为参知政事,三人亦皆同年,仍在第甲连名,禹玉第一,康公第二,荆公第三。荆公再入,仍与康公并相,尤为难得。时陆子履作诗云:"须信君王重儒术,一时同榜用三人。"

中丞、侍御史上事,台属皆东西立于厅下,上事官拜厅已,即与其属揖而不声喏,谓之"哑揖"。以次升阶,上事官据中坐,其属后列,坐于两旁。上事官判案三道后,皆书曰"记谘",而后引百司人吏立于庭台。吏自厅上厉呼曰:"喏!"则百司人吏声喏,急趋而出,谓之"喏散"。然后,属官始再展状如寻常参谒之仪,始相与交谈,前此盖未尝语也。案后判"记谘",恐犹是方镇宪衔时沿袭故事。记谓"记室",谘谓"谘议",不知哑揖、喏散为何义,然至今行之不改。

国初天下始定,更崇文士。自殿试亲放榜,状元往往遂见峻用。吕文穆公太平兴国七年登科,八年已为参知政事。李文正昉乃座主,于时为相,与文穆同在二府。后五年,文正罢,文穆遂代为相。李文定公景德二年登科,天禧元年为参知政事,后三年为相,距登第亦才十六年。登第时寇莱公已为相,冯魏公已为参知政事。后亦代莱公为相,而魏公尚枢密使。其后王文正公以咸平五年登科,大中祥符九年为参知政事,乾兴元年为相,距登第二十一年。登第时,冯魏公为同知枢密院事,王冀公为参知政事,亦代魏公为相,而冀公方自江宁再入为首相,自是无复继者。

故事：外官除馆职，如秘阁校理、直秘阁者，必先移书在省职事官，叙同僚之好，已乃专遣人持钱及酒殽珍馔，即馆设盛会，燕同僚，请官长为之主，以代礼上之会。各随其力之厚薄，甚有费数百千者。就京师除者，则即馆上事，会亦如之。自崇宁以来，外官除馆职者既多，此礼寖废。宣和后，虽书局官亦预馆职，至百余员，故遂废不讲。崇宁初，许天启自陕西漕对除直秘阁，用故事入馆上事，以漕司驺从传导至道山堂，坐吏无一出见者。馆职亦各居直舍，不相谁何。天启久之索马而去，人传以为笑。

国朝知制诰，必召试而后除，唐故事也。欧阳文忠记不试而除者惟三人：陈文惠、杨文公与文忠，此乃异礼。自是继之者，惟元祐间苏子瞻一人而已。近例：凡自起居舍人除中书舍人者，皆不试。盖起居舍人遇中书舍人阙，或在告，则多权行辞，为已试之矣，故不再试，遂为故事。

尚书省、枢密院札子，体制各不同。尚书年月日，宰相自上先书，有次相则重书，共一行，而左右丞于下分书，别为两行，盖以上为重。枢密知院自下先书，同知以次，重书于上。签书亦然，盖以下为重，而不别行。

唐诰敕，宰相复名者皆不出姓，惟单名则出姓，盖以为宰相人所共知，不待书姓而见。余多见人告身类如此。国朝宰相虽单名亦不出姓，他执政则书，异宰相之礼也。

宰相监修国史，止用敕，不降麻，世皆言自赵韩王以来失之。然韩王初相时，范鲁公三相俱罢，中书无人，乃以太宗押敕，则虽相亦是敕除，未尝降麻，盖国初典礼犹未备也。

《考异》：旧有诰文，又有敕。仁宗封寿春郡王，礼仪院言：皇子诰敕，请令阁门进纳宫中给赐。王元之《代王侍郎辞官表》云：伏蒙圣慈，赐臣官诰一道，敕牒一道，特授参知政事。陈尧叟自枢密使罢为右仆射，命其子贲诰牒赐之。司马温公辞副密云：乞收还敕诰。其他证据甚多，此特举其显然者。近世诰敕不并行，岂得谓国初宰相亦敕除未尝降麻乎？赵韩王拜相麻制，见《实录》。

故事：杂学士得服金带。熙宁初，薛师正以天章阁待制权三司使，上以为能，诏赐金带。非学士而赐带自此始。

自官制行，以给事中、中书舍人为两省属官，皆得预闻两省之事。初，舍人既沿旧制，差除有未审当，皆得直封还词头；而给事中有所驳正，则先使诣执政，禀议有异同，然后缴奏以闻。韩仪公为给事中，建言两省事体均一，不应一得直行，一须禀议，遂诏如舍人。然舍人于中书事，皆得于检后通书押，而给事中则但书录黄而已。舒信道为给事中，复以为言。王文恭为相，时以白上。神宗曰："造令与行令不同，职分宜别，给事中不当书草。"遂著为令，迄今以为定制也。

祖宗时，选人初任荐举，本不限以成考。景祐中，柳三变为睦州推官，以歌辞为人所称，到官才月余，吕蔚知州事即荐之。郭劝为侍御史，因言三变释褐到官始逾月，善状安在，而遽荐论？因诏州县官，初任未成考不得举，后遂为法。

故事：生日赐礼物，惟亲王、见任执政官、使相，然亦无外赐者。元丰中，王荆公罢相，居金陵，除使相，辞未拜，官止特进。神宗特遣内侍赐之，盖异恩也。

《考异》：使相虽在外，亦赐。范蜀公内制，有赐使相判河阳富弼生日礼物，口宣云："爰兹震夙之旦，故有匪颁之常。"王荆公熙宁七年，以观文殿大学士、吏部尚书知江宁，诏生日依在外使相例取赐。此云使相无外赐者，又云元丰中，又云居金陵，又云除使相辞未拜，官止特进，皆非。荆公熙宁九年再罢相，除使相判江宁，寻改集禧观使。元丰元年正月，除大观文。三年九月官制行，改特进。

天圣前，诸路使者举荐未有定限，选人止用四考改官。然是时吏部选人磨勘，岁才数十人而已。庆历以后，增为六考。知州等荐，吏部皆视属邑多寡，裁为定数。于是当荐举者，常以应格充数为意，遂数倍于前。治平中，吏部待次引见人至二百五十余人。贾直儒为中司，尝言其冗。时但下诏，申戒中外，务在得人，不必满所限之数，然竟不能革也。

太祖初，罢范鲁公三相，而独拜赵韩王，乃置参知政事二员为之副，以薛文惠公居正、吕文穆公余庆为之。执政官自此始，不宣制，不知印，不押班，不预奏事，但奉行制书而已。韩王独相十年，后以权太盛，恩遇稍替，始诏参知政事与宰相更知印押班奏事，以分其权，遂为故事。初唐至德中，宰相分直政事堂，人知十日。贞元后，改为轮日，故参用之。

祖宗时，执政私第接宾客有数，庶官几不复可进。自王荆公欲广收人材，于是不以品秩高卑皆得进谒，然自是不无夤缘干求之私。进见者既不敢广坐明言其情，往往皆于送客时罗列于庑下，以次留身，叙陈而退，遂以成风。执政既日接客，至休日则皆杜门不复通。阍吏亦以榜揭于门曰："假日不见客。"故事：见执政皆着靴不出笏，然客次相与揖，则皆用笏。京师士人因言厅上不说话，而庑下说话；假日不见客，而非假日见客；堂上不出笏，而客次出笏，谓之"三拗"。

祖宗故事：宰相去位，例除本官，稍优则进官一等，或易东宫三少。惟赵韩王以开国旧臣，且相十年，故以使相罢，盖异恩也。自是迄太宗、真宗世，皆不易旧制。天圣初，冯魏公以疾辞位，始除武胜军节度使。宰相建节，自魏公始。明道末，吕申公罢，仁宗眷之厚，始复加使相。盖自韩公以来，申公方继之。其后王文惠、陈文惠罢日，相继除，遂以为例。宰相除使相，自申公始。景祐末，王沂公罢相，除资政殿大学士，判郓州。宰相除职，自沂公始。至皇祐，贾文元罢，除观文殿大学士，自是遂以为例。盖自非降黜皆建节，或使相为优恩加职名为常例，迄今不改也。

真宗景德中，既置资政殿大学士，授王冀公，班翰林承旨上，一时以为殊宠。祥符初，向文简公以前宰相再入为东京留守，复加此职。自是迄天圣末二十余年，不以除人。明道元年，李文定公知河阳召还，始再命之。景祐四年，王沂公罢相复除，三十年间除三人，而皆前宰相也。宋宣献公罢参知政事，仁宗眷之厚，因加此职。自冀公后，非宰相而除者，惟宣献一人而已。时谢希深当制，云："有国极资望之选，今才五人。儒者兼翰墨之华，尔更九职。"当时颇称之。宣献尝历龙图阁学士、端明殿学士，再为翰林学士，三为侍读学士，而后除资政殿大学士，至是并为九也。

学士院旧制：自侍郎以上，辞免、除授、赐诏皆留其章中书，而尚书省略具事因，降札子下院，使为诏而已。自执政而上至于节度、使相，用批答。批答之制，更不由中书，直禁中封所上章付院。今降批表，院中即更用纸连其章后书辞，并其章赐之。此其异也。辞既与章相连，后书省表具之字必长。作表字，旁一瞥，通其章阶位上过，谓之"抹阶"。若使不复用旧衔之意，相习已久，莫知始何时。

龙武羽林、神武，各分左右，所谓六军也。每军有统军，而无上将军。盖唐贞元之制，以比六尚书用待藩镇罢还无职事而奉朝请者，国朝因之。咸平初，楚王元佐加官，有司误以为左羽林上将军，后遂为例。治平三年，始诏今后六军加官不除上将军，所以厘正其失也。

天策上将，唐官也。初，太宗破王世充、窦建德，高祖以其功大，其官号不足称，乃加是名，位三公上，开府，终唐世未尝更命人。梁更为天策上将军，以命马殷，亦开府。祥符八年，楚王元佐久疾，以皇兄之宠，故采唐旧典授之，结衔在功臣上，而不开府。其后荆王元俨薨，因以为赠官。

《考异》：唐太宗为皇太子，即罢天策府，自不应更有府官也。

唐宗正卿，皆以皇族为之。本朝踵唐故事，而止命同姓。庆历初，始置大宗正司，以北海郡王允弼为知大宗正事。其后相承，皆以宗室领。治平元年，英宗以宗子数倍多于前，乃命增置同知大宗正事一员，亦以怀州团练使宗惠为之，迄今以为故事。熙宁三年，复置丞二员，而命以外官。

继照堂，真宗尹京日射堂也。祥符二年，因临幸，赐名资善堂，仁宗肄学之所也。祥符八年置，旧在元符观南，天禧初，徙今御厨北。

国朝宰相执政，未有兼东宫职事者。天禧末，仁宗初立为皇太子，因命宰相丁谓、冯拯兼少师、少傅，枢密使曹利用兼少保，而任中正、王曾为参知政事，钱惟演为枢密副使，皆兼宾客，前此所无也。谓等因请师傅十日一赴资善堂，宾客以下，只日互陪侍讲，从之。

国朝以史馆、昭文馆、集贤院为三馆，皆寓崇文院，其实别无舍，但各以库藏书，列于廊庑间尔。直馆、直院谓之"馆职"，以他官兼者谓之"贴职"。元丰以前，凡状元制科一任还，即试诗赋各一，而入否则用大臣荐而试，谓之"入馆"。官制行，废崇文院为秘书监，建秘阁于中，自少监至正字，列为职事官，罢直馆、直院之名，而书库仍在，独以直秘阁为"贴职"之首，皆不试而除，盖特以为恩数而已。

卷七

　　大中祥符五年，玉清、昭应宫成，王魏公为首相，始命充使，宫观置使自此始，然每为见任宰相兼职。天圣七年，吕申公为相，时朝廷崇奉之意稍缓，因上表请罢使名，自是宰相不复兼使。康定元年，李若谷罢参知政事留京师，以资政殿大学士为提举会灵观事。宫观置提举自此始。自是学士、待制、知制诰，皆得为提举，因以为优闲不任事之职。熙宁初，先帝患四方士大夫年高者，多疲老不可寄委，罢之则伤恩，留之则玩政。遂仍旧宫观名，而增杭州洞霄及五岳庙等，并依西京崇福宫置管勾或提举官，以知州资序人充，不复限以员数，故人皆得以自便。

　　国朝馆伴契丹，例用尚书学士。元丰初，高丽入贡，以毕仲衍馆伴。仲衍时为中书舍人，后遂为故事。盖以陪臣处之，下契丹一等也。契丹馆于都亭驿，使命往来，称"国信使"。高丽馆于同文馆，不称"国信"，其恩数、仪制皆杀于契丹。大观中，余以中书舍人初差馆伴，未至而迁学士，执政拟改差人，上使仍以余为之。自是王将明等皆以学士馆伴，仍升使为"国信"，一切视契丹。是时，方经营朔方，赖以为援也。建炎三年，余在扬州，复入为学士，高丽自海州来朝，遂差余馆伴。余因建言：高丽用学士馆伴，出于一时之命，而升为"国信使"，亦宣和有为为之。今风示四夷，示以轨物，当正前日适然之失，尽循旧制。因辞疾请命他官。于是张达明以中书舍人改差，罢国信，皆用元丰旧仪，自余请之也。

　　唐翰林院在银台之北。乾封以后，刘祎之、元万顷之徒时宣召草制其间，因名"北门学士"。今学士院在枢密之后，腹背相倚，不可南向，故以其西廊西向，为院之正门；而后门北向，与集英相直，因榜曰"北门"。两省枢密院皆无后门，惟学士院有之。学士朝退入院，与禁中宣命往来，皆行此门，而正门行者无几。不特取其便事，亦以存故事也。

唐翰林院本内供奉艺能技术杂居之所，以词臣侍书诏其间，乃艺能之一尔。开元以前，犹未有学士之称，或曰"翰林待诏"，或曰"翰林供奉"，如李太白犹称供奉。自张垍为学士，始别建学士院于翰林院之南，则与翰林院分而为二，然犹冒翰林之名。盖唐有弘文馆学士，丽正殿学士，故此特以翰林别之。其后遂以名官，讫不可改。然院名至今但云学士而不冠以翰林，则亦自唐以来沿袭之旧也。

紫宸、垂拱常朝，从官于第一重隔门下马，宰相即于第二重隔门下马，自主廊步入殿门，人从皆不许随，虽宰相亦自抱笏而入，幕次列于外殿门内两庑，惟中丞以交椅子一只从于殿门后，稍西北向，盖独坐之意。驾坐，阁门吏自下，以次于幕次帘前报班到；二史舍人而上，相继进东西分立于内殿门之外，南向阁门内。诸司起居毕，阁门吏复从上自尚书侍郎以次揖入，东西相向对立于殿庭之下。然后宰执自幕次径入就位，立定，阁门吏复引而北向。起居毕，宰执升殿，尚书以次各随其班，次第相踵，从上卷转而出，谓之"卷班"。遇雨，则旋传旨拜于殿下，谓之"笼门"。崇政殿则拜于东廊下。

太宗时，张宏自枢密副使；真宗时，李惟清自同知枢密院，为御史中丞，盖重言责也。仁宗时，亦多命前执政，如晏元献公、王安简公皆是。自嘉祐后迄今，无为之者。

故事：在京职事官绝少用选人者。熙宁初，稍欲革去资格之弊，于是始诏选举到可试用人，并令崇文院校书以备询访差使。候二年取旨，或除馆职，或升资任，或只与合入差遣，盖欲以观人材也。时邢尚书恕，以河南府永安县主簿，首为崇文院校书，胡右丞愈知谏院，犹以为太遽，因请虽选人而未历外官，虽历任而不满者，皆不得选举，乃特诏恕与堂除近地试衔知县。近岁不复用此例。自始登第，直为禁从，无害也。

宰相除授，虽兼职，故事亦须用麻。乾德二年，赵韩王以门下相兼修国史，有司失于讨论，遂止降敕，至今不能改。

《考异》：《仁宗实录》云：唐制：宰相监修国史，馆殿大学士皆降制。本朝自赵普后，或止以敕除，非故事也。此云虽兼职亦用麻，泛言兼职，非也。又若拜相带监修国史，则自降制矣，故云或止以敕除，言其不皆如此也。

京城士人旧通用青凉伞。祥符五年，始诏惟亲王得用之，余悉禁。六年，中书、枢密院亦许用，然每车驾行幸，扈从皆撤去。既张伞而席帽仍旧，故谓之"重戴"。余从官遇出京城门，如上池赐宴之类，门外皆张伞，然须却帽。

寇莱公、王武恭公皆宋偓婿，其夫人明德皇后亲妹也。当国主兵，皆不以为嫌。

故事：太皇太后伞皆用黄，太妃用红。国朝久虚太妃宫。元祐间，仁宗临御，上元出幸寺观，钦圣太后、钦成太妃始皆从行，都人谓之"三殿"。苏子容《太妃阁春帖》云："新春游豫祈民福，红伞雕舆从两宫。"

慈圣太后在女家时，尝因寒食与家人戏掷钱，一钱盘旋久之，遂侧立不仆，未几被选。

故事：南郊，车驾服通天冠、绛纱袍；赴青城祀日，服靴袍；至大次临祭，始更服衮冕。元丰中，诏定奉祀仪，有司建言：《周官》祀昊天上帝，则服大裘而冕；《礼记》郊祭之日，王被衮以象天。王肃援《家语》，临燔祭，脱衮冕，盖先衮而后裘。因请更制大裘，以衮用于祀日，大裘用于临祭。议者颇疑《家语》不可据，黜之。则《周官》、《礼记》所载相抵牾。时陆右丞佃知礼院，乃言古者衣必有裘；故缁衣羔裘、素衣麑裘、黄衣狐裘。所谓大裘不裼者，止言不裼，宜应有袭。袭者，里也。盖中裘而表衮，乃请服大裘、被以衮，遂为定制。大裘黑羔皮为之，而缘以黑缯，乃唐制也。

邵兴宗初自布衣，试茂材异等中选，除建康军节度推官。会言者论与宰相张邓公妻党连姻，报罢。后因元昊叛，诏求方略之士，复献《康定兵说》十篇，召试秘阁，始得权邠州观察推官。祖宗取人之慎，盖如是也。

《考异》：时有密言邵与张邓公连姻者，实非也。其后邵进《兵说》，召试授颍州团练推官。此云权邠州观察推官，非也。

卢相多逊素与赵韩王不协。韩王为枢密使，卢为翰林学士。一日，偶同奏事，上初改元乾德，因言此号从古未有，韩王从旁称赞。卢

曰："此伪蜀时号也。"帝大惊,遽令检史视之,果然。遂怒,以笔抹韩
王面,言曰："女争得如他多识!"韩王经宿不敢洗面。翌日奏对,帝方
命洗去。自此隙益深。以及于祸,多逊《朱崖谢表》末云："班超生入
玉门,非敢望也;子牟心存魏阙,何日忘之?"天下闻而哀焉。

京师省、寺皆南向,惟御史台北向,盖自唐以来如此。说者以为
隋建御史台,取其与尚书省便道相近,故唐因之。或云:御史弹治不
法,北向取肃杀之义。莫知孰是。然今台门上独设鸱吻,亦非他官局
所有也。

国初,西蜀初定,成都帅例不许将家行,蜀土轻剽易为乱,中朝士
大夫尤以险远不测为惮。张乖崖出守还,王元之以诗赠云："先皇忧
蜀辍枢臣,独冒干戈出剑门。万里辞家堪下泪,四年归阙似还魂。弟
兄齿序元投分,儿女亲情又结婚。且喜相逢开口笑,甘陈功业不须
论。"自庆历以来,天下乂安,成都雄富,既甲诸帅府,复得与家俱行,
无复曩时之患矣。而故事例未有待制为帅者,故近岁自侍郎出守,或
他帅自待制移帅,皆加直学士,尤为优除也。

《考异》:至和元年,张安道知益州,仁宗特令奉亲行,竟不
敢。嘉祐五年,吴长文除知成都,以亲辞,改知郓州。云庆历以
来复得与家偕行,非也。绍圣四年,郑雍以大中大夫知成都,盖
前执政也。政和六年,周焘以宝文阁待制知成都。此云未有以
待制为帅者,亦非也。

神宗初即位,犹未见群臣,王乐道、韩持国维等以宫僚先入,慰于
殿西廊。既退独,留维,问王安石今在甚处,维对在金陵。上曰："朕
召之肯来乎?"维言："安石盖有志经世,非甘老于山林者。若陛下以
礼致之,安得不来?"上曰："卿可先作书与安石,道朕此意,行即召
矣。"维曰："若是,则安石必不来。"上问何故,曰："安石平日每欲以道
进退,若陛下始欲用之,而先使人以私书道意,安肯遽就?然安石子
雱见在京师,数来臣家,臣当自以陛下意语之,彼必能达。"上曰:
"善。"于是荆公始知上待遇眷属之意。

寇莱公初入相,王沂公时登第,后为济州通判。满岁当召试馆
职,莱公犹未识之,以问杨文公曰："王君何如人?"文公曰："与之亦无

素，但见其两赋，志业实宏远。"因为莱公诵之，不遗一字。莱公大惊曰："有此人乎？"即召之。故事：馆职皆试于学士院或舍人院。是岁，沂公特试于中书。

> 《考异》：钱易制科中书试六论，谢泌、李仲容皆召试中书，除直史馆；李宗谔试相府，除校理；王禹偁、罗处约召试相府，除直史馆；王钦若试学士院，除知制诰。此云故事皆试于学士院或舍人院，非也。

太祖与符彦卿有旧，常推其善用兵，知大名十余年。有告谋叛者，亟徙之凤翔，而以王晋公祐为代，且委以密访其事。戒曰："得实，吾当以赵普所居命汝。"面授旨，径使上道。祐到，察知其妄，数月无所闻。驿召面问，因力为辩曰："臣请以百口保之。"太祖不乐，徙祐知襄州，彦卿竟亦无他。祐后创居第于曹门外，手植三槐于庭，曰："吾虽不为赵普，后世子孙必有登三公者。"已而魏公果为太保。欧阳文忠作《王魏公神道碑》略载此语，而《国史》本传不书。余尝亲见其家子弟言之。

范侍郎纯粹，元丰末为陕西转运判官。当五路大举后，财用匮乏，屡请于朝。吴枢密居厚时为京东都转运使，方以冶铁鼓铸有宠，即上羡余三百万缗，以佐关辅。神宗遂以赐范。范得报，愀然谓其属曰："吾部虽窘，岂忍取此膏血之余耶！"力辞讫弗纳。

太平兴国五年，契丹戎主亲领兵数万犯雄州，乘虚遂至高阳关，太宗下诏亲征。行次大名，戎主闻上至，亟遁归，未尝交锋，车驾即凯旋。上作诗示行在群臣，有"一箭未施戎马遁，六军空恨阵云高"之句。

赵清献为御史，力攻陈恭公，范蜀公知谏院，独救之。清献遂并劾蜀公党宰相，怀其私恩；蜀公复论御史以阴事诬人，是妄加人以死罪，请下诏斩之，以示天下。熙宁初，蜀公以时论不合求致仕，或欲遂谪之，清献不从。或曰：彼不尝欲斩公者耶？清献曰："吾方论国事，何暇恤私怨。"方蜀公辩恭公时，世固不以为过，至清献之言，闻者尤叹服云。

王武恭公德用貌奇伟，色如深墨，当时谓之"黑王相公"。宅在都城西北隅，善抚士卒，得军情，以其貌异，所过闾里皆聚观。苏仪甫为翰林学士，尝密疏之，有"宅枕乾岗，貌类艺祖"之语，仁宗为留中不出。孔道辅为中丞，继以为言，遂罢枢密使，知随州。谢宾客，虽郡官不与之接；在家亦不与家人语。如是逾年，起知曹州，始复语人，以为善处谤也。

狄武襄起行伍，位近臣，不肯出其黥文，时特以酒濯面，使其文显，士卒亦多誉之。或云：其家数有光怪，且姓合谶书，欧阳文忠、刘原甫皆屡为之言。独范景仁为谏官，人有讽之者，景仁谢曰："此唐太宗所以杀李君羡，上安忍为也。"然武襄亦竟出知陈州。

天圣、宝元间，范讽与石曼卿皆喜旷达，酣饮自肆，不复守礼法，谓之"山东逸党"，一时多慕效之。庞颖公为开封府判官，独奏讽，以为苟不惩治，则败乱风俗，将如西晋之季。时讽尝历御史中丞，为龙图阁学士。颖公言之不已，遂诏置狱劾之，讽坐贬鄂州行军司马。曼卿时为馆阁校勘，亦落职，通判海州。仍下诏戒励士大夫，于是其风遂革。

丁文简公度为学士累年，以元昊叛，仁宗因问："用人守资格与擢材能孰先？"丁言："承平无事则守资格，缓急有大事大疑，则先材能。"盖自视久次，且时方用兵，故不以为嫌。孙甫知谏院，遽论以为自媒。杜祁公时为相，孙其客也。丁意杜公为辩直而不甚力。及杜公罢，丁适当制，辞云"颇彰朋比之风"，有为而言之也。丁自是亦相继擢枢密副使。

吕侍读溱，性豪侈简倨，所临镇虽监司亦不少降屈。知真定，李参为都转运使，不相能。摭其回易库事，会有不乐吕者，因论以赃。欧阳文忠公为翰林学士，因率同列上疏论救。韩康公时为中丞，因言从官有罪，从官救之，则法无复行矣。文忠之言虽不行，然士论终以为近厚也。

国朝亲王皆服金带。元丰中，官制行，上欲宠嘉、岐二王，乃诏赐方团玉带，著为朝仪。先是，乘舆玉带皆排方，故以方团别之。二王力辞，乞宝藏于家而不服用。不许，乃请加佩金鱼，遂诏以玉鱼赐之。亲王玉带佩玉鱼，自此始。故事：玉带皆不许施于公服。然熙宁中，收复熙河,百官班贺,神宗特解所系带赐王荆公,且使服以入贺。荆公力辞久之,不从,上待服而后进班。不得已受诏,次日即释去。大观中,收复青唐,以熙河故事,复赐蔡鲁公,而用排方。时公已进太师,上以为三师礼当异,特许施于公服。辞,乃乞琢为方团;既又以为未安。或诵韩退之诗,有"玉带悬金鱼"之语,告公,请因加佩金鱼。自是何伯通、郑达夫、王将明、蔡居安、童贯,非三师而以恩特赐者,又五人云。

学士院正厅曰"玉堂",盖道家之名。初,李肇《翰林志》末言居翰苑者,皆谓"凌玉清,溯紫霄",岂止于"登瀛洲"哉!亦曰"登玉堂"焉。自是遂以玉堂为学士院之称,而不为榜。太宗时,苏易简为学士,上尝语曰:"玉堂之设,但虚传其说,终未有正名。"乃以红罗飞白"玉堂之署"四字赐之。易简即扃镳置堂上。每学士上事,始得一开视,最为翰林盛事。绍圣间,蔡鲁公为承旨,始奏乞摹,就杭州刻榜揭之,以避英庙讳,去下二字,止曰"玉堂"云。

梁庄肃公,景祐中监在京仓。南郊赦,录朱全忠之后,庄肃上疏罢之,曰:"全忠,叛臣也,何以为劝?"仁宗善之,擢审刑院详议官,记其姓名禁中,自是遂见进用。

　　《考异》:梁庄肃公以太子中舍监在京广衍仓,景祐中进士
　　及第,换中允知淮阳军,论朱全忠事。此云监在京仓时疏罢之,
　　非也。

天圣三年,钱思公除中书门下平章事,钱希白为学士当制。希白于思公,从父兄也。兄草弟麻,当时以为盛事。建中靖国元年,曾子宣自枢府入相,子开适草制,本朝惟此二人而已。

　　《考异》:子宣元符三年十月拜相。韩绛相,弟维草制。此
　　云"本朝惟此二人",非也。

祖宗用人,多以两省为要,而翰林学士尤号清切,由是登二府者十尝六七。杜正献公以清节名天下,然一生多历外职,五为使者,遍典诸名藩;在内惟为三司、户部副使、御史中丞、知开封府,遂至为枢密副使。范文正公自谏官被谪,召还,以天章阁待制判国子监,迁知开封府,复谪,晚乃自庆州亦入为枢密副使。二公皆未尝历两省,而

文正之文学不更文字之职，世尤以为歉也。

吴龙图中复性谨约，详于吏治，自潭州通判代还。孙文懿公为中丞，闻其名，初不之识，即荐为监察御史里行。或问文懿："何以不相识而荐之？"文懿笑曰："昔人耻为呈身御史，吾岂荐识面台官耶？"当时服其公。

苏相子容为南京察推，时杜祁公尚无恙，极器重之，每曰："子他日名位，当与老夫略同。"不知以何知之也。杜公以六十八岁入相，八十薨；苏公以七十二岁入相，八十二岁薨。不惟爵齿略相似，杜公在位百余日后，以太子少师致仕，末乃为太子太师；而苏公在位甫一年后，亦以太子少师致仕，太上皇即位，方进太子太保。初，杜公告老，执政有不悦者，故特以东宫三少抑之，当时以为非故事。而苏公告老在绍圣初，亦坐章申公不悦，令具杜公例进呈，苏公闻之，喜曰："乃吾志也。"

王审琦微时，与太祖相善，后以佐命功，尤为亲近。性不能饮，太祖每燕，近臣常尽欢，而审琦但持空杯，太祖意不满。一日酒酣，举杯祝曰："审琦布衣之旧，方共享富贵；酒者，天之美禄，可惜不令饮之。"祝毕，顾审琦曰："天必赐汝酒量，可试饮。"审琦受诏，不得已饮，辄连数大杯，无苦。自是每侍燕，辄能与众同饮，退还私第则如初。

杨文公既佯狂逃归阳翟时，祥符六年也。中朝士大夫自王魏公而下，书问常不辍，皆自为文，而用其弟倚士曹名，奏牍则托之母氏。其答王魏公一书末云："介推母子绝希绵上之田，伯夷弟兄甘守西山之饿。"当时服其微而婉云。

《考异》：倚往见魏公既归，以书叙感，非答其书也。

王元之初自掖垣谪商州团练副使，未几，入为学士。至道中，复自学士谪守滁州。真宗即位，以刑部郎中召为知制诰。凡再贬还朝，不能无怏怏，时张丞相齐贤、李文靖沆当国，乃以诗投之曰："早有虚名达九重，宦途流落渐龙钟。散为郎吏同元稹，羞见都人看李邕。旧日谬吟红药树，新朝曾献皂囊封；犹祈少报君恩了，归卧山林作老农。"然亦竟坐张齐贤不悦，继有黄州之迁，盖虽困而不屈也。

卷八

仁宗留意科举，由是礼闱知举，任人极艰。天圣五年春榜，王沂公当国，欲差知举官，从臣中无可意者，因以刘中山筠为言。时刘知颍州，仁宗即命驿召之。是岁廷试，王文安公尧臣第一，韩魏公第二，赵康靖公概第三。

庆历中，刘原父廷试考第一。会王伯庸以翰林学士为编排官，原父内兄也，以嫌自列。或言：高下定于考试官，编排第受成而甲乙之，无预与夺，伯庸犹力辞。仁宗不得已，以为第二，而以贾直儒为魁。旧制：执政子弟多以嫌不敢举进士。有过省而不敢就殿试者，盖时未有糊名之法也。其后法制既备，有司无得容心，故人亦不复自疑。然至和中，沈文通以太庙斋郎廷试考第一，大臣犹疑有官不应为，遂亦降为第二，以冯当世为魁。

富公以茂材异等登科，后召试馆职，以不习诗赋求免。仁宗特命试以策论，后遂为故事。制科不试诗赋，自富公始。至苏子瞻又去策，止试论三篇。熙宁初，罢制举，其事皆废。

李文定公在场屋有盛名。景德二年预省试，主司皆欲得之，以置高第。已而竟不在选，主司意其失考，取所试卷覆视之，则以赋落韵而黜也，遂奏乞特取之。王魏公时为相，从其请。既廷试，遂为第一。

《考异》：此说据范蜀公《东斋记事》。然景德二年，乃毕文简、寇莱公为相，王魏公参政。此云"王魏公时为相"，非也。

端拱初，宋白知举，取二十八人。物论喧然，以为多遗材。诏复取落下人试于崇政殿，于是再取九十九人。而叶齐犹击登闻鼓自列。朝廷不得已，又为复试，颇恶齐嚚讼，考官赋题，特出"一叶落而天下秋"，凡放三十一人，而齐仍在第一。

国朝取士，犹用唐故事，礼部放榜。柳开少学古文，有盛名，而不工为词赋，累举不第。开宝六年，李文正昉知举，被黜下第。徐士廉击鼓自列，诏卢多逊即讲武殿复试，于是再取宋准而下二十六人，自是遂为故事。再试自此始。然时开复不预，多逊为言开英雄之士，不工篆刻，故考较不及。太祖即召对，大悦，遂特赐及第。

唐礼部试诗赋，题不皆有所出，或自以意为之，故举子皆得进问题意，谓之"上请"。本朝既增殿试，天子亲御殿，进士犹循用礼部故事。景祐中，稍厌其烦渎，诏御药院具试题，书经史所出，模印给之，遂罢上请之制。

元丰五年，黄冕仲榜唱名，有暨陶者，主司初以"泊"音呼之，三呼不应。苏子容时为试官，神宗顾苏，苏曰："当以入声呼之。"果出应。上曰："卿何以知为入音？"苏言："《三国志》吴有暨艳，陶恐其后。"遂问陶乡贯，曰："崇安人。"上喜曰："果吴人也。"时暨自阙下一画，苏复言字下当从旦。此唐避睿宗讳，流俗遂误，弗改耳。

故事：殿试唱名，编排官以试卷列御座之西，对号以次拆封，转送中书侍郎，即与宰相对展进呈，以姓名呼之。军头司立殿陛下，以次传唱。大观三年，贾安宅榜，林彦振为中书侍郎，有甄好古者，彦振初以"真"呼。郑达夫时为同知枢密，在旁曰："此乃坚音。"欲以沮林。即以"坚"呼，三呼不出；始以"真"呼，即出。彦振意不平，有忿语。达夫摘以为不恭，林坐贬。

唐末，礼部知贡举，有得程文优者，即以已登第时名次处之，不以甲乙为高下也，谓之"传衣钵"。和凝登第，名在十三，后得范鲁公质，遂处以十三。其后范登相位，官至太子太傅，封国于鲁，与凝皆同，世以为异也。

宋莒公兄弟居安州，初未知名。会夏英公谪知安州，二人以文贽见，大称赏之，遂闻于时。初试礼部，刘子仪知举，擢景文第一，余曾叔祖司空第二，莒公第三。时谅闇不廷试，暨奏名，明肃太后曰："弟何可先兄？"乃易莒公第一，而景文降为第十。是榜上五名，莒公与曾鲁公既为相，高文庄、郑文肃与曾叔祖皆联名，景文、王内翰洙、张侍读瓖、郭龙图稹，皆同在第一甲，故世称刘子仪知人。

苏子瞻自在场屋，笔力豪骋，不能屈折于作赋。省试时，欧阳文忠公锐意欲革文弊，初未之识。梅圣俞作考官，得其《刑赏忠厚之至论》，以为似《孟子》。然中引皋陶曰"杀之三"，尧曰"宥之三"，事不见所据,亟以示文忠,大喜。往取其赋,则已为他考官所落矣,即擢第二。及放榜,圣俞终以前所引为疑,遂以问之子,瞻徐曰:"想当然耳,何必须要有出处?"圣俞大骇,然人已无不服其雄俊。

熙宁以前,以诗赋取士,学者无不先遍读五经。余见前辈,无科名人,亦多能杂举五经,盖自幼习之,故终老不忘。自改经术,人之教子者,往往便以一经授之,他经纵读,亦不能精。教者亦未必皆读五经,故虽经书正文,亦率多遗误。尝有教官出《易》题云:"乾为金,坤亦为金,何也?"举子不免上请。则是出题时偶检福建本,坤为釜字,本谬,忘其上两点也。又尝有秋试,问"井卦何以无象",亦是福建本所遗。

唐以前,凡书籍皆写本,未有摹印之法,人以藏书为贵。人不多有,而藏者精于雠对,故往往皆有善本。学者以传录之艰,故其诵读亦精详。五代时,冯道始奏请官镂六经板印行。国朝淳化中,复以《史记》、《前》、《后汉》付有司摹印,自是书籍刊镂者益多,士大夫不复以藏书为意。学者易于得书,其诵读亦因灭裂,然板本初不是正,不无讹误。世既一以板本为正,而藏本日亡,其讹谬者遂不可正,甚可惜也。

余襄公靖为秘书丞,尝言《前汉书》本谬甚,诏与王原叔同取秘阁古本参校,遂为《刊误》三十卷。其后刘原父兄弟,《两汉》皆有刊误。余在许昌得宋景文用监本手校《西汉》一部,末题用十三本校,中间有脱两行者。惜乎,今亡之矣。

世言雕板印书始冯道,此不然,但监本五经板,道为之尔。《柳玭家训序》言其在蜀时,尝阅书肆,云"字书、小学,率雕板印纸",则唐固有之矣,但恐不如今之工。今天下印书,以杭州为上,蜀本次之,福建最下。京师比岁印板,殆不减杭州,但纸不佳;蜀与福建多以柔木刻之,取其易成而速售,故不能工。福建本几遍天下,正以其易成故也。

监本《礼记·月令》,唐明皇删定,李林甫所注也。端拱中,李至判国子监,尝请复古本,下两制馆职议。胡旦等皆以为然,独王元之不同,遂寝。后复数有言者,终以朝廷祭祀、仪制等,多本唐注,故至今不能改,而私本即用郑注。

太宗当天下无事,留意艺文,而琴棋亦皆造极品。时从臣应制赋诗,皆用险韵,往往不能成篇;而赐两制棋势,亦多莫究所以,故不得已,则相率上表乞免和,诉不晓而已。王元之尝有诗云:"分题宣险韵,翻势得仙棋。"又云:"恨无才应副,空有表虔祈。"盖当时事也。

苏子瞻尝称陈师道诗云:"凡诗,须做到众人不爱可恶处方为工。今君诗不惟可恶却可慕,不惟可慕却可妒。"

白乐天诗:"三杯蓝尾酒,一楪胶牙饧。"唐人言蓝尾多不同,蓝字多作啉;云出于侯白《酒律》。谓酒巡匝,末坐者连饮三杯,为蓝尾。盖末坐远酒,行到常迟,故连饮以慰之。以啉为贪婪之意,或谓啉为燂,如铁入火,贵出其色,此尤无稽。则唐人自不能晓此义也。

苏参政易简登科时,宋尚书白为南省主文。后七年,宋为翰林学士承旨,而苏相继入院,同为学士。宋尝赠诗云:"昔日曾为尺木阶,今朝真是青云友。"欧阳文忠亦王禹玉南省主文,相距十六年,亦同为学士,故欧公诗有"喜君新赐黄金带,顾我今为白发翁"之句。二事诚一时文物之盛也。

东汉以来,九卿官府皆名曰"寺",与台省并称,鸿胪其一也。本以待四夷宾客,故摩腾、竺法兰自西域以佛经至,舍于鸿胪。今洛中白马寺,摩腾真身尚在。或云:寺即汉鸿胪旧地。摩腾初来,以白马负经;既死,尸不坏,因留寺中,后遂以为浮屠之居,因名"白马";今僧居概称寺,盖本此也。摩腾真身至今不枯朽,漆棺石室扃锁甚固,藏其钥于府廨。有欲观者,旋请钥秉烛,乃可详视。然杨衒之《洛阳伽蓝记》载当时经函放光事,而不及摩腾,不可解。衒之,元魏时人也。

汉太皇太后称长信宫,皇太后称长乐宫,皇后称长秋宫。本朝不为定制,皇后定居坤仪殿,太皇太后、皇太后遇当推尊,则改筑宫,易以嘉名,始迁入。百官皆上表称贺,及贺两宫。

国初,以供奉官、左右班、殿直为"三班",后有殿前承旨班。端拱后,分供奉官为东西,又置左右侍禁借职,皆领于三班院,而仍称"三班",不改其初。三班例员止三百,或不及。天禧后,至四千二百有余,盖十四倍。元丰后,至一万一千六百九十,合宗室八百七十,总一万二千五百六十,视天禧又两倍有余。以出入籍较之,熙宁八年入籍者，岁四百八十有余，其死亡退免者不过二百，此所以岁增而不已也。右选如此，则左选可知矣。

元昊叛，王师数出不利。仁宗颇厌兵，吕文靖公遂有赦罪招怀之意，而范文正公、韩魏公持不可，欲经营服之。庞颖公知延州，乃密谕颖公，令致意于昊。时昊用事大臣野利旺荣，适遣牙校李文贵来，颖公留之未遣。因言敌方骤胜，若中国先遣人，必偃蹇不受命，不若因其人自以己意，令以逆顺祸福归告，乃遣文贵还。已而旺荣及其类曹偶四人，果皆以书来，然犹用庼国礼。公以为不逊，未敢答以闻。朝廷幸其至，趣使为答书，称旺荣等为太尉，且曰："元昊果肯称臣，虽仍其僭名，可也。"颖公复论僭名岂可许？太尉，天子上公，若陪臣而得称，则元昊安得不僭？旺荣等书自称"宁令谟"，此其国中官号，姑以此复之，则无嫌。乃径为答书。如是往返逾年，元昊遂遣其臣伊州刺史贺从勖入贡，称男邦面令国兀卒郎霄，上书父大宋皇帝。颖公览之，谓其使曰："天子至尊，荆王叔父犹奉表称臣，若主可独言父子乎？"从勖请复归议。朝廷从其策，元昊遂卒称臣。

宝元、康定间，元昊初叛，契丹亦以重兵压境。时承平久，三路正兵寡弱，乃诏各籍其民不问贫富，三丁取一，为乡弓手。已而元昊寇陕西，刘平、石元孙等败没，死者以万计。正兵益少，乃尽以乡弓手刺面，为保捷指挥正军。河东、河北事宜稍缓，但刺其手背，号"义勇"。治平间，谅祚复谋入寇，议者数请为边备。韩魏公当国，遂委陕西提刑陈述古，准宝元、康定故事，复籍三丁之一为义勇，盖以陕西视两河，初无义勇故也。司马君实知谏院，力陈其不可，言甚切至，且谓陕西保捷即两河义勇，不应已籍而再籍。章六上，讫不从，盖魏公主之也。

黄河庆历后，初自横陇，稍徙趋德博，后又自商胡趋恩冀，皆西流北入海。朝廷以工夫大，不复塞。至和中，李仲昌始建议，开六塔河，引注横陇，复东流。周沆以天章阁待制为河北都转运使，诏遣中官与沆同按视。沆言今河面二百步，而六塔渠广四十步，必不能容；苟行之，则齐与博、德、滨、棣五州之民，皆为鱼矣。时贾文元知北京，韩康公为中丞，皆不主仲昌议，而富韩公为相，独力欲行之。康公至以是击韩公。然北流既塞,果决,齐、博等州民大被害。遂窜仲昌岭南,议者以为韩公深恨。

太宗北伐,高琼为楼船战棹都指挥使,部船千艘趋雄州。

元昊初臣、庞颖公自延州入为枢密副使,首言关中苦馈饷,请徙沿边兵就食内地。议者争言不可,以为虏初伏,情伪难测,未可遽弛备。独公知元昊已困,必不能遽败盟,卒徙二十万人。后为枢密使,复言天下兵太冗,多不可用,请汰其罢老者。时论纷然,尤以为必生变,公曰:“有一人不受令,臣请以身坐之。”仁宗用其言,遂汰八万人。

夏文庄、韩魏公皆自枢密副使出,再召为三司使。

贾文元为崇政殿说书。久之,仁宗欲以为侍讲,而难于骤用,乃特置天章阁侍讲。天章有侍讲,自此始然,后亦未尝复除人。

《考异》:时以崇政殿说书贾昌朝、王宗道、赵希言并兼天章阁侍讲,非专为贾设也。后高若讷、杨安国、王洙、林瑀、赵师民、曾公亮、钱象先、卢士宗、胡瑗、吕公著、傅求、常秩、陈襄、吕惠卿等,皆为天章阁侍讲,云“后亦未尝复除人”,非也。

元丰初,诏修仁宗、英宗史,王禹玉以左仆射为监修官。始成二帝纪,具草进呈。神宗内出手诏,赐禹玉等曰:“两朝大典,虽为重事,以卿等才学述作之,固已比迹班、马矣。朕之浅陋,何所加损乎!其如拟进草绪成之。”盖上尊祖宗之意,非故事也。其后史成,特诏给舍侍郎以上,学士中丞及观察使以上,曲燕于垂拱殿。亦非故事也。

国朝宰相,自崇宁以前,乾德二年,范质、王溥、魏仁浦罢,赵普相,开宝六年罢,独相者十年;雍熙二年,宋琪罢,李昉在位,端拱元年罢,独相者四年;淳化元年赵普罢,吕蒙正在位,独相者逾年;景德三年,寇准罢,王旦相,祥符五年向敏中相,旦独相者七年;天圣七年,王曾罢,吕夷简在位,明道元年张士逊复相,夷简独相者三年;皇祐三年,宋庠、文彦博罢,庞籍相,独相者三年;元祐九年,吕大防罢,章惇相,七年罢,独相者七年。七朝独相者七人,惟赵韩王十年,其次王魏公、章申公七年,为最久云。

元丰中,蹇周辅自户部侍郎知开封府,止除宝文阁待制;而李定自户部侍郎知青州,除龙图阁直学士,二例不同,定或以久次也。

　　绍圣初，彭器资自权尚书，韩持正自侍郎出知成都府，皆除宝文阁直学士，两人皆辞行，即复以待制为州。盖成都故事，须用杂学士，而权尚书、真侍郎，皆止当得待制也。

　　范忠宣元祐初自直龙图阁知庆州，进天章阁待制，即召为给事中；未几，迁吏部尚书。辞免未报，拜同知枢密院，告自中出，特令不过门下省。公力辞，台谏亦有以为言，不听，遂自同知拜相。前辈进用之速未有如此。

　　《考异》：范知庆州，除待制，召为给事中，皆元丰八年，云"元祐初"，非也。时以安焘知枢范同知，而给事中封驳焘敕不下，诏不送给事中书读，焘辞免，从之，除命复送给事中书读。云"告自中出，特令不过门下省"，非也。范元祐元年六月同知，三年四月相，宋琪自外郎一岁四迁，至作相；向敏中自外郎同知枢，才百余日。云前辈进用之速，未有如范者，亦非也。

　　庆历二年，富郑公知谏院，吕申公、章郇公当国。时西事方兴，郑公力论宰相当通知枢密院事，二公遂皆加判枢密院。已而以判为太重，改兼枢密使。五年，二公罢，贾文元、陈恭公继相，遂罢兼使。

　　窦怀贞以尚书右仆射兼御史大夫，诏军国重事，宜共平章。元祐初，以文潞公为平章军国重事，吕申公为平章军国事，遂入衔。或以为用怀贞故事。

　　国史院初开，史官皆赐银、绢、笔、墨、纸，已开而续除者不赐。

　　唐都雍，洛阳在关东，故以为东都；本朝都汴，洛阳在西，故以为西都，皆谓之"两京"。祥符七年，真宗谒太清宫于亳州，还，始建应天府为南京。仁宗庆历二年，契丹会兵幽州，遣使萧英、刘六符来求关南北地，始建大名府，为北京。

　　从官狨座，唐制初不见，本朝太平兴国中始禁。工商庶人许乘乌漆素鞍，不得用狨毛暖座。天禧中，始诏两省五品、宗室、将军以上许乘狨毛暖座，余悉禁。则太平兴国以前，虽工商庶人皆得乘；天禧以前，庶官亦皆得乘也。

　　故事：建州岁贡大龙凤团茶各二斤，以八饼为斤。仁宗时，蔡君谟知建州，始别择茶之精者为"小龙团"，十斤以献，斤为十饼。仁宗以非故事,命劾之。大臣为请,因留而免劾,然自是遂为岁额。熙宁中,贾青为福建转运使,又取小团之精者为"密云龙"以二十饼为斤而双袋,谓之"双角团茶",大小团袋皆用绯,通以为赐也。密云独用黄,盖专以奉玉食。其后又有为"瑞云翔龙"者。宣和后,团茶不复贵,皆以为赐,亦不复如向日之精。后取其精者为"銙茶",岁赐者不同,不可胜纪矣。

《考异》:君谟为福建转运使,非知建州也。始进小龙团,凡二十饼重一斤。此云"斤为十饼",非也。

庆历初,吕许公在相位,以疾甚求罢。仁宗疑其辞疾,欲亲视之,乃使乘马至殿门,坐椅子舆至殿陛,命其子公弼掖以登。既见,信然,乃许之。前无是礼也。

《考异》:《吕传》云:命内侍取兀子舆以前。

卷九

北京旧不兼河北路安抚使,仁宗特以命贾文元。故文元召程文简为代,乞只领大名一路。后文元再镇,固求兼领,乃复命之。且诏昌朝罢,则不置。及熙宁初,陈旸叔守北京,遂以文元故事兼领。

熙宁初,中书议定改宗室条制,召学士王禹玉草制。禹玉辞曰:"学士,天子私人也。若降诏付中书施行,则当草之。今中书已议定宗室事,则当使舍人院草敕尔。学士非所预,不敢失职也。"乃命知制诰苏子容草敕。近世凡朝廷诏命,皆学士为之,重王命也。

熙宁三年九月,诏中书五房各置检正官二员,在堂后官之上,都检正一员,在五房提点之上,皆以士人为之。于是以吕微仲为都检正,孙巨源吏房,李邦直礼房,曾子宣户房,李奉世刑房。

澶渊之盟,初以曹利用奉使,许岁币三十万;其后刘六符来,始增二十万为五十万。元昊初,遣如定来求和,朝廷许以岁币十万,未称臣;乃使张子奭奉使而肯称臣,子奭遂许以二十万。

枢密都承旨与副承旨,祖宗皆用士人,比僚属事,参谋议。真宗后,天下无事,稍稍遂皆用吏人。欧公建言请复旧制,而不克行。熙宁初,始用李评为都承旨,至今行之。初,评受命,文潞公为枢密使,以旧制不为之礼,评诉于神宗,命史官检详故事。以久无士人为之,检不获,乃诏如阁门使见枢密之礼。

仁宗时,台官有弹击教坊倭子郑州来者,朝中传以为笑。欧公以为今台官举人,须得三丞以上,成资通判者,所以难于充选。因请略去资格,添置御史里行。但选材堪此选,资深者入三院,资浅者为里行。熙宁初,实用此议也。

元祐二年,诏职事官并许带职。尚书二年,加直学士;中丞、侍郎、给事、谏议通及一年,加待制。论者纷然,以为不当。王彦林为十不可之说以献。谓尚书二年加直学士,若一年而罢,与之直学士则过,与之待制则与尚书、侍郎何异?其以罪被谪者,常例当落职,若落职名，则不问过之轻重，与职事官为落两重职；若止落职事官，则与平迁、善罢何异！官制以来，由谏议大夫、中书舍人方为给事中，由给事中方为侍郎，而中丞又在侍郎之上。今概以一年为待制，则等差莫辩。待制，祖宗之时其选最精，出入朝廷才一二人。今立法无定员，将一年之后，待制满朝，必有车载斗量之谣。大要如是。刘莘老为中丞，刘器之为司谏，皆以为言，朝廷不以为然。其后莘老作相，亦竟不能自改也。

治平初，王景彝自御史中丞除枢密副使，钱公辅为知制诰，缴词头。时英宗初即位，韩魏公当国，以为始除大臣而不奉诏，恐主威不立，乃特责滁州团练副使。议者以为太过，司马君实知谏院，意亦以为是而不救。及后论陕西义勇事，章六上不行，乃于求罢章中始云：钱公辅一上章，止枢密副使恩命于诏令未行之前，而谪授散官；臣六上章，沮宰相大议于诏令已行之后，而不以为罪，是典刑不均一矣。请比公辅更谪远小处。疏入，不报，盖意指魏公也。

狄武襄状貌奇伟。初隶拱圣籍中，为延州指使。范文正一见，知其后必为名将，授以《左氏春秋》。遂折节读书，自春秋战国至秦汉，用兵成败，贯通如出掌中。与尹师鲁尤善。师鲁与论兵法，终不能屈。连立战功，骤至泾原经略招讨副使。仁宗闻其名，欲召见，会寇入平凉，诏图形以进，于是天下始耸然畏慕之。神宗初即位，有意二边。一日，忽内出御制祭文，遣使祭其墓，欲以感励将士。或云：滕元发之辞也。

狄武襄以枢密副使出讨侬智高，换宣徽南院使，宣抚荆、湖南北路，经制广南盗贼事。师还，复旧任，盖不欲以本官外使也。如嘉祐末，韩魏公待郭逵厚，始使带签书枢密院知延州。故熙宁初，王乐道论魏公，为用周太祖故事命逵，盖郭威实由是变也。魏公亦无以解。

《考异》：治平三年，郭逵以签书枢密院事为陕西四路宣抚使兼判渭州，后以宣徽使判延州。此云"嘉祐末"，又云逵"带签书枢密院事知延州"，皆非。王乐道论韩魏公用逵事，在治平四年，此云"熙宁初"，亦非也。

贾文元初以晋陵县主簿为国子监说书，孙宣公为判监。始见，因会学官,各讲一经。既退,谒宣公久之不出。徐令人持《唐书·路隋韦处厚传》使读,文元了不喻。已乃见之,曰:"知所以示二《传》乎?"曰:"不知。"宣公言:"君讲书有师法,他日当以经术进,如二公,勉自爱。"其后,宣公辞讲筵请老,即荐文元自代,时官犹未甚显。未几,仁宗卒为创崇政殿说书命之。崇政殿说书,自文元始云。

庆历中,契丹遣萧英、刘六符来,求取关南北地,朝廷患之。王武恭帅定州,虏密遣人来觇候。吏得之,偏裨皆请斩之,以徇众武,恭特不问。明日,出猎近郊,号三十万,亲执桴鼓示众,下令曰:"具粮糗,视大将军旗所向即驰,敢后者斩。"觇者归,密以告,虏疑汉兵将深入,无不惧。仁宗亟遣使问计,对曰:"咸平、景德,边兵二十余万皆屯定武,不能分扼要害,故虏得轶境,径犯澶渊。且当时以阵图赐诸将,人皆谨守,不敢自为方略,缓急不相援,多至于败。今愿无赐阵图,第择诸将,使应变出奇,自立异功,则无不济。"仁宗以为然。

晏元献公喜推引士类,前世诸公为第一。为枢府时,范文正公始自常调荐为秘阁校勘。后为相,范公入拜参知政事,遂与同列。孔道辅微时,亦尝被荐。后元献再为御史中丞,复入为枢府,道辅实代其任。富韩公,其婿也。吕申公荐报聘虏,时在枢府,亦从而荐之,不以为嫌。苏子容为谥议,以比胡广与陈蕃并为三司,谢安引从子元北伐云。

王武恭公自枢密使谪知随州,孔道辅所论也。道辅死,或有告武恭:"害公者死矣。"武恭愀然叹曰:"可惜!朝廷又丧一直臣。"文潞公为唐质肃所击,罢宰相,质肃亦坐贬岭外。至和间,稍牵复为江东转运使。会潞公复入相,因言唐某疏臣事固多中,初贬已重,而久未得显擢,愿得复召还。仁宗不欲,止命迁官,除河东。

夏文庄、韩魏公皆自枢密副使为三司使。

汉举贤良,自董仲舒以来,皆对策三道。文帝二年,对策者百人,晁错为高第。武帝元光五年,对策者亦百人,公孙弘为第一。当时未有黜落法,对策者皆被选,但有高下尔。至唐始对策一道而有中否,然取人比今多。建中间,姜公辅等二十五人;太和间,裴休等二十三人;其下如贞元中,韦执谊、崔元翰、裴泊等皆十八人;元和中,牛僧孺等、长庆中庞严等，至少犹皆十四人。盖自后周加试策论三道于礼部，每道以三千字为率；本朝加试六论，或试于秘阁，合格而后御试，故得人颇艰。然所选既精，士之滥进者无几矣。

《考异》：文帝十五年策晁错等，非"二年"也。贤良策见于《汉书》者，惟董仲舒三道，余皆一道。此云"自仲舒以来皆对策三道"，不知何所据耶？"百人"皆当云百余人。又《仲舒》及《严助传》亦皆云百余人。

苏子容过省，赋"历者，天地之大纪"，为本场魁。既登第，遂留意历学。元丰中，使虏适会冬至，虏历先一日，趋使者入贺。虏人不禁天文术数之学；往往皆精。其实契丹历为正也，然势不可从。子容乃为泛论历学，援据详博，虏人莫能测，无不耸听。即徐曰："此亦无足深较，但积刻差一刻尔。以半夜子论之，多一刻即为今日，少一刻即为明日，此盖失之多尔。"虏不能遽折。遂从归奏，神宗大喜，即问："二历竟孰是？"因以实言，太史皆坐罚。至元祐初，遂命子容重修浑仪，制作之精，皆出前古。其学略授冬官正袁惟几，而创为规模者，吏部史张士廉。士廉有巧思，子容时为侍郎，以意语之，士廉辄能为，故特为精密。虏陷京师、毁合台，取浑仪去。今其法，苏氏子孙亦不传云。

元昊叛，议者争言用兵伐叛，虽韩魏公亦力主其说。然官军连大败者三：初围延州，执刘平、石元孙于三川口，康定元年也。明年，败任福于好水川，福死之。庆历元年也。又明年，寇镇戎军，败葛怀敏于定州寨，执怀敏，丧师皆无虑十余万。中间唯任福袭白豹城，能破其四十一族尔。范文正欲力持守策，以岁月经营困之，无速成功。故无大胜，亦无大败。

神宗天性至孝，事慈圣光献太后尤谨。升遐之夕，王禹玉为相入慰，执手号恸，因引至敛所，发视御容，左右皆感绝。将敛，复召侍臣观入梓宫物，亲举一玉碗及玉弦曰："此太后常所御也。"又恸几欲仆。禹玉为挽辞云："谁知老臣泪，曾及见珠襦。"又云："朱弦湘水急，玉碗汉陵深。"皆纪实也。

庆历二年，富郑公知谏院，吕申公、章郇公当国。时西事方兴，郑公力论宰相当通知枢密院事,二公遂皆加判枢密院。已而以判为太重,改兼枢密使。五年,二公罢,贾文元、陈恭公继相遂罢兼使。

韩康公得解,过省、殿试皆第三人。其后为执政,自枢密副使、参知政事、拜相,及再宰,四迁皆在熙宁中,此前辈所未有也。苏子容挽辞云:"三登庆历三人第,四入熙宁四辅中。"

范文正公以晏元献荐入馆,终身以门生事之,后虽名位相亚亦不敢少变。庆历末,晏公守宛丘,文正赴南阳,道过,特留欢饮数日。其书题门状,犹皆称门生。将别,以诗叙殷勤,投元献而去。有"曾入黄扉陪国论,却来绛帐就师资"之句,闻者无不叹伏。

王禹玉历仁宗、英宗、神宗三朝,为翰林学士,其家自太平兴国至元丰十榜,皆有人登科。熙宁初,叶尚书祖洽榜,闻喜燕席上和范景仁诗云:"三朝遇主惟文翰,十榜传家有姓名。"此事他人所无有也。

范文正公始以献百官图讥切吕申公,坐贬饶州。梅圣俞时官旁郡,作《灵乌赋》以寄,所谓"事将兆而献忠,人返谓尔多凶",盖为范公设也。故公亦作赋报之,有言"知我者谓吉之先,不知我者谓凶之类"。及公秉政,圣俞久困,意公必援己,而漠然无意,所荐乃孙明复、李泰伯。圣俞有违言,遂作《灵乌后赋》以责之。略云:"我昔闵汝之忠,作赋吊汝;今主人误丰尔食,安尔巢,而尔不复啄叛臣之目,伺贼垒之去,反憎鸿鹄之不亲,爱燕雀之来附。"意以其西师无成功。世颇以圣俞为隘。

太宗时,陈文忠公廷试第一,曾会第二,皆除光禄寺丞,直史馆;会继迁殿中丞,知宣州,赐绯衣银鱼,前无此比也。治平初,彭器资谅闱榜,亦为进士第一,乃连三任职官,十年而后始改太子中允。盖器资未尝求于当路,代还多自赴吏部铨,然卒以是知名。仕宦淹速,信不足较也。

元厚之少以文字自许,屡以赞欧阳文忠,卒不见录。故在嘉祐初、治平间,虽为从官,但多历监司帅守。熙宁初,荆公当国,独知之,始荐以为知制诰,神宗犹未以为然。会广西侬智高后,复传溪峒有警,选可以经略者,乃自南京迁知广州。既至,边事乃误传,其《谢上表》云:"横水明光之甲,得自虚传;云中赤白之囊,唱为危事。"盖用泽潞《李文饶》及《丙吉传》中事。神宗览之,大称善,后遂自荆南召为翰林学士。

元祐初，魏王丧在殡。秋燕，太常议天子绝期，不妨燕。苏子瞻为翰林学士，当撰致语。上疏援荀盈未葬，平公饮酒乐，膳宰屠蒯以为非；周穆后既葬除丧，景王以宾燕，叔向议之，以为若绝期，可以燕乐，则平公、景王何以见非？余谓天子绝期，谓不为服也。不为服，则不废乐，太常之议是矣。以为情有所不忍，则特辍乐，如屠蒯、叔向之言可也，不当更论绝期为言。如富郑公母在殡，而仁宗特罢春燕，叔父岂不重于宰相之母！惜乎，子瞻不知出此也。

《考异》：按《春秋左氏传》昭公九年，晋荀盈如齐，卒于戏阳，殡于绛。未葬，晋平公饮酒乐，膳宰屠蒯趋入，酌以饮工曰："汝为君耳，将司聪也。辰在子卯，谓之疾日，君彻燕乐，学人舍业，为疾故也。君之卿佐是谓股肱，股肱或亏，何痛如之。汝弗闻而乐是，不聪也。"公说，彻乐。又按昭公十五年，晋荀跞如周葬穆后。既葬，除丧，周景王以宾燕，叔向讥之，谓之"乐忧"。夫晋平公之于荀盈，仁宗以宰臣张知白之丧特罢社燕，比例尤的。子瞻所奏，正引仁宗以宰相富弼母在殡为罢春燕事，且云魏王之亲比富弼之母，轻重亦有间矣。此乃云"子瞻不知出此"，何耶？

治平间，欧阳永叔罢参知政事，知亳州，除观文殿学士；相继赵叔平罢知徐州，亦除。其后非执政而除者，王韶以边功，王乐道以宫僚，皆特恩也。

《考异》：欧阳永叔罢政在治平四年，前此如丁度、韩琦、高若讷、富弼、孙沔、田况、张观、程戡、孙抃、胡宿，皆以前执政，或初罢政除观文殿学士，此止举欧、赵二人，何耶？

故事：馆职皆试诗赋各一篇。熙宁元年，召试王介、安焘、陈侗、蒲宗孟、朱初平，始命改试策论各一道。于是始试"敕天之命，惟时惟几"论，问"古用民，岁不过三日"策。

吕宝臣为枢密使，神宗欲用晦叔为中丞，不以为嫌，乃召苏子容就曾鲁公第草制。中云："惟是一门公卿，三朝侍从，久欲登于近用，尚有避于当途。况朕方至公待人，不疑群下，岂以弟兄之任事而废朝廷之擢才！矧在仁祖之时，已革亲嫌之制。台端之拜，无以易卿。"

著上意也。晦叔既辞，上命中使押赴台。礼上，公弼亦辞位，不从。

神宗既不相潞公，而相陈旸叔，乃诏旸叔班潞公下。潞公辞曰："国朝未有枢密使居宰相上者，惟曹利用尝先王曾、张知白，臣忝文臣，不敢乱官制。"力辞久之，不听，乃班旸叔上。已而阁门言：旧制：宰相压亲王，亲王压使相。今彦博先升之，则遇大朝会，亲王并入，亦当带压亲王。潞公复辞，始许班旸叔下。

故事：三院御史论事，皆先申中书，得札子而后始登对。谏官则不然。熙宁初，始诏依谏官例，听直牒阁门请对。

熙宁三年，制科过阁，孔文仲第一，吕陶亦在选中。既殿试，文仲陈时病，语最切直，吕陶稍直。宋敏求、蒲宗孟初考文仲，书第三等；王禹玉、陈睦复考，书第四等。王荆公见之，怒不乐中，批出："黜文仲，令速发赴本任；吕陶升一任，与堂除差遣。"自是遂罢科。

故事：南省奏名第一，殿试唱过三名不及，则必越众抗声自陈，虽考校在下列，必得升等。吴春卿、欧阳文忠皆由是得升第一甲。独范景仁避不肯言，等辈屡趣之，皆不应，至第十九人方及，徐出拜命而退，时已服其静退。自是廷试当自陈者，多慕效之。近岁科举当升等人，其目不一，有司皆预编次，唱名即举行，其风遂绝。

王沂公初就殿试时，固已有盛名。李文靖公沆为相，适求婿，语其夫人曰："吾得婿矣。"乃举公姓名曰："此人今次不第，后亦当为公辅。"是时，吕文穆公家亦求姻于沂公。公闻文靖言，曰："李公知我。"遂从李氏，唱名果为第一。晏元献公尝属范文正公择婿。久之，文正言有二人，其一富高，一张为善。公曰："二人孰优？"曰："富君器业尤远大。"遂纳富，即富公也，时犹未改名。以宰相得宰相，衣冠以为盛事。为善亦安道旧名。

张文节公初为龙图阁待制，求判国子监。真宗问王魏公："国子清闲无职事，知白岂不长于治剧，欲自便耶？"魏公对："知白博学，通晓民政，但其所守素清，而廉于进取故尔。"上曰："若此，正好为中执法。"乃命以右谏议大夫除御史中丞，上用人如此。景德、天禧间，所以名臣多也。

神宗尝问经筵官："《周官》'前朝后市'何义？"黄右丞履时为侍

讲，以王氏新说对。言：朝，阳事，故在前；市，阴事，故在后。上曰：
"亦不独此。朝，君子所集；市，小人所居。向君子背小人之意。"诸臣
闻之竦然。

哲宗初即位，契丹吊哀使入见。蔡持正以契丹大使衣服与在廷
异，上春秋少，恐升殿骤见或惧。前一日奏事罢，从容言其仪状，请上
勿以为异，重复数十语皆不答。徐俟语毕，上曰："彼亦人耳，怕他做
甚！"持正竦然而退。

司马温公与吕申公素相友善，在朝有所为，率多以取则。温公自
修起居注，召试知制诰，申公亦自外同召。温公既就试，而申公力辞
不至，改除天章阁待制。温公大悔，自以为不及。命下凡九章，辞不
拜，引申公自比，云："臣与公著同被召，公著固辞得请，而臣独就职，
是公著廉逊，而臣无愧耻也。"朝廷察其诚，因亦除天章阁待制。

《考异》：温公与申公相友善，云"在朝有所为，率多以取
则"；非也。温公辞修注云："王安石差修《起居注》，力自陈诉，章
七八上，然后朝廷许之，臣乃追悔恨，向者非朝廷不许，由臣请之
不坚故也。使臣之才得及安石一二，则闻命之日受而不辞。今
臣自循省一无可取，乃与之同被选擢，比肩并进，岂不玷朝廷之
举，为士大夫所羞哉！"辞知制诰云："窃闻天章阁侍讲吕公著与
臣同时被召，公著辞让不至，朝廷已除公著天章阁待制，臣始自
悔恨"云云。辞修注则引荆公，辞知制诰则引申公，各一时之事，
非有所取则也。

政和末，李彦章为御史，言士大夫多作诗，有害经术，自陶渊明至
李、杜，皆遭诋斥，诏送敕局立法。何丞相执中为提举官，遂定命官传
习诗赋，杖一百。是岁，莫俦榜，上不赐诗而赐箴。未几，知枢密院吴
居厚喜雪，御筵进诗，称"口号"。自是上圣作屡出，士大夫亦不复守
禁。或问何立法之意，何无以对，乃曰："非为今诗，乃旧科场诗耳。"

卷十

苏魏公为宰相,因争贾易复官事,持之未决。御史杨畏论苏故稽诏令,苏即上马乞退,请致仕。吕微仲语苏:"可见上辩之,何遽去?"苏曰:"宰相一有人言,便为不当物望,岂可更辩曲直?"宣仁力留之,不从,乃罢以为集禧观使。自熙宁以来,宰相未有去位而留京师者,盖异恩也。绍圣初,治元祐党人,凡尝为宰执者无不坐贬,惟子容一人独免。

熙宁以前,台官例少贬,间有责补外者,多是平出,未几复召还。故台吏事去官,每加谨为,其治行及区处家事无不尽力。近岁台官进退既速,贬谪复还者无几,然吏习成风,犹不敢懈。开封官治事略如外州,督察按举必绳以法,往往加以笞责,故府官罢,吏率掉臂不顾,至或靳侮之。时称"孝顺御史台,忤逆开封府"。

范鲁公与王溥、魏仁浦同日罢相,为一制。其辞曰:"或病告未宁,或勤劳可眷。"时南郊毕,质、溥皆再表求退;仁浦以疾在告,乞骸骨,故云。

王冀公罢参知政事,真宗眷意犹未衰,特置资政殿学士命之。时寇莱公欲抑之,乃定班翰林学士之下。冀公诉以为无罪而反降,故复命为大学士,班枢密副使之下。自是非尝任宰执者不除。元丰间,韩持国、陈荐非执政而除,盖宫僚之异恩也。

王荆公在金陵,神宗尝遣内侍凌文炳传宣抚问,因赐金二百。荆公望阙拜受跪已,语文炳曰:"安石闲居无所用。"即庭下发封,顾使臣曰:"送蒋山常住置田,祝延圣寿。"

王元之素不喜释氏,始为知制诰,名振一时。丁晋公、孙何皆游门下,元之亦极力延誉,由是众多侧目。有伪为元之《请汰释氏疏》,及《何无佛论》者,未几有商、洛之贬。欧阳文忠公丁母忧,服除召还。公尝疾士大夫交通权近,至是亦有伪公《乞罢斥宦官章》传播者,遂出知同州。会有辩其诬,遂复留。

绍圣间，常朝起居，章子厚押班。一日，忽少一拜，遽升殿，在廷侍从初不记省，见丞相进即止。蔡鲁公时为翰林学士承旨，独徐足一拜而退，当时以为得体。大观间，蔡鲁公在告，张宾老押班，忽多一拜。予时为学士，刘德初、薛肇明皆为尚书，班相近，予觉其误，即语二人。二人曰："非误，当拜。"余不免亦从之。阁门弹失仪，皆放罪。子厚语人：是日边奏，有蕃官威明阿密者当进呈，偶忘，思之，遂忘拜数。而予虽觉其误，然初亦不甚着意记拜数，既闻二人之言，从而亦疑。乃知朝谒当一意尽恭，不可杂以他念也。

李孝寿知开封府，有举子为仆所陵，忿甚，殴缚之，作状欲送府。会为同舍劝解，久之，气亦平，因释去；自取其状，戏学孝寿押字，判曰："不勘案，决臀杖二十。"其仆怨之。翌日，即窃状走府，曰："秀才日学知府判状，私决人。"孝寿怒，即令追之。既至，具陈所以，孝寿翻然谓仆曰："如此，秀才所判，正与我同，真不用勘案。"命吏就读其状，如数决之。是岁，举子会省试于都下数千人，凡仆闻之，皆畏戢无敢肆者，当时亦称其敏。

真宗幸澶渊，丁晋公以郓、齐、濮安抚使知郓州。虏既入塞，河北居民惊奔渡河，欲避于京东者，日数千人，舟人邀阻不时济。丁闻之，亟取狱中死囚数人以为舟人，悉斩于河上，于是晓夕并渡，不三日皆尽。既渡，复择民之少壮者，分画地分，各使执旗帜、鸣金鼓于河上，夜则传更点、申号令，连数百里。虏人莫测，讫师退，境内晏然。

张乖崖再治蜀。一日，问其客李畋："外间百姓颇相信服否？"畋言："相公初镇，民已服矣，何待今日？"乖崖曰："不然。人情难服，前未，今次或恐，然只这'信'字，五年方做得成。"

刘秘监几，字伯寿，磊落有气节，善饮酒，洞晓音律，知保州。方春，大集宾客，饮至夜分，忽告外有卒谋为变者。几不问，益令折花，劝坐客尽戴，益酒行，密令人分捕。有顷，皆擒至。几遂极饮达旦，人皆服之，号"戴花刘使"。几本进士，元丰间换文资，以中大夫致仕，居洛中。平时，挟女奴五七辈，载酒持被囊，往来嵩、少间。初不为定所，遇得意处，即解囊藉地，倾壶引满，旋度新声自为辞，使女奴共歌之；醉则就卧不去，虽暴露不顾也。尝召至京师议大乐，且以朝服趋局,暮则易布裘,徒步市廛间,或娼优所集处,率以为常,神宗亦不之责。其自度曲有《戴花正音集》行于世,人少有得其声者。

宋守约为殿帅,自入夏日,轮军校十数辈捕蝉,不使得闻声。有鸣于前者,皆重笞之,人颇不堪,故言守约恶闻蝉声。神宗一日以问守约,曰:"然。"上以为过,守约曰:"臣岂不知此非理?但军中以号令为先。臣承平总兵殿陛,无所信其号令,故寓以捕蝉耳。蝉鸣固难禁,而臣能使必去;若陛下误令守一障,臣庶几或可使人。"上以为然。

包孝肃为中丞,张安道为三司使,攻罢之。既又自成都召宋子京,孝肃复言其在蜀燕饮过度事,改知郑州。已而乃除孝肃,遂就命。欧阳文忠时为翰林学士,因疏孝肃攻二人,以为不可,而已取之,不无蹊田夺牛之意。孝肃虽尝引避,而终不辞。元祐间,苏子由为中丞,攻罢许冲元,继除右丞,御史安鼎亦以为言,二人固非有意者。然欧阳公之言,亦足以厚士风也。

王继忠,真宗藩邸旧臣,后为高阳关部辖。咸平中,与契丹战没,契丹得之不杀,喜其辩慧,稍见亲用,朝廷不知其尚存也。及景德入寇,继忠从行,乃使通奏,先导欲和之意,朝廷始知其不死,卒因其说以成澶渊之盟。继忠是时于两间用力甚多,故契丹不疑。真宗亦录其妻子,岁时待之甚厚。后改姓耶律,封王,卒于契丹;而子孙在中朝官者亦甚众,至今京师号"陷蕃王太尉"家。

《考异》:王继忠为定州路副都署,咸平六年战殁。此云"为高阳关部辖",非也。

陈密学襄、郑祭酒穆,与陈烈、周希孟皆福州人,以乡行称,闽人谓之"四先生"。烈尤为蔡君谟所知,尝与欧阳文忠公共荐于朝,由是益知名。然烈行怪多伪,蔡君谟母死,烈往吊,自其家匍匐而进,人问之,曰:"此诗所谓'凡民有丧,匍匐救之'者也。"其所为类如此。后为妻讼其不睦事,为监司所按,诏置狱劾治。司马温公为谏官,上疏救之,曰:"烈既尝为近臣所推,必无甚过,若遽摧辱,恐沮伤山林处士之气。"然亦竟坐罪。

杜祁公居官清介,每请俸,必过初五。家人有前期误请者,公怒,即以付有司劾治,尹师鲁公所知也。余在颍川士人家,尝见师鲁得罪后谢公书,亲引此事云:以某自视,虽若无愧,以公观之,则安得为无罪?师鲁盖坐擅贷官钱,为部吏偿债。当时有恶之者,遂论以赃云。

吕丞相微仲,性沉厚刚果,遇事无所回屈,身干长大,而方望之伟然。初相,苏子瞻草麻云:"果毅而达,兼孔门三子之风;直大以方,得《坤》爻六二之动。"盖以戏之。微仲终身以为恨,言固不可不慎。

《考异》:直方,大美之至矣,何必终身为恨乎? 果毅当作"果艺"。

仁宗山陵,韩魏公为使。时国用窘匮,而一用乾兴故事。或以为过。苏明允为编礼官,以书责公,至引宋华元厚葬事,以为不臣。魏公得之矍然,已乃敛容起谢曰:"某无状,敢不奉教! 然华元事,莫未至是否?"闻者无不服公大度,能受意外之言也。

余见大父时家居及燕见宾客,率多顶帽而系勒帛,犹未甚服背子。帽下戴小冠簪,以帛作横幅约发,号"额子"。处室中,则去帽见冠簪,或用头巾也。古者士皆冠,帽乃冠之遗制。头巾,贱者不冠之服耳。勒帛,亦有垂绅之意,虽施之外不为简。背子,本半臂,武士服,何取于礼乎? 或云:勒帛不便于搢笏,故稍易背子,然须用上襟,掖下与背皆垂带。余大观间见宰执接堂吏,押文书,犹冠帽用背子,今亦废矣。而背子又引为长袖,与半臂制亦不同。头裹,贱者巾;衣,武士服。而习俗之久,不以为异。古礼之废,大抵类此也。

刘丞相挚家法俭素,闺门雍睦。凡冠巾衣服制度,自其先世以来,常守一法,不随时增损。故承平时,其子弟杂处士大夫间,望而知其为刘氏也。数十年来,衣冠诡异,虽故老达官,亦不免从俗,与市井喧浮略同,而不以为非。

旧凤翔郿县出绦,以紧细如箸者为贵。近岁衣道服者,绦以大为美,围率三四寸,长二丈余,重复腰间至五七返,以真茸为之。一绦有直十余千者,此何理也?

赵清献公每夜常烧天香,必擎炉默告,若有所秘祝者数。客有疑而问公,公曰:"无他,吾自少昼日所为,夜必哀敛,奏知上帝。"已而复曰:"苍苍眇冥,吾一矢区区之诚,安知必能尽达? 姑亦自防检,使不可奏者知有所畏,不敢为耳。"有周竦者,尝为公门客,为余言之。

　　杜祁公罢相,居南京,无宅,假驿舍居之数年。讫公薨,卒不迁,亦不营生事,止食其俸而已。然闾里吉凶庆吊,与亲识之道南京者,相与燕劳,问遗之礼未尝废。公薨,夫人相里氏以绝俸不能自给,始尽出其箧中所有,易房服钱二千。公本遗腹子,其母后改适河阳人。公为前母子不容,因逃河阳,依其母佣书于济源。富人相里氏一见奇之,遂妻以女云。

　　范文正公四子,长曰纯佑,有奇才。方公始为西帅时,已能佐公治军,早死。其次即忠宣、夷叟、德孺也。尝为人言:"纯仁得吾之忠,纯礼得吾之正,纯粹得吾之材。"忠宣以身任国,世固知之;夷叟简默寡言笑,虽家居独坐一室,或终日不出;德孺继公帅西方为名将,卒如其言云。

　　前辈多知人,或云亦各有术,但不言尔。夏文庄公知蕲州,庞庄敏公为司法,尝得时疾在告。方数日,忽吏报庄敏死矣。文庄大骇,曰:"此人当为宰相,安得便死?"吏言其家已发哀,文庄曰:"不然。"即自往见,取烛视其面,曰:"未合死。"召医语之曰:"此阳证伤寒,汝等不善治,误尔!"亟取承气汤灌之。有顷,庄敏果苏,自此遂无恙,世多传以为异。张康节公升、田枢密况,出处虽不同,其微时皆文庄所荐也。

　　范文正公用人多取气节,阔略细故,如孙威敏、滕达道之徒,皆深所厚者。为帅府辟置,多谪籍未牵叙人。或以问公,公曰:"人之有才能无瑕颣者,自应用于宰相。惟实有可用,不幸陷于过失者,不因事起之,则遂为废人矣。"世咸多公此意。凡军伍以杂犯降黜者,例皆改刺龙骑指挥。故时当权者,每惮公废法建请,难于尽从,因戏之为"龙骑指挥使"云。

　　王右丞正仲口吃,遇奏对则如流。欧阳文忠近视,常时读书甚艰,惟使人读而听之。在政府数年,每进文字,亦如常人,不少异。贵人真自有相也。余为郎官时,尝遇视朔过殿,有御史为巡使者,法当独立于殿廷之南,北向以察百官失仪。其人久在学校,素矜慎,始引就位,辄无故仆地;既掖而起,又仆,如是者三。上遥望,以为疾作,亟命卫士数人扶出。逮至殿门,步行如常,问之,曰:"自不能晓,但觉足弱耳。"其人官后亦不显,亦其相然也。

崇宁中,蔡鲁公当国。士人有陈献利害者,末云:"伏望闲燕,特赐省览。"有得之欲谗公者,密摘以白上,曰:"清闲之燕,非人臣所得称,而鲁公受之不以闻。"鲁公引《礼》"孔子闲居"、"仲尼燕居"自辩,乃得释。

司马温公自少称"迂叟",著《迂书》四十一篇。韩魏公晚号"安阳懿叟",文潞公号"伊叟",欧阳文忠公号"六一居士",以琴、棋、书、酒、集古碑为五,而自当其一,尝著《六一居士传》。苏子瞻谪黄州,号"东坡居士",东坡其所居地也。晚又号"老泉山人",以眉山先茔有老翁泉,故云。子由自岭外归许下,号"颍滨遗老",亦自为传,家有遗老斋,盖元祐人至子由,存者无几矣。

王禹玉作《庞颍公神道碑》,其家送润笔金帛外,参以古书名画三十种,杜荀鹤及第时试卷亦是一种。

章郇公高祖母练氏,其夫均,为王审知偏将,领军守西岩。一日,盗至,不能敌,遣二亲校请兵于审知,后期不至,将斩之。练氏为请不得,即密取帑中金遗二校,急使逃去,二校奔南唐。会王氏国乱,李景即遣兵攻福州,时均已卒矣。二校闻练氏在,亟遣人赍金帛招之使出,曰:"吾翌日且屠此城,若不出,即并及矣。"练氏返金帛不纳,曰:"为我谢将军,诚不忘前日之意,幸退兵,使吾城降,吾与此城人可俱全;不然,愿与皆屠,不忍独生也。"再三请不已。二将感其言,遂许城降。均十五子,五为练氏出,郇公与申公皆其后也。

丁晋公初治第于车营务街,杨景宗时为役兵,为之运土。景宗,章惠太后弟也,后以太后得官。晋公谪,即以其第赐之。性凶悍,使酒挟太后。晚尤骄肆,好以滑槌殴人,时号"杨滑槌",故今犹以名其宅云。

晁文元迥尝云:"陆象先言:'天下本无事,只是庸人扰之,始为烦耳。'吾亦曰:'心间本无事,率由妄念扰之,始为烦耳。'"

晁文元公天资纯至,年过四十登第,始娶,前此未尝知世事也。初学道于刘海蟾,得炼气服形之法;后学释氏,常以二教相参,终身力行之。既老,居昭德坊里第。又于前为道院,名其所居堂曰"凝寂",

燕坐萧然,虽子弟见有时。晚年耳中闻声,自言如乐中簧,始隐隐如雷,渐浩浩如潮,或如行轩百子铃,或如风蝉曳绪。每五鼓后起坐,闻之尤清澈,以为学道灵感之验。今人静极,类亦有闻此声者,岂晁固自不同耶?或云:晚尝自见其形在前,既久渐小,八十后每在眉睫之间,此尤异也。

王荆公性不善缘饰,经岁不洗沐,衣服虽敝,亦不浣濯。与吴冲卿同为群牧判官,韩持国在馆中,三数人尤厚善,无日不过从。因相约:每一两月即相率洗沐。定力院家,各更出新衣,为荆公番,号"拆洗"。王介甫云:出浴见新衣辄服之,亦不问所从来也。曾子先持母丧过金陵,公往吊之。登舟,顾所服红带。适一虞候挟笏在旁,公顾之,即解易其皂带入吊。既出,复易之而去。

文潞公父为白波辇运,潞公时尚少。一日,尝以事忤其父,欲挞之,潞公密逃去。张靖父为辇运司军曹,司知其所在,迎归使与靖同处。其父求潞公月余不得,极悲思之,乃徐出见,因使与靖同学,后因登第。潞公相时,擢靖为直龙图阁。靖有吏干。翰林学士张阁,其子也。

蔡鲁公喜接宾客,终日酬酢不倦。家居遇宾客少间,则必至子弟学舍,与其门客从容燕笑。蔡元度禀气弱,畏见宾客。每不得已一再见,则以啜茶多,退必呕吐。尝云:"家兄一日无客则病,某一日接客则病。"

米芾诙谲好奇。在真州,尝谒蔡太保攸于舟中。攸出所藏右军《王略帖》示之,芾惊叹,求以他画换易,攸意以为难,芾曰:"公若不见从,某不复生,即投此江死矣。"因大呼,据船舷欲坠,攸遽与之。知无为军,初入州廨,见立石颇奇,喜曰:"此足以当吾拜。"遂命左右取袍笏拜之,每呼曰"石丈"。言事者闻而论之,朝廷亦传以为笑。

　　《考异》:据米芾所记,《王略帖》八十二字,乃是以钱十五万
　　得之;而《谢安帖》六十五字,则得于蔡太保也。

薛文惠公居正,父仁谦,世居今京昭德坊。后唐庄宗入汴,仁谦出避,其第为唐六宅使李宾所据。宾家多赀,尝藏金珠价数十万第中,会以罪谪,不及取。仁谦后复归,欲入居,或告以所藏者,仁谦曰:

"吾敢盗人之所有乎!"尽召宾近属,使发取,然后入。文惠为相时,正居此宅,宜有是也。仁谦仕周,亦为太子宾客致仕云。

宋元宪公尝问苏魏公:"徐锴与铉,学问该洽略相同,而世独称铉,何也?"魏公言:"锴仕江南,早死;铉得归本朝,士大夫从其学者众,故得大其名尔。"元宪兄弟好论小学,得锴所作《说文系传》而爱之。每欲为发明,得苏论,喜曰:"二徐未易分优劣,要以是别之,异时修史者不可易也。"余顷从苏借《系传》,苏语及此,亦自志于《系传》之末。

曹玮帅秦州,当赵德明叛,边庭骇动,玮尝与客对棋。军吏报有叛卒投德明者,玮弈如常,至于再三,徐顾吏曰:"此吾遣使行,后勿复言。"德明闻,杀投者,卒遂不复叛。

元丰间,刘舜卿知雄州,虏寇夜窃其关锁去,吏密以闻。舜卿亦不问,但使易其门键大之。后数日,虏牒送盗者并以锁至。舜卿曰:"吾未尝亡锁。"命加于门,则大数寸,并盗还之。虏大惭,沮盗者亦得罪。舜卿,近世名臣也。

避暑录话

[宋] 叶梦得　撰

徐时仪　校点

校 点 说 明

《避暑录话》四卷，宋叶梦得撰。叶梦得（1077—1148），字少蕴，号石林居士。苏州吴县（今苏州）人。绍圣进士。初任丹徒尉。徽宗时官翰林学士，出帅颍昌府，因摧抑贪吏而遭罢黜。高宗即位，任翰林学士兼侍读，迁尚书左丞，曾致力于抗金防务。官终知福州，兼福建安抚使。《宋史·文苑传》称其"嗜学蚤成，多识前言往行，谈论亹亹不穷"。他见多识广，著有《建康集》、《石林词》、《石林诗话》、《石林燕语》和《避暑录话》等。

据此书作者书前自序称，绍兴五年（1135）因酷暑难熬，不能安其室，于是每日早起，即择泉石深旷、竹松幽茂处避暑，与其二子及门生"泛话古今杂事，耳目所接，论说平生出处及道老交亲戚之言，以为欢笑，皆后生所未知"。后由其子栋据以择记之，因名《避暑录话》。《四库全书总目》称"其所叙录亦多足资考证而裨见闻"。综观书中所记，如记宜兴善权洞中咸通八年昭义军节度使李蟾赎寺碑、记滕达道微时任气使酒等，均可补史乘之阙。

由序知此书成于绍兴五年六月。晁公武《读书志》载为十五卷，《四库全书总目》已指出为传写之谬。《宋史·艺文志》和《文献通考》作二卷，《稗海》、《津逮秘书》、《四库全书》、《学津讨原》和《丛书集成初编》亦皆为二卷。涵芬楼据项氏宛委山堂本所刊《宋人小说》则分为四卷，且书前有叶梦得自序。此本遇宋帝讳庙号悉缺避空格，犹是沿宋椠之旧。另有《说郛》和《五朝小说》选摘部分而录为一卷。各本所录内容的排列次第亦偶有先后不同。现以夏敬观校涵芬楼藏版《宋人小说》所收四卷本为底本，校以《稗海》、《津逮秘书》、《四库全书》及叶德辉观古堂重刻楙花盦本，并参检《宋史》加以标点。诸本所载字词不同之处则择善而从，按标校原则径改，不出校注。

目　　录

序

　　绍兴五年五月，梅雨始过，暑气顿盛，父老言数十年所无有。余居既远城市，岩居又在山半，异时盖未尝病暑，今亦不能安其室。每旦起，从一仆夫负榻，择泉石深旷、竹松幽茂处，偃仰终日。宾客无与往来，惟栋、模二子、门生徐惇立挟书相从，间质疑请益。时为酬酢，亦或泛话古今杂事，耳目所接，论说平生出处，及道老交亲戚之言，以为欢笑，皆后生所未知。三子云："幸有闻，不敢不识，以备遗忘。"屡请不已。乃使栋执笔，取所欲记则书之，名曰《避暑录话》云。六月十一日，石林老人序。

卷一

杜子美《饮中八仙歌》，贺知章、汝阳王琎、崔宗之、苏晋、李白、张长史旭、焦遂、李适之也。适之坐李林甫谮，求为散职，乃以太子少保罢政事。命下，与亲戚故人欢饮赋诗曰："避贤初罢相，乐圣且衔杯。为问门前客，今朝几个来？"可以见其超然无所芥蒂之意，则子美诗所谓"衔杯乐圣称避贤"者是也。适之以天宝五载罢相，即贬死袁州，而子美十载方以献赋得官，疑非相与周旋者，盖但记能饮者耳。惟焦遂名迹不见他书。适之之去，自为得计，而终不免于死，不能遂其诗意，林甫之怨岂至是哉！冰炭不可同器，不论怨有浅深也。乃知弃宰相之重而求一杯之乐，有不能自谋者。欲碌碌求为焦遂，其可得乎？今岘山有适之洼樽，颜鲁公诸人尝为联句而传不载，其尝至湖州，疑为刺史，而史失之也。

李文定公坐与丁晋公不相能，中常郁郁不乐。旧中书省壁间有其手题诗一联，云："灰心缘忍事，霜鬓为论兵。"凡数十处，此裴晋公诗也。初不见全篇，在许昌偶得其集，云："有意效承平，无功答圣明。灰心缘忍事，霜鬓为论兵。道直身还在，恩深命转轻。盐梅非拟议，葵藿是平生。白日长悬照，苍蝇谩发声。嵩阳旧田里，终使谢归耕。"裴公之言犹及此，岂坐李逢吉、元稹故耶？集中又有在太原题厅壁一绝句，云："危事经非一，浮荣得是空。白头官舍里，今日又春风。"则此公胸中亦未得全为无事人，绿野之游岂易得哉！裴公固不特以文字名世，然诗辞皆整齐闲雅，忠义端亮之气凛然时见，览之每可喜也。

裴晋公诗云："饱食缓行初睡觉，一瓯新茗侍儿煎。脱巾斜倚绳床坐，风送水声来耳边。"公为此诗必自以为得志，然吾山居七年，享此多矣。今岁新茶适佳。夏初作小池，导安乐泉注之，得常熟破山重台白莲，植其间，叶已覆水。虽无淙潺之声，然亦澄澈可喜。此晋公之所诵咏，而吾得之，可不为幸乎？

欧阳文忠公在扬州作平山堂，壮丽为淮南第一。堂据蜀冈，下临江南，数百里真、润、金陵三州，隐隐若可见。公每暑时辄凌晨携客往游，遣人走邵伯取荷花千余朵，以画盆分插百许盆，与客相间。遇酒行，即遣妓取一花传客，以次摘其叶，尽处则饮酒，往往侵夜载月而归。余绍圣初始登第，尝以六七月之间馆于此堂者几月。是岁大暑，环堂左右老木参天，后有竹千余竿，大如椽，不复见日色。苏子瞻诗所谓"稚节可专车"是也。寺有一僧，年八十余，及见公，犹能道公时事甚详。迩来几四十年，念之犹在目。今余小池植莲虽不多，来岁花开，当与山中一二客修此故事。

余家旧藏书三万余卷，丧乱以来，所亡几半。山居狭隘，余地置书囊无几。雨漏鼠啮，日复蠹败。今岁出曝之，阅两旬才毕。其间往往多余手自抄，览之如隔世事。因日取所喜观者数十卷，命门生等从旁读之，不觉至日昃。旧得酿法，极简易，盛夏三日辄成。色如渾醍，不减玉友。仆夫为作之。每晚凉即相与饮三杯而散，亦复盎然。读书避暑固是一佳事，况有此酿。忽看欧文忠诗，有"一生勤苦书千卷，万事消磨酒十分"之句，慨然有当其心。公名德著天下，何感于此乎？邹湛有言，如湛辈乃当如公言耳。此公始退休之时，寄北门韩魏公诗也。

苏子瞻在黄州作蜜酒，不甚佳，饮者辄暴下。蜜水腐败者尔。尝一试之，后不复作。在惠州作桂酒，尝问其二子迈、过，云亦一试之而止。大抵气味似屠苏酒。二子语及，亦自抚掌大笑。二方未必不佳，但公性不耐事，不能尽如其节度，姑为好事借以为诗，故世喜其名。要之，酒非曲糵，何可以他物为之？若不类酒，孰若以蜜渍木瓜樝橙等为之，自可口，不必似酒也。刘禹锡传南方有桂浆法善造者，暑月极快美。凡酒用药，未有不夺其味。况桂之烈，楚人所谓桂酒椒浆者，安知其为美酒？但土俗所尚，今欲因其名以求美亦过矣。

王荆公不耐静坐，非卧即行。晚卜居钟山谢公墩，自山距州城适相半，谓之半山。畜一驴，每食罢必日一至钟山。纵步山间，倦则即定林而睡，往往至日昃乃归，率以为常。有不及终往，亦必跨驴中道而还，未尝已也。余见蔡天启、薛肇明备能言之。子瞻在黄州及岭表，每旦起不招客相与语，则必出而访客。所与游者亦不尽择，各随其人高下，谈谐放荡，不复为畛畦。有不能谈者，则强之说鬼。或辞无有，则曰"姑妄言之"。于是闻者无不绝倒，皆尽欢而后去。设一日无客，则歉然若有疾。其家子弟尝为予言之如此也。吾独异此，固无二公经营四海之志，但畏客欲杜门。每坐辄终日，至足痹乃起。两岩相去无三百步，阅数日才能一往。一榻所据，如荆公之睡，则有之矣。陶渊明云"园日涉而成趣"，岂仁人志士所存各异，非余颓惰者所及乎？万法皆从心生，心苟不动，外境何自而入？虽寒暑可敌也。婴儿未尝求附火摇扇，此岂无寒暑乎？盖不知尔。近见世有畏暑者，席地袒裼，终日迁徙，百计求避，卒不得所欲，而道途之役，正昼烈日，衣以厚袄，挽车负担，驰骋不停，竟亦无他，但心所安尔。近有道人常悟，住惠林，得风痹疾，归寓许昌天宁寺。足不能行，虽三伏必具三衣而坐，自旦至暮未尝欹偃。每食时，弟子扶掖，稍伸缩，即复跏趺如故。室中不置扇，拱手若对大宾客，而神观澄穆，肤理融畅。疾虽不差，亦不复作，如是七年。一日告其徒，语绝即化。余尝盛暑屡过之，问："重衣而不扇，亦觉热乎？"但笑而不答。夫心无避就，虽婴儿、役夫，犹不能累，况如若人者乎？

卢鸿《草堂图》旧藏中贵人刘有方家。余往有庆历中摹本，亦名手精妙。犹记后载唐人题跋云："相国邹平段公家藏图书，并用所历方镇印记。咸通初，余为荆州从事，与柯古同在兰陵公幕下，阅此轴。今所历岁祀倏逾二纪，涁罹多难，编轴尚存。物在时迁，所宜兴叹。丁未年驾在岐山，涿郡子蕃记。"又书："己酉岁重九日专谒大仪，遂载览阅，累经多难，顿释愁襟。子蕃再题。"邹平公，段文公也。柯古，其子成式字也。子蕃，不知何人。涿郡，盖亦卢氏望。兰陵公或云萧邺。其罢相，出为荆州节度使，正咸通初。成式终太常少卿，则所谓大仪也。丁未，僖宗光启二年。己酉，昭宗龙纪元年。此画宣和庚子余在楚州为贺方回取去不归。当时余方自许昌得请洞霄，思卜筑于此山之下。视图中草堂、樾馆、桃烟磴、冪翠亭等，渺然若不可及。今余东西两岩略有亭堂十余所，比年松竹稍环合。每杖策登山，奇石森耸左右，诘曲行云霞中，不知视鸿居为如何，但恨水泉不壮，无云锦池、金碧潭耳。

谢康乐云良辰、美景、赏心、乐事四者难并，天下咏之，以为口实。韩魏公在北门作四并堂。公功名富贵，无一不满所欲，故无时不可乐，亦以是为贵乎？余游行四方，当其少时，盖未知光景为可惜，亦不以是四者为难得也。在许昌见故老言韩持国为守，每入春，常日设十客之具于西湖，且以郡事委僚吏，即造湖上。使吏之湖门，有士大夫过，即邀之入，满九客而止。辄与乐饮终日，不问其何人也。曾存之常以问公曰："无乃有不得已者乎？"公曰："汝少年安知此？吾老矣，未知复有几春。若待可与饮者而后从，吾之为乐无几，而春亦不吾待也。"余时年四十三，犹未尽以为然。自今思之，乃知其言为有味也。

近世学者多言中庸，中庸之不可废久矣，何待今日？非特子思言之，尧之告舜曰："人心惟危，道心惟微。惟精惟一，允执厥中。"所谓人心者，喜怒哀乐之已发者也；道心者，喜怒哀乐之未发者也。人能治其心常于未发之前，不为已发之所乱，则不流于人心而道心常存，非所谓中乎？通此说者，不惟了然于性命之正，亦自可以养生尽年。《素问》以喜怒悲忧恐配肝心脾肺肾，而更言其所胜所伤。每使节其过而养其正，以全生保形。夫性已得矣，生与形固优为之。特论养生者分于五脏，而吾儒一于心。五脏非心，孰为之制？是亦一道也。往岁有方士刘淳珏，年百岁余，乃以给使事夏英公。余尝见其为蔡鲁公言惩忿窒欲为损之义，甚有理。盖深于《素问》者。嘉祐末，有黥卒，亦百余岁，不知其姓名，时人以郝老呼之，善医。自言受法于至人，往来许、洛间。程文简公尤厚礼之。为文简诊脉，预告其死期于期岁之前，不差旬日。常语人年六十始知医，七十而见《素问》，每抚髀太息曰："使吾早得此书，与医俱，吾不死矣。"惜其见之晚，而已伤者不可复也。孔子曰："仁者寿。"此固尽性之言，何疑于医乎？

林下衲子谈禅，类以吾儒为未尽。彼固未知吾言之深，然吾儒拒之亦太过。《易》曰：精气为物，游魂为变，是故知鬼神之情状。原始要终，故知死生之说。此何等语乎？若作善，降之百祥；作不善，降之百殃。积善之家，必有余庆；积不善之家，必有余殃，则因果报应之说亦未尝废也。晋宋间佛学始入中国而未知禅，一时名流乃有为神不灭之论。又有非之者，何其陋乎？自唐言禅者寖广，而其术亦少异。

大抵儒以言传而佛以意解,非不可以言传,谓以言得者未必真解,其守之必不坚,信之必不笃,且堕于言,以为对执而不能变通旁达尔。此不几吾儒所谓默而识之,不言而信者乎?两者未尝不通。自言而达其意者,吾儒世间法也;以意而该其言者,佛氏出世间法也。若朝闻道,夕可以死,则意与言两莫为之碍,亦何彼是之辨哉?吾尝为其徒高胜者言之,彼亦心以为然,而有不得同者,其教然也。

欧阳文忠公平生诋佛老,少作《本论》三篇,于二氏盖未尝有别。晚罢政事,守亳,将老矣,更罹忧患,遂有超然物外之志。在郡不复事事,每以闲适饮酒为乐。时陆子履知颍州。公,客也,颍且其所卜居。尝以诗寄之,颇道其意。末云:"寄语瀛洲未归客,醉翁今已作仙翁。"此虽戏言,然神仙非老氏说乎?世多言公为西京留守推官时,尝与尹师鲁诸人游嵩山,见薛书成文,有若"神清之洞"四字者,他人莫见。然苟无神仙则已,果有,非公等为之而谁?其言未足病也。公既登政路,法当得坟寺,极难之,久不敢请。已乃乞为道宫。凡执政以道宫守坟墓,惟公一人。韩魏公初见奏牍,戏公曰:"道家以超升不死为贵,公乃使在丘垅之侧,老君无乃却辞行乎?"公不觉失声大笑。

欧阳氏子孙奉释氏甚众,往往尤严于它士大夫家。余在汝阴,尝访公之子棐于其家。入门,闻歌呗钟磬声自堂而发。棐移时出,手犹持数珠,讽佛名,具谢今日适斋日,与家人共为佛事方毕。问之云:"公无恙?"时薛夫人已自尔,公不禁也。及公薨,遂率其家无良贱悉行之。汝阴有老书生犹及从公游,为予言公晚闻富韩公得道于净慈本老,执礼甚恭。以为富公非苟下人者,因心动。时法颙师住荐福寺,所谓颙华严者,本之高弟。公稍从问其说。颙使观《华严》,读未终而薨,则知韩退之与大颠事真不诬。公虽为世教立言,要之,其不可夺处不唯少贬于老氏,虽佛亦不得不心与也。

《白乐天集》自载李浙东言海上有仙馆待其来之说,作诗云:"吾学空门非学仙,恐君此说是虚传。海山不是吾归处,归则须归兜率天。"顷读卢肇《逸史》,记此事差详。李浙东,李君稷也。会昌初为浙东观察使,言有海贾遭风飘海中,至一大山,视其殿榜曰"蓬莱"。旁有一院,扃镵甚严。花木盈庭,中设几案。或人告之曰:"此白乐天院,在中国未来耳。"唐小说事多诞,此既自见于乐天诗,当不谬。近世多传王平甫馆宿,梦至灵芝宫,亦自为诗纪之曰:"万顷波涛木叶飞,笙歌宫殿号灵芝。挥毫不似人间世,长乐钟声梦觉时。"与白乐天事绝相类,乃知天地间英灵之气亦无几,为人为仙,不在此则在彼,更去迭来无足怪者。

苏子瞻亦喜言神仙。元祐初有东人乔仝,自言与晋贺水部游,且言贺尝见公密州道上,意若欲相闻。子瞻大喜。仝时客京师,贫甚。子瞻索囊中得四十缣,即以赠之,作五诗,使仝寄贺,子由亦同作。仝去讫不复见,或传安人也。晚因王巩又得姚丹元者,尤奇之,直以为李太白所化,赠诗数十篇,待之甚恭。姚本京师富人王氏子,不肖,为父所逐。事建隆观一道士。天资慧,因取道藏遍读,或能成诵。又多得其方术丹药。大抵有口才,好大言。作诗间有放荡奇谲语,故能成其说。浮沉淮南,屡易姓名,子瞻初不能辨也。后复其姓名王绎。崇宁间余在京师,则已用技术进为医官矣。出入蔡鲁公门下,医多奇中,余犹及见。其与鲁公言从子瞻事,且云:"海上神仙宫阙,吾皆能以术致之,可使空中立见。"蔡公亦微信之,坐事编置楚州。梁师成从求子瞻书帖,且荐其有术。宣和末,复为道士,名元诚。力诋林灵素,为所毒,呕血死。

张平子作《归田赋》,兴致虽萧散,然序所怀,乃在"仰飞纤缴,俯钓清流,落云间之逸禽,悬清渊之鲅鲤"。吾谓钓弋亦何足为乐?人生天地之间,要当与万物各得其欲,不但适一己也,必残暴禽鱼以自快,此与驰骋弋猎者何异?如陶渊明言"携幼入室,有酒盈樽。悦亲戚之情话,乐琴书以消忧",此真得事外之趣。读之,能使人盎然,觉其左右草木无情物,亦皆舒畅和豫。平子本见汉室多事,欲去以远祸,未必志在田园,姑有激而言耳。宜其发于胸中者,与渊明不类也。

扬子云言谷口郑子真耕乎岩石之下,名震于京师,世以为贤。吾谓子真非真隐遁者也,使真隐遁者,方且遁名未暇,尚何京师之闻乎?若司马季主、李仲元,乃当近之,然犹使世间知有是人也。彼世所不得知,如哭龚胜老人,言龚生竟夭天年,非吾徒者,或其人乎?乃知此一流,世固未尝乏,亦不必在山林岩穴也。自晨门、荷蓧、长沮、桀溺之徒,孔子固志之矣。虽其道不可以训天下,非孔子所乐与,然每相与闻而载其言,亦微以示后世也。但士之涉世者,欲为此不可得,能为黄叔度,其犹庶几乎?盖虽未尝绝世,而世终不能为之累,所谓汪汪若万顷之陂者,非郭林宗无以知之也,似优于子真,管幼安亦其次也。此二三人者,幸生孔孟时,必皆有以处之。自唐而后,不复有此类,往往皆流入为浮屠氏,故其间杰然有不可拔者,惜其非吾党,难与并论。吾谓云门、临济、赵州数十人,虽以为晨门、荷蒉之徒可也。白乐天与杨虞卿为姻家而不累于虞卿,与元稹、牛僧孺相厚善而不党于元稹、僧孺,为裴晋公所爱重而不因晋公以进,李文饶素不乐而不为文饶所深害者,处世如是人亦足矣。推其所由得,惟不汲汲于进而志在于退,是以能安于去就,爱憎之际,每裕然有余也。自刑部侍郎以病求分司时,年才五十八。自是盖不复出,中间一为河南尹,期年辄去。再除同州刺史,不拜。雍容无事,顺适其意,而满足其欲者十有六年。方太和、开成、会昌之间,天下变故,所更不一。元稹以废黜死,李文饶以谗嫉死。虽裴晋公犹怀疑畏,而牛僧孺、李宗闵皆不免万里之行。所谓李逢吉、令狐楚、李珏之徒,泛泛非素与游者,其冰炭低昂,未尝有虚日,顾乐天所得,岂不多哉?然吾犹有微恨,似未能全忘声色杯酒之累,赏物太深,若犹有待而后遣者,故小蛮、樊素,每见于歌咏。至甘露十家之祸,乃有"当君白首同归日,是我青山独往时"之句,得非为王涯发乎?览之使人太息,空花妄想初何所有,而况冤亲相寻,缴绕何已?乐天不唯能外世,故固自以为深得于佛氏,犹不能旷然一洗,电扫冰释于无所有之地,习气难除,有至是乎?要之,若飘瓦之击,虚舟之触,庄周以为至人之用心也,宜乎?

世言歙州具文房四宝,谓笔、墨、纸、砚也。其实三耳。歙本不出笔,盖出于宣州。自唐惟诸葛一姓世传其业,治平、嘉祐前有得诸葛笔者,率以为珍玩,云"一枝可敌他笔数枝"。熙宁后世始用无心散卓笔,其风一变。诸葛氏以三副力守家法不易,于是寖不见贵,而家亦衰矣。歙州之三物,砚久无良材,所谓罗纹眉子者不复见,惟龙尾石捍坚拒墨,与凡石无异。欧文忠作《砚谱》,推歙石在端石上,世多不然之,盖各因所见尔。方文忠时,二地旧石尚多,岂公所有适歙之良而端之不良者乎？纸则近岁取之者多，无复佳品，余素自不喜用。盖不受墨，正与麻纸相反。虽用极浓墨，终不能作黑字。墨惟黄山松丰腴坚缜，与他州松不类，又多漆。古未有用漆烟者，三十年来人始为之，以松渍漆并烧。余大观间令墨工高庆和取煤于山，不复计其直。又尝被命馆三韩使人，得其贡墨，碎之，参以三之一。既成，潘张二谷、陈瞻之徒皆不及。丧乱以来，虽素好事者，类不尽留意于诸物。余顷有端砚三四枚，奇甚，杭州兵乱亡之。庆和所作墨亦无遗。每用退墨砚磨不黑滞笔，如以病目剩员御老钝马。

今世不留意墨者多言未有不黑，何足多较？此正不然。黑者正难得，但未尝细别之耳。不论古墨，惟近岁潘谷亲造者黑。他如张谷、陈瞻与潘使其徒造以应人，所求者皆不黑也。写字不黑，视之氄氄然，使人不快意。平生嗜好屏除略尽，惟此物未能忘。数年来乞墨于人，无复如意。近有授余油烟墨法者，用麻油燃密室中，以一瓦覆其上，即得煤，极简易。胶用常法，不多以外料参之，试其所作良佳。大抵麻油则黑，桐油则不黑。世多以桐油贱，不复用麻油，故油烟无佳者。黄山松煤虽密迩，度余力恐未易致。秋冬间中外或无事，当求净人中一了了者，试使为之。余自与之为胶剂，必有可喜者。

庆历后，欧阳文忠以文章擅天下，世莫敢有抗衡者。刘原甫虽出其后，以博学通经自许，文忠亦以是推之。作《五代史》、《新唐书》凡例，多问《春秋》于原甫，及书梁入阁事之类。原甫即为剖析，辞辩风生。文忠论《春秋》多取平易，而原甫每深言经旨。文忠有不同，原甫间以谑语酬之，文忠久或不能平。原甫复忤韩魏公，终不得为翰林学士，将死，戒其子弟无得遽出其集，曰：“后百余年，世好定，当有知我者。”故贡父次其集，藏之不肯出。私谥曰“公是先生”。贡父平生亦好谐谑，慢侮公卿，与王荆公素厚，坐是亦相失。及死，子弟次其文，亦私谥曰“公非先生”。原甫百七十五卷，贡父五十卷。

宜兴善权、张公两洞，天下绝境也。壬子夏，余罢建康归，大雨中枉道过之。张公洞有观，访其旧事，惟南唐李氏时碑，言张道陵尝居尔。善权洞有咸通八年昭义军节度使李蠙赎寺碑。盖尝废于会昌中，蠙以己俸赎之。蠙自言太和中尝于此亲见白龙自洞中出。洞之胜处，不可尽名。但恨通明处少，略行三十步，即须秉火而后可见，大抵与张公洞相似。蟆，当时藩镇，名迹合见于史而略无有。惟碑先载蟆奏状，后具敕书云："中书门下牒，牒奉敕云云。宜依所奏，仍令浙西观察使速准此处分，牒至准敕，故牒。"与今尚书省行事不同。今四方奏请，事出有司者，画旨付逐部符下；因人以请者，以札子直付其人，而逐部兼行尚书省，皆不自行也。敕后列平章事十人，称司徒者三，一曰崔，二曰杜，三曰令狐。称司徒兼太保，不著姓，旁书使者一，称左仆射杜者一，称司徒夏侯者一，皆带检校不名。司徒杜者，悰也。令狐者，绹也。左仆射杜者，审权也。司徒夏侯者，孜也。此皆以平章事，故系衔。有称中书侍郎兼刑部尚书路者，岩也。门下侍郎兼户部尚书曹者，确也。中书侍郎兼工部尚书卢者，商也。此皆见宰相也。七人与史皆合，惟司徒崔与司徒兼太保无姓。及曹确后，又有工部尚书韦，旁书使，亦当为又见宰相，三人纪，其表皆不载，不应有遗脱。此不可解。余家藏碑千余帙，多得前世故事，与史违误，尝为《金石类考》五十卷，此后所得不及录也。

士大夫于天下事苟聪明自信，无不可为，惟医不可强。本朝公卿能医者，高文庄一人而已。尤长于伤寒。其所从得者不可知矣，而孙兆、杜壬之流，始闻其绪余，犹足名一世。文庄，郓州人。至今郓人多医，尤工伤寒，皆本高氏。余崇宁、大观间在京师见董汲、刘寅辈，皆精晓张仲景方术，试之数验，非江淮以来俗工可比也。子瞻在黄州，蕲州医庞安常亦善医伤寒，得仲景意。蜀人巢谷出圣散子方，初不见于前世医书，自言得之于异人。凡伤寒不问证候如何，一以是治之，无不愈。子瞻奇之，为作序，比之孙思邈三建散，虽安常不敢非也。乃附其所著《伤寒论》中，天下信以为然。疾之毫厘不可差，无甚于伤寒。用药一失其度，则立死者皆是。安有不问证候而可用者乎？宣和后此药盛行于京师，太学诸生信之尤笃，杀人无数。今医者悟，始废不用。巢谷本任侠好奇，从陕西将韩存宝出入兵间，不得志，客黄州，子瞻以故与之游。子瞻以谷奇侠而取其方，天下以子瞻文章而信其方。事本不相因，而趋名者，又至于忘性命而试其药。人之惑，盖有至是也。

天下之祸，莫甚于杀人；为阴德者，亦莫大于活人。世多传元丰间有监黄河埽武臣射杀埽下一鼋，未几死而还魂，云为鼋诉于阴府，力自辩鼋数败埽，以其职杀之，故得免，而阴官韩魏公也，冥间呼为真人。余始不信，后得韩氏家传，载其事云裕陵所宣谕，乃不疑。且杀一鼋犹能诉，而况人乎？兵兴以来，士大夫多喜言兵，人人自谓有将略，且相谓必敢于杀人。余盖闻而惧也。余在江东，兼领淮西事。淮西收复，郡前率用招降盗贼就付之，安于凶残，至缚人更相馈，以为犒设。此前世乱亡之极未有也。余力察而禁之，且言于秦丞相，幸朝廷大为约束。会余罢帅不能终，此曹如犬豕菹醢，相继未有能久，杀人殆自杀，固不足论。吾士大夫何至渐渍此习乎？兵事虽以严终，而孙武著书列智、仁、信、勇、严五物，而不以"严"先四者。盖孙武犹知之，《书》所谓"威克厥爱允济，爱克厥威允罔功"者，临敌誓师之言，非平居御众之辞，世每托此以为说，亦未之思也。

余在许昌，岁适大水灾伤，西京尤甚。流殍自唐、邓入吾境不可胜计。余尽发常平所储，奏乞越常例赈之，几十余万人稍能全活，惟遗弃小儿无由皆得之。一日询左右曰："人之无子者，何不收以自畜乎？"曰："人固愿得之，但患既长成，或来岁稔，父母来识认尔。"余为阅法则，"凡因灾伤遗弃小儿，父母不得复认"，乃知为此法者，亦仁人也。夫彼既弃而不育，父母之恩则已绝。若人不收之，其谁与活乎？遂作空券数千，具载本法印给内外厢界保伍，凡得儿者使自言所从来，明书于券付之，略为籍记，使以时上其数，给多者赏。且分常平余粟，贫者量授以为资。事定，按籍给券凡三千八百人，皆夺之沟壑，置之襁褓。此虽细事不足道，然每以告临民者，恐缓急不知有此法，或不能出此术也。

老子、庄、列之言，皆与释氏暗合。第学者读之不精，不能以意通为一。古书名篇多出后人，故无甚理。老氏别《道德》为上下两篇，其本意也。若逐章之名，则为非矣。惟庄、列似出其自名，何以知之？《庄子》以内外自别，内篇始于《逍遥游》，次《齐物》，又其次《养生主》，然后曰《人间世》，继之以《德充符》、《应帝王》而内篇尽矣。《列子》不别内外而名其篇曰《天瑞》，瑞与符比，言非相谋而相同。自《养生主》

而上，释氏言出世间法也；自《人间世》而下，人与天有辨矣。夫安知有昭然而一契者，庄子谓之符，列子谓之瑞，释氏有言信心，而相与然许谓之印可者，其道一也。自熙宁以来，学者争言老庄，又参之释氏之近似者，与吾儒更相附会，是以虚诞矫妄之弊，语实学者群起而攻之。此固学者之罪，然知此道者，亦不可人人皆责之也。《逍遥游》何以先《齐物》？曰：见物之不齐而后齐之者，是犹有物也。若本未尝有物，则不待齐而与道适，无往而不逍遥矣。《养生主》何以次《齐物》，生者我也，物者彼也，此《中庸》所谓尽己之性而后尽物之性者，充之则可赞天地之化育。然则是亦世间法耳，何足为出世间法乎？曰：非也。气之为云也，云之为雨也，由地而升者也。方云雨之在上，谓之地可乎？及其降于地，则亦雨而已。列子言其全，庄子言其别。此列子所以混内外而直言天瑞，庄子列其序而后见其符，合是三者而更为用，则天与人莫之有间矣。吾为举子时不免随众读此二书，心独有见于此。为丹徒尉，甘露仲宣师授法于圆照本，久从佛印、了元游，得其聪明妙解。吾常为言之，每抚掌大笑，默以吾说为然。俯仰四十年，吾老矣，欲求如宣者时与论方外之事，未之得也。

庄子言：“举天下誉之不加劝，举天下非之不加沮。”又曰：“与其誉尧而非桀，不若两忘而化其道。自我言，虽天下不能易；自人言，虽尧舜无与辨。处毁誉者，如是亦足矣乎。”曰：“此非忘毁誉之言，不胜毁誉之言也。”夫庄周安知有毁誉哉！彼盖不胜天下之颠倒反覆于名实者，故激而为是言耳。孔子曰：“吾之于人也，谁毁谁誉？如有所誉者，其有所试矣。斯民也，三代之所以直道而行也。”毁誉之来，不考其实而逆以其名折之，以求其当，虽三代无是法也。进九官者视其所誉以为贤，斥四凶者审其所不与以为罪，如是而已矣。此中道而人之所常行也，至于所不能胜，则孔子亦无可奈何，置之而不言焉。置而不言，与夫无所劝沮而忘之，皆所以深著其不然也。孔子正言之，庄周激言之，其志则一尔。叔孙武叔毁孔子于朝，何伤于孔子乎？

士大夫固不可轻言医，然人疾，苟无大故，贫不可得药，能各随其证而施之，亦不为小补。盖疾虽未必死，无药不能速愈，呻吟无聊者固可悯，其不幸迟久，变而生他证，因以致死者多矣。方其急时，有以济之，虽谓之起死可也。今列郡每夏岁支系省钱二百千，合药散军民，韩魏公为谏官时所请也。为郡者类不经意，多为庸医盗其直，或有药而不及贫下人。余在许昌，岁适多疾，使有司修故事，而前五岁皆忘不及举，可以知其怠也。遂并出千缗市药材京师。余亲督众医分治，率幕官轮日给散。盖不以为职而责之，人人皆喜从事，此何惮而不为乎？自余居此山，常欲岁以私钱百千行之于一乡，患无人主其事。余力不能自为，每求僧或净人中一二成余志，未能也。然今年余家奴婢多疾，视药囊常试有验者，审其证用之，十人而十愈，终幸推此以及邻里乎？

　　陆宣公在忠州集古方书五十篇。史云避谤不著书，故事尔。避谤不著书可也，何用集方书哉？或曰：忠州边夷多瘴疠，宣公多疾，盖将以自治，尤非也。宣公岂以一己为休戚者乎？是殆援人于疾苦死亡而不得者，犹欲以是见之。在他人不可知，若宣公，此志必矣。古之名医扁鹊、和缓之术，世不得知。自张仲景、华佗、胡洽、深师、徐彦伯有名一世者，其才术皆医之六经。其传有至于今，皆后之好事者纂集之力也。孙真人为《千金方》两部，说者谓凡修道养生者，必以阴功协济，而后可得成仙。思邈为《千金前方》，时已百余岁，固以妙尽古今方书之要，独伤寒未之尽，似未能尽通仲景之言，故不敢深论。后三十年作《千金翼》，论伤寒者居半，盖始得之。其用志精审，不苟如此。今通天下言医者，皆以二书为司命也。思邈之为神仙固无可疑，然唐人犹记中间有用虻虫、水蛭之类，诸生物命不得升举，天之恶杀物者如是，则欲活人者岂不知之，况宣公之志乎！

　　古方施之富贵人多验，贫下人多不验。俗方施之贫下人多验，富贵人多不验。吾始疑之，乃卒然而悟曰：富贵人平日自护持甚谨，其疾致之必有渐发于中而见于外，非以古方术求之，不能尽得。贫下人骤得于寒暑、燥湿、饥饱、劳逸之间者，未必皆真疾，不待深求其故，苟一物相对皆可为也，而古方节度或与之不相契。今小人无知，疾苟无大故，但意所习熟，知某疾服某药，得百钱鬻之市人，无不愈者。设与之以非其所知，盖有疑而不肯服者矣。况古方分剂、汤液，与今多不同，四方药物所产及人之禀赋亦异，《素问》有为异法方法立论者，言一病治各不同而皆愈,即此理。推之以俗方治庸俗人,亦不可尽废也。

今岁热甚,闻道路城市间多昏仆而死者,此皆虚人、劳人,或饥饱失节,或素有疾,一为暑气所中,不得泄,则关窍皆窒,非暑气使然,气闭塞而死也。产妇、婴儿尤甚。古方治暑无他法,但用辛甘发散疏导,心气与水流行,则无复能为害矣。因记崇宁乙酉岁余为书局时,一养马仆驰马至局中,忽仆地,气即绝。急以五苓大顺散等灌之,皆不验。已逾时,同舍王相使取大蒜一握,道上热土杂研烂,以新水和之,摅去滓,刌其齿灌之,有顷即苏。至暮,此仆复为余御而归,乃知药病相对,有如此者。此方本徐州沛县城门忽有板书钉其上,或传神仙欲以救人者。沈存中、王圣美皆著其说,而余亲验之。乃使书百许本,散给远近,庶几有救其急者也。

滕达道为范文正公门客,文正奇其才,谓他日必能为帅,乃以将略授之。达道亦不辞,然任气使酒,颉颃公前,无所顾避。久之,犹邀游无度。侵夜归,必被酒。文正虽意不甚乐,终不禁也。一日伺其出,先坐书室中,荧然一灯,取《汉书》默读,意将以愧之。有顷,达道自外至,已大醉,见公长揖曰:“读何书?”公曰:“《汉书》。”即举首攘袂曰:“高皇帝何如人也?”公微笑,徐引去,然爱之如故。章子厚尝延一太学生在门下,元丰末学者正崇虚诞,子厚极恶之。适至书室,见其讲《易》,略问其说,其人纵以性命荒忽之言为对。子厚大怒曰:“何敢对吾乱道?”亟取杖,命左右擒,欲击之。其人哀鸣,乃得释。达道后卒为名臣,多得文正规模,故子瞻挽词云:“高平风烈在。”而子厚所欲杖者,绍圣间为相,亦使为馆职,然终无闻焉。文正之待士与子厚之暴虽有间,然要之亦各因其人尔。

宣和间道术既行,四方矫伪之徒乘间因人以进者相继,皆假古神仙为言,公卿从而和之,信而不疑。有王资息者,淮甸间人,最狂妄,言师许旌阳。王老志者,濮州人,本出胥吏,言师钟离先生。刘栋者,棣州人,尝为举子,言师韩君文。三人皆小有术动人。资息后有罪诛死,栋为直龙图阁,宣和末林灵素败,乞归。唯老志狡狯有智数,不肯为已甚,馆于蔡鲁公家,自言钟离先生日相与往来。自始至,即日求去。每戒鲁公速避位，若将祸及者。鲁公颇信之。或言此反而求奇中者也。一日，苦口为鲁公言其故。翌日，鲁公见之，辄喑不能言，索纸书云其师怒泄天机，故喑之。鲁公为是力请，乃能于盛时遽自引退。鲁公有妾为尼，尝语余亲见老志事。鲁公每闻其言亦惧，尝密语所亲妾，喟然云："吾未知他日竟如何！"惜其听之不果也。

刘贡父言：杜子美诗所谓"功曹非复汉萧何"，以为误用邓禹事。虽近似，然邓氏子何不掾功曹是光武语，非邓禹实为功曹，则子美亦未必诚用此事。今日见王洋舍人云："《汉书·高祖纪》言萧何为主史。孟康注：主史，功曹也。"吾初不省，取阅之，信然，则知子美用事精审，未易轻议，读史者亦不可不详也。

苏明允本好言兵，见元昊叛，西方用兵久无功，天下事有当改作，因挟其所著书，嘉祐初来京师，一时推其文章。王荆公为知制诰，方谈经术，独不喜之，屡诋于众，以故明允恶荆公甚于仇雠。会张安道亦为荆公所排，二人素相善。明允作《辨奸》一篇密献安道，以荆公比王衍、卢杞，而不以示欧文忠。荆公后微闻之，因不乐子瞻兄弟，两家之隙，遂不可解。《辨奸》久不出，元丰间子由从安道辟南京，请为明允墓表，特全载之，苏氏亦不入石。比年，少传于世。荆公性固简率不缘饰，然而谓之食狗彘之食、囚首丧面者，亦不至是也。韩魏公至和中还朝为枢密使，时军政久弛，士卒骄惰，欲稍裁制，恐其忿怨而生变，方阴图以计为之，会明允自蜀来，乃探公意，遽为书，显载其说，且声言。教公先诛斩，公览之大骇，谢不敢再见，微以咎欧文忠，而富郑公当国，亦不乐之，故明允久之无成而归。累年始得召，辞不至，而为书上之，乃除试秘书省校书郎。时魏公已为相，复移书魏公，诉贫且老，不能从州县待改官。譬豫章橘柚，非老人所种，且言天下官岂以某故冗耶？欧文忠亦为言，遂以霸州文安县主簿，同姚辟编修太常因革礼云。

杨文公《谈苑》载周世宗尝为小诗示窦俨，俨言："今四方僭伪主各能为之，若求工则废务，不工则为所窥。"世宗遂不复作。度当时所作诗必不甚佳，故俨云尔。非世宗英伟，识帝王大略，岂得不以俨言为忤？又安能即弃去？信为天下者在此不在彼也。安禄山亦好作诗，作《樱桃》诗云："樱桃一篮子，半青一半黄。一半寄怀王，一半寄周贽。"或请以"一半寄周贽"句在上则协韵，禄山怒曰："岂肯使周贽压我儿耶？"使世宗不能用俨言，其诗未必如是之陋，亦不过如禄山尔。因读《禄山事迹》及之，聊发千载一笑。

《唐书》载陆余庆与赵正固、卢藏用、陈子昂、杜审言、宋之问、毕构、郭袭微、司马子微、释怀一为方外十友，正固、袭微名迹不甚显，审言、之问辈皆一时文士杰出，子微超然物外，怀一又佛氏。人固患交游多则多事，然亦何可尽绝。诚使有审言、之问之徒赋诗论文，子微谈方外之事，怀一论释氏之说，朝夕相与从容于无事之境，其乐岂可既乎？史言方武后、中宗时，士多暴贵骤显，其祸败诛死亦不旋踵，独余庆官太子詹事，虽不甚显，讫无咎悔。观其所处若此，世间忧患其孰能累之？吾去市朝久，窜迹深山穷谷之间，不复与当世士相接，士亦莫肯从吾游，独念有如此十人者，或可庶几余庆之志，而唯故人子二三辈与门生时时相过，文采议论，灿然可观，求子微、怀一，盖沅江九肋也。余庆有子璪，为中书令萧嵩所知。嵩罢宰相，后来者使阴求其短，璪乃曰："与人交，过且不可言，而况无有乎！"盖璪犹有余庆风烈，吾诸儿虽若碌碌，亦若修谨重厚者，尚能推吾志为陆璪否耶？

道士杨大均，蔡州人，善医，能默诵《素问》、《本草》及两部《千金方》四书，不遗一字，与人治病，诊脉不出药，但云此病若何，当服何药，是在《千金》某部第几卷。即取纸书授之，分两不少差。余在蔡州亲见，其事类若此。余尝问："《素问》有记性者或能诵，《本草》则固难矣。若《千金》，但药名与分两剂料，此有何义而可记乎？"大均言："古之处方，皆因病用药，精深微妙。苟通其意，其文理有甚于章句偶俪，一见何可忘也？"大均本染家子，事父孝，医不受赇谢，积其斋施之余，葬内外亲三十八丧。方宣和间道教盛行，自匿名迹，惟恐人知。蔡鲁公闻之，亲以手书延致，使者数十返，不得已，一往，留数日即归，不受一钱。余在南京，尝许余避难来山中，未及行而虏陷蔡州。后闻虏知其名，厚礼之，与之俱去，今不知存亡。使其果来，虽未可遽为司马子微，此亦一胜士也。因论余庆事，怅然怀之。

晋人贵竹林七贤，竹林在今怀州修武县。初若欲避世远祸者，然反由此得名，嵇叔夜所以终不免也。自东汉末，世人以名节为重，而三君八顾之论起及党锢兴，天下豪杰无一人免者。孔北海虽不在其间，而不容于曹操，亦坐名高故也。当时雍容隐显皆不失其操者，惟管幼安尔。七人如向秀、阮咸，亦碌碌常材，无足道，但依附此数人以窃声誉。山巨源自有志于世，王戎尚爱钱，岂不爱官，故天下少定，皆复出。巨源岂戎比哉，而颜延之概黜此二人，乃其躁忿私情，非为人而设也。唯叔夜似真不屈于晋者，故力辞吏部，可见其意。又魏宗室婿，安得保其身，惜其不能深默，绝去圭角。如管幼安，则庶几矣。阮籍不肯为东平相，而为晋文帝从事中郎，后卒为公卿，作劝进表，若论于嵇康前，自宜杖死。颜延之不论此而论涛、戎，可见其陋也。

《高僧传略》载孙绰《道贤论》，以当时七僧比七贤，竺法护比山巨源，帛法祖比嵇叔夜，竺法乘比王濬冲，竺法深比刘伯伦，支道林比向子期，竺法兰比阮嗣宗，于道邃比仲容，各以名迹相类者为配，惜不见全文。七人支道林最著，其余亦班班见《世说》。晋人本超逸，更能以佛理佐之，宜其高胜不凡，但恨当时未有禅经文，传者亦未广，犹以老庄为宗。竺法深，王敦之弟，贤于王氏诸人远矣。即支遁求买沃州报之，未闻巢由买山而隐者，盖遁犹输此一著，想见其人物也。

陆机以齐王冏矜功自伐，作《豪士赋》刺之，乃托身于成都王颖，谓可康隆晋室，此在恩怨爱憎之间尔。处危乱之世，而用心若此，又济之以贪权喜功，虽欲苟全，可乎？机初入朝，卢志问："陆逊、陆抗于君远近？"机曰："如君于卢毓、卢珽。"既起，陆云曰："殊邦遐远，客主未相悉，何至于此？"机曰："我祖父名播四海，岂不知耶？"《晋史》以为议者以此定二陆优劣，毕竟机优乎？云优乎？度《晋史》意，不书于云传而书于机传，盖谓机优也。以吾观之，机不逮云远矣。人斥其祖父名，固非是，吾能少忍，未必为不孝，而亦从而斥之，是一言之间志在报复，而自忘其过，尚能置大恩怨乎？若河桥之败，使机所怨者当之，亦必杀矣。云爱士不竞，真有过机者，不但此一事。方颖欲杀云，迟之三日不决。以赵王伦杀赵浚、赦其子骧而复击伦事劝颖杀云者，乃卢志也。兄弟之祸，志应有力，哀哉！人惟不争于胜负强弱，而后不役于恩怨爱憎，云累于机为可痛也！

阮籍既为司马昭大将军从事，闻步兵厨酒美，复求为校尉。史言虽去职，常游府内，朝宴必预，以能遗落世事为美谈。以吾观之，此正其诡谲，佯欲远昭而阴实附之，故示恋恋之意，以重相谐，结小人情伪，有千载不可掩者。不然，籍与嵇康当时一流人物也，何礼法之士，疾籍如仇，昭则每为保护，康乃遂至于杀身，籍何以独得于昭如是耶？至劝进之文，真情乃见。籍著《大人论》，比礼法士为群虱之处裈中，吾谓籍附昭，乃裈中之虱，但偶不遭火焚耳。使王凌、毌邱俭等一得志，籍尚有噍类哉！

《洛阳伽蓝记》载，河东人刘白堕善酿酒，虽盛暑，暴之日中，经旬不坏。今玉友之佳者，亦如是也。吾在蔡州，每岁夏以其法造寄京师亲旧，陆走七程，不少变。又尝以饷范德孺于许昌，德孺爱之，藏其一壶忘饮，明年夏复见，发视如新者。白堕酒当时谓之鹤觞，谓其可千里遗人，如鹤一飞千里。或曰骑驴酒，当是以驴载之而行也。白堕乃人名，子瞻诗云"独看红蕖倾白堕"，恐难便作酒用。吴下有馔鹅设客，用王逸少故事，言请过共食右军，相传以为戏。"倾白堕"得无与"食右军"为偶耶？

《续汉·礼仪志》记岁八月，民年八十赐玉杖，端以鸠为饰。鸠者，不噎之鸟，欲老人不噎。而《风俗记》又言汉高帝与项籍战京索间，兵败，伏丛薄中，有鸠鸣其上，追者不疑，得免，即位作鸠杖赐老人，此绝无稽考。高祖虽败，其肯伏丛薄耶？余亲戚有为光州守，得古铜鸠一，大半掌许，俯首敛翼，具尾足，若蹲伏，腹虚，其中有圈穿腹，正可受杖，制作甚工，以遗余，疑即汉鸠杖之饰。因以为杖，良是。首轻而尾重，举之则探前偃后，盖如此乃可取力，此所以佐老人也。

陆希声所隐君阳山，或曰颐山，在宜兴湖㳇。今金沙寺，其故宅也。建炎己酉春，敌犯维扬。余从大驾渡江，夜相失，从吏皆亡去，与刘希范徒步间道至常州南，遇溃兵欲为劫，遮余二人，不得去。适有小校驰马自旁过，则余钱塘旧麾下也。亟下拜，余卒乃其所隶，亟叱去，挽小舟授予，教使入荆溪，走长兴。是日微小校几不免。夜抵湖㳇，因求宿金沙寺中，夕不能寐，起行寺外，月色翳翳然。因记希声旧庐。时予慕此山久矣，望之若不可得，安知今乃与汝曹从容燕息，且六七年乎？余家有希声自著《君阳山记》一卷，叙其景物亭馆略有二十余处，如辋川，即为兵火所焚毁矣。后为相，既罢，迫凤翔李茂贞兵，避难死道上，盖不能终有其居也。希声材本无他长，隐操亦无可录，故不量力，幸于苟得以丧其身。与朱朴、陆鲁望同召，其志趣略与朱朴相类，尚不如鲁望，能辞行，卒老甫里也。方闲居时，内供奉僧誓光以善书得幸，尝从希声授笔法，祈使援己，乃以诗寄之云："笔下龙蛇似有神，天池雷雨变逡巡。寄言昔日不龟手，应念江头洴澼人。"誓光即以名达贵幸，乃得召。昭宗末年求士甚急，其志良可哀。观其倾倒于朱朴，则待希声宜亦然矣。不得已取之左右，正坐卢携、崔缁郎辈，不能致天下贤者故尔。然所获乃如希声，能无愧其君乎？誓事亦见杨文公《谈苑》。国初去唐未远，犹有所传闻，文公之言，宜可取信，而修《新唐书》无取以献者，故传辞甚略，后世犹得借其山以为重也。

　　杜子美诗云："张公一生江海客，身长九尺须眉苍。征起适值风云会，扶颠始知筹策良。"此谓张镐也。旧史载镐风仪伟岸，廓落有大志，好谈王霸大略。读子美诗，尚可想见其人。杜周士《人物志》云：至德初，诏朝臣各举所知。萧昕为起居舍人，荐镐。以褐衣召见，拜左拾遗。来瑱为赞善大夫，镐荐材堪将帅。《唐书》镐、瑱传皆不载，而镐传云，天宝末杨国忠执政，求天下士为己重，闻镐材，荐之。释褐，拜左拾遗。二书言镐得官略同。若天宝末果已用于国忠，则至德初安得更为昕荐耶？国忠为相在天宝十二载，去乱先一年，正淫湎极恶之际，岂知以天下士为重？亦非子美所谓"征起适值风云会"者也。至瑱传乃云：始用张镐，荐为颍川太守，以母忧去。禄山反，再用张垍荐，夺丧，复为颍川。今纪书瑱自赞善大夫为颍川太守在天宝十四载，即至德元年禄山反后，与《人物志》合，是时镐方起家，何能及瑱？而张垍兄弟自京师陷即从禄山，未尝见明皇，遽亦何为复荐瑱？史于瑱事缪误如此，则镐之失无足怪，昕亦可谓知人矣。昕本笃厚长者，造次不失臣节，此二事尤奇特，恨史不能表出之。天下多士，左右近臣皆能为国得将相如昕，乱何足平也？

　　元次山父延祖为舂陵丞，辄弃官去。曰："人生衣食可适饥饱，不宜复有所须。每灌园掇薪，以为有生之役。过此吾不思也。"余少观此，未尝不三复其言。今叨冒已过多，乃得复行延祖之志，自安一壑，其愧之深矣。然安禄山反，延祖召次山等戒之曰："而曹逢世多故，不得自安山林。"勉励名节，无近羞辱，则知古之君臣父子相期，亦不必皆出一道，但问义所安否如何。故次山出，举进士制科，慨然以当世为念，随其所为，皆有以表见，岂延祖亦固知次山可语是耶？余老矣，自度无补于世，但恨汝等材不逮次山，不敢为延祖之言。今从吾于此固善，苟自激昂，虽州县簿书米盐之役，粗有一事可施于民，亦不废汝曹仕也。若非其义，虽一日九迁，不特为士者耻之，正恐不免羞辱，亦延祖之所畏也。

苏州白乐天手植桧在州宅后池□光亭前。余政和初尝见之，已槁瘁，高不满二丈，意非四百年物，真伪未知也。后为朱冲取献，闻槁死于道中，乃以他桧易之。禁中初不知。又有言华亭悟空禅师塔前桧亦唐物，诏冲取之。桧大，不可越桥梁，乃以大舟即华亭泛海，出楚州以入汴。既行，一日，张帆，风猛，桧枝与帆低昂，不可制，舟与人皆没。长兴大雄寺陈霸先宅庭亦有大桧，中空裂为四，枝荫半庭，质如金石，相传以为霸先所植。又欲取以献，会闻悟空桧沉海，乃已。贤者因物幸托以不朽，然此三桧，一槁死于道，一沉于海，一仅以免，盖欲为道旁樗栎，不可得也。

前辈尝记太宗命待诏蔡裔增琴、阮弦各二，皆以为然，独朱文济执不可。帝怒，屡折辱之。乐成以示文济，终不肯弹。二乐后竟以废不行。崇宁初，大乐阙，征调有献议请补者，并以命教坊燕乐同为之。大使丁仙现云："音已久亡，非乐工所能为，不可以意妄增，徒为后人笑。"蔡鲁公亦不喜。蹇授之尝语予，云见元长屡使度曲，皆辞不能，遂使以次乐工为之。逾旬，献数曲，即今黄河清之类，而终声不谐，末音寄杀他调。鲁公本不通声律，但果于必为，大喜，亟召众工按试尚书少庭，使仙现在旁听之。乐阕，有得色，问仙现："何如？"仙现徐前，环顾坐中曰："曲甚好，只是落韵。"坐客不觉失笑。

卷二

宣和初，有潘衡者卖墨江西，自言尝为子瞻造墨海上，得其秘法，故人争趋之。余在许昌见子瞻诸子，因问其季子过，求其法。过大笑曰："先人安有法？在儋耳无聊，衡适来见，因使之别室为煤。中夜遗火，几焚庐。翌日，煨烬中得煤数两，而无胶法。取牛皮胶以意自和之，不能挺，磊块仅如指者数十。"公亦绝倒，衡因谢去。盖后别自得法，借子瞻以行也。天下事名实相蒙类如此，子瞻乃以善墨闻耶。衡今在钱塘竟以子瞻故，售墨价数倍于前。然衡墨自佳，亦由墨以得名，其用功可与九华朱觐上下也。

郑处诲《明皇杂录》记张曲江与李林甫争牛仙客实封，时方秋，上命高力士以白羽扇赐之。九龄惶恐，作赋以献，意若言明皇以忤旨将废黜，故方秋赐扇以见意。《新书》取载之本传。据《曲江集》赋序云，开元二十四年盛夏，奉敕大将军高力士赐宰相白羽扇，九龄与焉，则非秋赐，且通言宰相，则林甫亦在，非独为曲江而设也。所谓"纵秋气之移夺，终感恩于箧中"者，彼自知仙客之忤，而惧林甫之谮，故因致意尔。不然，帝果将废黜而迫之以扇，不亟引退，犹献赋云云，乃是顾恋不忍去，托祈哀以幸苟容，尚何足为曲江哉？此正君子大节进退，而一言之误，遂使善恶相反，不可不辨。乃知小说记事，苟非耳目所接，安可轻书也。

祖宗故事，进士廷试第一人及制科一任回必入馆，然须用人荐，且试而后除进士，声律固其习，而制科亦多由进士，故皆试诗赋一篇。唯富郑公以茂材异等起布衣，未尝历进士。既召试，乃以不能为诗赋恳辞，诏试策论各一。自是遂为故事，制科不试诗赋，自富公始，至子瞻复不试策，而试论三篇。

人欲常和豫快适，莫若使胸中秋毫无所歉。孟子言"仰不愧于天，俯不怍于人"为一乐，此非身履之，无以知圣贤之言为不妄也。吾少从峡州一老先生乐君嘉问学。乐君好举东海延笃书语人曰"笃"

云："吾昧爽梳栉，坐于客堂，朝则诵羲文之《易》，虞夏之《书》，历姬旦之典礼，览仲尼之《春秋》。夕则逍遥内阶，咏诗南轩，百家众氏，投间而作，不知天之为盖，地之为舆，不知世之有人，己之有躯。"其所以然者，乃在于自束修以来，为人臣不陷于不忠，为人子不陷于不孝。上交不谄，下交不渎。因自谓有得于笃者。今士大夫出入忧患之域，艰险百罹，未尝获伸眉一笑，其间虽或出于非意，然推其故，非得罪于君亲，则必不能无愧于上下之交。苟免此四事，未有不休休然者。童子之所闻，久而后知也。

《归去来辞》云"云无心而出岫，鸟倦飞而知还"，此陶渊明出处大节，非胸中实有此境，不能为此言也。前辈论贾岛《送炭》诗云"暖得曲身成直身"，盖虽微事，苟出其情，终与摹写仿效牵率而成者异也。今或内实躁忿而故为闲肆之言，内实柔懦而强作雄健之语，虽用尽力，使人读之终无味。杜子美云"水流心不竞，云在意俱迟"，吾尝三复爱之。或曰子美安能至此？是非知子美者。方至德、大历之间，天下鼎沸，士固有不幸罹其祸者，然乘间蹈利窃名取宠亦不少矣。子美闻难间关，尽室远去。及一召用，不得志。卒饥寒，转徙巴峡之间而不悔，终不肯一引颈而眄顾，非有不竞迟留之心安能？然耳目所接，宜其了然，自与心会。此固与渊明，同一出处之趣也。

杜佑为司徒，年过七十未请老。裴晋公为舍人，因高郢致仕，命辞曰："以年致仕，抑有前闻。近代寡廉，罕由斯道。"盖讥之也。元祐初，诏起范蜀公为提举万寿观，力辞不至。其表曰："六十三而致仕，抑有前闻。七十四而复来，岂云得体。"蜀公性真纯，暮年文字尤简直，不甚经意。时文潞公方以太师入为平章军国重事，览之笑曰："景仁也，不看脚下，知其意不在己也。"

司马温公作独乐园，朝夕燕息其间。已而游嵩山叠石溪而乐之，复买地于旁，以为别馆。然每至不过数日复归，不能常有，故其诗有"暂来还似客，归去不成家"之句。今余既家于此，客至留连，未尝不爱赏，顾恋不能去，而余浩然自以为主，有公之适而无公之恨，岂不快耶！

旧学士院在枢密院之后，其南庑与枢密后廊中分，门乃西向。玉堂本以待乘舆行幸，非学士所得常居，惟礼上之日，得略坐其东，受院吏参谒而已。其后为主廊，北出直集英殿，则所谓北门也。学士仅有直舍，分于门之两旁。每锁院受诏，乃与中使坐主廊。余为学士时，始请辟两直舍，各分其一间，与北门通为三，以照壁限其中，屏间命待诏鲍询画花竹于上，与玉堂郭熙春江晚景屏相配，当时以为美谈。后闻王丞相将明为承旨，太上皇眷爱之厚，乃旁取西省右正言厅以广之，中为殿，曰右文，则非复余前日所见矣。同时流辈殆尽，为之慨然也。

欧文忠《内制集序》历记其为学士时事，幸藏其稿以为退居谈笑之资。略云："凉竹簟之暑风，曝茅檐之冬日。睡余支枕顾瞻，玉堂如在天上。时览所载，以夸田夫野老。"士大夫争诵之，盖愿欲为公而不可得也。然公屡请得谢归，不及年而薨，未必能偿此志，而余向者辱出公后，亦获挂名于石刻之末，暑风冬日享之此地，乃十有一年，如公所云实饱之矣。但比岁戎马之余，触事兴念，不能尽终前日之志为可恨。每念为学士者不为不多，未必皆知此适。如公知之而不及享，余享之而不得久，则天下如意事，岂易得耶？

晁任道自天台来，以石桥藤杖二为赠。自言亲取于悬崖间，柔韧而轻，坚如束筋。余往自许昌归，得天坛藤杖数十。外圆，实与此不类，而中相若。时余年四十三，足力尚强，聊以为好而非所须。置之室中，不及用，悉为好事者取去。今老矣，行十许步辄一歇，每念之不可复致，而得任道之惠，盖喜不自胜也。门生邵大受复遗淳安木竹杖六，节密而内实，略如天坛藤，间有突起如鹤膝者，非峭劲敌风霜不能尔也。此即赞宁《笋谱》本出钱塘灵隐山，今不知有否，当求其种，植之以为后计。晋人谓许远游健于登陟，不特有胜情，亦有济胜之具。今吾所以济胜者，不求之足而求之杖，亦安知杖之非吾足乎？若遇远游，当不免一笑，使孔光见之，可免为灵寿之辱也。

欧文忠作范文正神道碑，累年未成。范丞相兄弟数趣之，文忠以书报曰："此文极难作，敌兵尚强，须字字与之对垒。"盖是时吕申公客尚众也。余尝于范氏家见此帖，其后碑载初为西帅时与申公释憾事曰："二公欢然，相约平贼。"丞相得之曰："无是。吾翁未尝与吕公平也。"请文忠易之。文忠怫然曰："此吾所目击，公等少年，何从知之？"丞相即自刊去二十余字，乃入石，既以碑献文忠。文忠却之曰："非吾文也。"然碑载章献太后朝正事，谓仁宗欲率百官拜殿下，因公争而止。苏明允修因革礼，见此礼实尝行。公亦自知其误，则铭志书事固不容无误，前辈所以不轻许人也。范公忠义，欲以身任社稷，当西方谋帅时，不受命则已，苟任其责，将相岂可不同心？欢然释憾乃是美事，亦何伤乎？然余观文正奏议，每诉有言，多为中沮不得行。未几，例改授观察使。韩魏公等皆受，而公独辞甚力，至欲自械系以听命，盖疑以俸厚啖之。其后卒以擅答元昊书罢帅夺官，则申公不为无意也。文忠盖录其本意而丞相兄弟不得不正其末。两者自不妨。惜文忠不能少损益之，解后世之疑，岂碑作于仁宗之末，犹有讳而不可尽言者，是以难之耶？

子瞻《山光寺》诗"野花啼鸟亦欣然"之句，其辨说甚明。盖为哲宗初即位，闻父老颂美之言而云。神宗奉讳在南京，而诗作于扬州。余尝至其寺，亲见当时诗刻，后书作诗日月。今犹有其本，盖自南京回阳羡时也。始过扬州则未闻讳，既归自扬州，则奉讳在南京，事不相及，尚何疑乎？近见子由作子瞻墓志载此事，乃云公至扬州，常州人为公买田。书至，公喜而作诗，有"闻好语"之句，乃与辨辞异，且闻买田而喜可矣，野花啼鸟何与而亦欣然，尤与本意不类，岂为志时未尝深考而误耶？然此言出于子由，不可有二，以启后世之疑。余在许昌，时志犹未出，不及见。不然，当以告迨与过也。

子瞻在黄州，病赤眼，逾月不出。或疑有他疾，过客遂传以为死矣。有语范景仁于许昌者，景仁绝不置疑，即举袂大恸，召子弟具金帛，遣人赙其家。子弟徐言此传闻未审，当先书以问其安否，得实吊恤之未晚。乃走仆以往，子瞻发书大笑，故后量移汝州，谢表有云："疾病连年，人皆相传为已死。"未几，复与数客饮江上。夜归，江面际天，风露浩然，有当其意，乃作歌辞，所谓"夜阑风静縠纹平，小舟从此逝，江海寄余生"者，与客大歌数过而散。翌日，喧传子瞻夜作此辞，挂冠服江边，拿舟长啸去矣。郡守徐君猷闻之，惊且惧，以为州失罪人，急命驾往谒，则子瞻鼻鼾如雷，犹未兴也。然此语卒传至京师，虽裕陵亦闻而疑之。

文潞公知成都，偶大雪，意喜之。连夕会客达旦，帐下卒倦于应待，有违言，忿起拆其井亭，共烧以御寒。守衙军将以闻。公曰："今夜诚寒，更有一亭可拆，以付余卒。"复饮至常时而罢。翌日，徐问先拆亭者何人，皆杖脊配之。

沈翰林文通喜吏事，每觉有疾，药饵未验，亟取难决词状，连判数百纸，落笔如风雨，意便欣然。韩持国喜声乐，遇极暑辄求避，屡徙不如意，则卧一榻，使婢执板缓歌不绝声，展转徐听，或颔首抚掌，与之相应，往往不复挥扇。范德孺喜琵琶，暮年苦夜不得睡，家有琵琶、筝二婢，每就枕，即使杂奏于前。至熟寐，乃方得去。人性固不能无喜好，亦是不能处闲，故必待一物而后遣。余少时苦上气，每作辄不能卧，药饵起居须人乃能办。侍先君官上饶，一日秋晚，游鹅湖。中夕疾作，使令既非素所知，箧中适不以药行，喘懑，顷刻不可度。起吹灯据案，偶见一《易》册，取读数十板，不觉遂平。自是每疾作辄用此术，多愈于服药，然均不免三公之累也。

前辈作四六，不肯多用全经语，恶其近赋也。然意有适会，亦有不得避者，但不得强用之尔。子瞻作吕申公制云："既得天下之大老，彼将安归？乃至国人皆曰贤，夫然后用。"气象雄杰，格律超然，固不可及。刘丞相莘老旧以诗赋知名，晚为表章尤温润闲雅。《青州谢上表》云："虽进退必由其道，每愿学于古人。然功烈如此其卑，终难收于士论。"何伤其用经语也。自大观后，时流争以用经句为工，于是相与衰次排比，预蓄以待问，不问其如何。粗可牵合则必用之，虽有甚工者而文气扫地矣。

孙龙图莘老喜读书，晚年病目，乃择卒伍中识字稍解事者二人，使其子端取《西汉》、《左氏》等数书授以句读。每瞑目危坐室中，命二人更读于旁。终一策则易一人，饮之酒一杯，使退，卒亦自喜不难。今吾虽力屏俗事，然至书帙则习气未除，亦不能遽忘此累，幸左右无此黠者以益其疾，每顾一二村童，殆是良药也。

仙都观在缙云县东四十里，旧传黄帝炼丹其上，今为道观。唐李阳冰为令时，书"黄帝祠宇"四大字尚存。山水奇秀，见之图画，殆不可名状。己酉冬，避地将之处州，道缙云，暂舍于县南之灵峰院。束装欲往游，闻溃兵入境，遽止。其东十里有崇道院，谓之小仙都，一日可往返。兵既退，乃乘间冒微雪过之，时腊已穷矣。迂折行山峡中，两旁壁立，溪水贯其下，多滩濑。遵溪而行，峻厉悍激，与雪相乱，山木挽天。每闻谷中号声，风辄自上下，雪横至击面。仆夫却立，几不得前。既至，山愈险，雪愈猛，溪流益急。旁溪有数石，拔起数百丈，不相倚附。其最大者二，略如人行，俯而相先后，俗名新妇阿家石。望之如玉笋，拥鼻仰视，神观耸然，欲与之俱升。寒甚，不可久留，乃还。至家已入夜，四山晃荡尽白，不能辨道。索酒饮，无有。燃松明半车，仅得温。今日热甚，聊为一谈。望梅尚可止渴，闻此当洒然也。

唐制取士用进士、明经二科，本朝初唯用进士，其罢明经不知自何时。仁宗庆历后稍修取士法，患进士诗赋浮浅，不本经术。嘉祐三年始复明经科，而限以间岁取士。旧进士工于诗赋，有声场屋者往往一时皆莫与之敌。如王沂公、郑毅夫数人取解，省试殿试皆为第一，谓之"三元"。王签书岩叟记问绝人，首应明经，乡贡及南省殿试，亦皆第一，复科以来一人而已，谓之"明经三元"。

士大夫作小说，杂记所闻见，本以为游戏，而或者暴人之短，私为喜怒，此何理哉！世传《碧云骢》一卷，为梅圣俞作，皆历诋庆历以来公卿隐过，虽范文正亦不免。议者遂谓圣俞游诸公间，官竟不达，恚而为此以报之。君子成人之美，正使万有一不至，犹当为贤者讳，况未必有实。圣俞贤者，岂至是哉！后闻之乃襄阳魏泰所为，嫁之圣俞也。此岂特累诸公，又将以诬圣俞。欧文忠《归田录》自言以唐李肇为法而少异者，不记人之过恶，君子之用心当如此也。

国初犹右武，廷试进士多不过二十人，少或六七人。自建隆至太平兴国二年，更十五榜，所得宰相毕文简公一人而已。自后太宗始欲广致天下之士，以兴文治。是岁一百九人，遂得吕文穆公为举首，与张仆射齐贤宰相二人。自是取人益广，得士益多。百余年间，得六人者，一榜。杨寘榜王岐公、韩康公、王荆公、苏子容、吕晦叔、韩师朴。得四人者，一榜。苏参政易简榜李文正、向文简、寇莱公、王魏公，而岐公、康公、荆公皆连名。得三人者，四榜。王沂公榜沂公、王文惠、章郇公；刘辉榜刘莘老、章子厚、蔡持正；改科后焦蹈榜徐择之、白蒙亨、郑达夫；毕渐榜杜钦美、唐钦叟、吕元直。中间或一人两人，而刘辉榜刘莘老、章子厚二人，榜亦连名。盖莫多于苏、杨二榜，而王岐公等三人皆第一甲而连名，尤为盛也。

国朝状元为宰相，自吕文穆公蒙正后五十年间，相继得者三人：王沂公、李文定、宋元宪。元宪后，百余年间未有继者。至靖康元年，何丞相文缜始为之。梓州临潼当西蜀之冲，有庙极灵。凡蜀之举子入贡京师者，必祷于祠下，以问得失，无一不验。文缜尝语余，顷欲谒而忘之。翌旦，行十余里，始悟。亟下马，还望默祷而拜。是夕，梦入庙庭，神在帘中以诰投帘外授文缜。发视之，略如今之诰，亦有词。文缜犹能成诵，略记有云"朕临轩策士云云，得十人者。今汝襄然为举首云云"，后结衔具所授官。文缜觉而思曰："今廷试无虑五百人，而言十人，殆以是戏我耶？"既唱名，果为魁，而第一甲傅崧卿以南省魁升附前甲末，始悟"十人"谓第一甲也，其所授官与诰略同。文缜又言尝询他日，历历具告而不肯言。然为相不久，遂委身沙漠，亦尝预知之否耶？

本朝官称初无所依据，但一时造端者自为，后遂因之不改。观文资政殿皆有大学士，观文称大观文，而资政称大资，此何理耶？宣和间蔡居安除宣和殿大学士，从资政故事称大宣。是时方重道术，驺唱声于路，听者讹为大仙，人以为笑，遂改为大学士。学士有三，而此独以大名，又何以别耶？龙图阁学士旧谓之老龙，但称龙阁，宣和以前直学士直阁，同为称一，未之有别也。末年陈亨伯为发运使，以捕方贼功进直学士。佞之者恶其下同直阁，遂称龙学，于是例以为称，而显谟阁直学士、徽猷阁直学士欲效之，而难于称谟学、猷学，乃易为阁学。阁学士有三，亦何以别耶？然阶官皆二字，而中大夫独一字，举世称中大不以为非，则大学、阁学，亦何足怪也。

古者举大事皆避月晦，说者以阴之穷为讳。《春秋》晋楚鄢陵之战，特书"甲午晦"以见讥，鲁震夷伯之庙，书"乙卯晦"以见异，是也。南郊必用冬至之日，周礼也。皇祐四年，当郊而日至适在晦，宋元宪公为相，预以为言，遂改为明堂。议者以为得体。有国信不可无儒臣。艺祖四年郊，日至亦在晦，先无知之者，至期窦俨始上闻，不得已，乃用十六日甲子。非日至而郊，惟此一举，讲之不素也。

晏元宪公虽早富贵，而奉养极约，惟喜宾客，未尝一日不燕饮。而盘馔皆不预办，客至，旋营之。顷有苏丞相子容尝在公幕府，见每有嘉客必留，但人设一空案、一杯。既命酒，果实蔬茹渐至，亦必以歌乐相佐，谈笑杂出。数行之后，案上已灿然矣。稍阑，即罢遣歌乐曰："汝曹呈艺已遍，吾当呈艺。"乃具笔札相与赋诗，率以为常。前辈风流，未之有比也。

晏元宪平居书简及公家文牒，未尝弃一纸，皆积以传书。虽封皮亦十百为沓，暇时手自持熨斗，贮火于旁，炙香匙亲熨之，以铁界尺镇案上。每读得一故事，则书以一封皮，后批门类，授书吏传录，盖今类要也。王莘乐道尚有数十纸，余及见之。

赵清献公自钱塘告老归，钱塘州宅之东消暑堂之后，旧据城闉横为屋五间，下瞰虚白，堂不甚高大，而最超出州宅及园圃之中，故为州者多居之，谓之高斋。既治第衢州，临大溪，其旁不远数步，亦有山麓屹然而起，即作别馆其上，亦名高斋。既归，唯居此馆，不复与家人相接。但子弟晨昏时至，以二净人、一老兵为役。早不茹荤，以一净人治膳于外功德院，号余庆，时以佛慧师法泉主之。泉聪明高胜，禅林言"泉万卷"者是也。日轮一僧伴食，泉三五日一过之。晚乃略取肉及鲊脯于家，盖不能终日食素。老兵供扫除之役，事已即去。唯一净人执事其旁，暮以一风炉置大铁汤瓶，可贮斗水，及列盥漱之具，亦去。公燕坐至初夜就寝。鸡鸣，净人治佛室香火，三击磬，公乃起。自以瓶水颒面，趋佛室。暮年尚能日礼百拜，诵经至辰时。余年二十一，尝登高斋，尚仿佛其处。后见公客周竦道其详，欣然慕之。今吾居此，日用亦略能追公一二，但不能朝食素，精进佛事，愧之尔。

赵清献公好焚香，尤喜熏衣。所居既去，辄数月香不灭。衣未尝置于笼，为一大焙，方五六尺，设熏炉其下，常不绝烟，每解衣投其间。夫人神气四体诚不可不使洁清。孟子言西子蒙不洁，人皆掩鼻而过之，故虽有恶人，斋戒沐浴，可以事上帝。此非独为喻者设也。佛氏言众香国，而养生炼形，亦必以香为主，故焚柴以事天，燔萧以供祭祀,达神明而通幽隐,亦一道耳。章子厚自岭表还,为余言神仙升举事。云形滞难脱,临行亦须假名香百余斤,焚之佐以此行,幸能办。意自言必升举也,坐客或疑而未和。公举近岁庐山有崔道人者,积香数斛,一日尽发,命弟子置五老峰下徐焚之,默坐其旁,烟盛不相辨,忽跃起,已在峰顶上。语虽近奇,然理或有是。

　　传禅者以云门、临济、沩仰、洞山、法眼为五家宗派。自沩仰而下,其取人甚严,得之者亦甚少,故沩仰、法眼先绝,洞山至大阳警延所存一人而已。延仅得法远一人。其徒号远录公者,将终以其教付之,而远言吾自有师,盖叶县省也。延闻拊膺大恸。远止之,曰:“公无忧。凡公之道,吾尽得之。顾吾初所从入者不在是,不敢自昧尔,将求一可与传公道者受之,使追以嗣公可乎?”许之。果得清华严清传道楷,楷行解超绝。近岁四方谈禅唯云门、临济二氏,及楷出,为云门、临济而不至者,皆翻然舍而从之,故今为洞山者几十之三。斯道固无彼此,但末流不能无弊。要之,与之严者,其得之必精;得之精者,其传之必远。此洞山所以虽微而终不可泯也。

　　人之学问皆可勉强,惟记性各有分量,必禀之天。譬之著棋,极力不过能进其所能,至于不可进,虽一著,终老不能加也。制科六论以记问为主,然前辈独张安道、吴参政长文题目终身不忘,其余中选后往往即忘之,盖初但热记耳。吴正肃公登科为苏州签判,至失心几年,医饵以一醉膏乃差。暮年复作,遂不可治。晏元献、杨文公皆神童。元献十四岁,文公十一岁,真宗皆亲试以九经,不遗一字。此岂人力可至哉!神童不试文字,二公既警绝,乃复命试以诗赋。元献题目适其素尝习者,自陈请易之。文公初试,一赋立成,继又请,至五赋乃已,皆古所未闻也。

　　饶州自元丰末,朱天锡以神童得官,俚俗争慕之。小儿不问如何,粗能念书,自五六岁即以次教之五经。以竹篮坐之木杪,绝其视听。教者预为价,终一经偿钱若干。昼夜苦之。中间此科久废。政和后稍复,于是亦有偶中者。流俗因言饶州出神童,然儿非其质,苦之以至于死者,盖多于中也。

　　镇江招隐寺,戴颙宅。平江虎丘灵岩寺,王珣宅。今何山宣化寺,何楷宅。既皆为寺,犹可仿佛其故处。何山无甚可爱,浅狭近在路旁。无岩洞,有泉出寺西北隅,然亦不甚壮。招隐虽狭而山稍曲复幽邃,有虎跑、鹿跑二泉,略如何山,皆不能为流,唯虎丘最奇。盖何山不如招隐,招隐不如虎丘。平江比数经乱兵残破,独虎丘幸在。严陵七里濑在洞下二十余里,两山耸起壁立,连亘七里,土人谓之泷,讹为笼,言若笼中。因为初至为入泷,既尽为出泷。泷本音间江反,犇湍貌,以为若笼,谬也。七里之间皆滩濑,今因沈约诗误为一名,非是。严陵滩最大,居其中。范文正公为守时始作祠堂山上,命僧守之。山峻无平地,不能为重屋。东西二钓台乃各在山巅,与滩不相及,突然石出峰外,略如台。上平,可坐数十人,因以名尔。郭文居天柱峰,在余杭县界,今为洞霄宫。有大涤洞天,见《晋书·隐逸传》。此五者,天下所共闻,仅在浙江数州之间。其四吾皆熟游,而洞霄宫距吾山无三百里,吾领宫事二十年,独未暇一至,孰谓吾为爱山者也。

张景修,字敏叔,常州人,笃厚君子。少以赋知名,而喜为诗,好用俗语。尝有《谢人惠油衣》云:“何妨包裹如风筈,且免淋漓似水鸡。”久在选调,家素贫,晚始改官。既叙年,得五品服,作诗寄所厚云:“白快近来逢素发,赤穷今日得朱衣。”人或以为笑,然此其性所好。他诗多佳语,不皆如是也。

司马文正公在洛下,与诸故老时游集。相约酒行,果实食品皆不得过五,谓之真率会,尝见于诗。子瞻在黄州,与邻里往还。子瞻既绝俸而往还者亦多贫,复杀而为三,自言有三养,曰安分以养福,宽胃以养气,省费以养财。今予所居,常过我者许幹誉。此外,即邻之三朱。城中亲旧与过客之道境上特有远至者,累月无一二。然山居馔具不时得,吾又不能多饮,乃兼取二者而参行之,戏以语客曰:“古者待宾客之礼,有燕有享,而享其杀也,施之各有宜。今邂逅而集者,用子瞻以当享;非时而特会者,用温公以当燕。”遇所当用,必先举以告客。虽无不笑,然亦莫吾夺也。

石长卿,眉州人。尝从黄鲁直黔中数年,数为予诵鲁直晚年诗句得意未及成者数联,犹记其一云:“人得遨游是风月,天开图画即江山。”以为尤所珍爱者,不肯轻足成之。

士大夫家祭多不同，盖五方风俗沿习与其家法所从来各异，不能尽出于礼。古者修其教，不易其俗，故周官教民，礼与俗二者不偏废，要不远人情而已。韩魏公晚年衰取古今祭祀书，参合损益，为《祭仪》一卷，最为得中，识者多用之。近见翟公巽云作《祭仪》十卷而未之见也，问其大约，谓如或祭于昏，或祭于旦，皆非是。当以鬼宿渡河为候，而鬼宿渡河常在中夜，必使人仰占以俟之。其他大抵类此，援证皆有据。公巽博学多闻，不肯碌碌同众，所见必每过人也。

俞澹字清老，扬州人，少与鲁直同从孙莘老学于涟水军。鲁直时年十七八，自称清风客。清老云："奇逸通脱，真骥子堕地也。"尝见其赠清老长歌一篇，与今诗格绝不类，似学李太白，而书乃学周钺。元祐间清老携以见鲁直，欲毁去，清老不肯，乃跋而归之。黄元明云鲁直旧有诗千余篇，中岁焚三之二，存者无几，故自名《焦尾集》。其后稍自喜，以为可传，故复名《敝帚集》。晚岁复刊定，止三百八篇，而不克成。今传于世者，尚几千篇也。

诸葛孔明材似张子房，而学不同。子房出于黄老，孔明出于申、韩。方秦之末，可与图天下者非汉高祖而谁？项羽决不足以有为也，故其初即归高祖，不复更问项羽，与范增之徒异矣。然而黄老之术不以身易天下，是以主谋而不主事，图终而不图始，阴行其志而不尽用其材，虽使高帝得天下而已不与也。孔明有志于汉者，而度曹操、孙权不在于是，故退耕以观其人，唯施之刘备为可。其过荀文若远矣。以备不足与驱驰中原而吞操，宁远介于蜀，伺二氏之弊。乃矫汉末颓弱之失，一济之以刑名，错综万务，参核名实，用法甚公，而有罪不贷，则以申韩为之也。惟所见各得于心，非因人从俗以苟作，此所以为黄老而不流于荡，为申、韩而不流于刻，故卒能辅其才而成其志者也。

张子房不尽用其才，知高祖非三代之主也。彼假韩、彭以为用而终覆灭之，子房盖与谋矣。其可复以身为之乎？至惠帝父子之间则不肯深与，乃托之商山四老人。吾意卒能羽翼太子者，非四老人所办。其间曲折，子房实教之也。然而与人谋而得天下，又有以定其后以开万世之业，皆谢而不有，非近道者孰能为之？若孔明则不然。刘备初未必有意复汉，盖自孔明发之，方委己以听，而内则费祎、蒋琬，外则张飞，关侯之徒，材皆出己下，可役使不争，则何惮而不为？适操与权在前，是以姑屈于一隅，顾二人皆已老，苟逡巡经营，以及不登之世，犹反掌尔。不幸备先死，继之者禅则无可言矣。使初视二人如高帝之于项籍，则据中原而令四方，何刘璋之足窥乎？暮年数出关陕，岂其本意？知无可奈何，不得不为此以保朝夕。盖为黄老则近道，为申、韩则近术。黄老有不必为，而申、韩必求胜，此子房、孔明所以异欤？

王荆公初未识欧文忠公，曾子固力荐之，公愿得游其门，而荆公终不肯自通。至和初为郡牧判官，文忠还朝始见知，遂有"翰林风月三千首，吏部文章二百年"之句。然荆公犹以为非知己也，故酬之曰："他日傥能窥孟子，此身安敢望韩公"，自期以孟子，处公以为韩愈，公亦不以为歉。及在政府，荐可为宰相者三人同一札子：吕司空晦叔、司马温公与荆公也。吕申公本嫉公为范文正党，滁州之谪实有力。温公议濮庙不同，力排公而佐吕献可。荆公又以经术自任而不从公。然公于晦叔则忘其嫌隙，于温公则忘其议论，于荆公则忘其学术，不如是，安能真见三公之为宰相耶？世不高公能荐人，而服其能知人，苟一毫有蔽于中，虽欲荐之，亦不能知也。

东方朔始作《答客难》，虽扬子云亦因之作《解嘲》，此由是《太玄》、《法言》之意，正子云所见也，故班固从而作《答宾戏》。东京以后，诸以释讥、应问纷然迭起。枚乘始作《七发》，其后遂有《七启》、《七摅》等，后世始集之为《七林》。文章至此，安得不衰乎？唯韩退之、柳子厚始复杰然知古作者之意。古今文辞变态已极，虽源流不免有所从来，终不肯屋下架屋。《进学解》即《答客难》也，《送穷文》即《逐贫赋》也。小有出入，便成一家。子厚《天问》、《晋问》、《乞巧文》之类，高出魏晋，无后世因缘卑陋之气。至于诸赋，更不蹈袭屈、宋一句，则二人皆在严忌、王褒上数等也。

李德裕是唐中世第一等人物，其才远过裴晋公。错综万务，应变开阖，可与姚崇并立，而不至为崇之权谲任数。使武宗之材如明皇之初，则开元不难致。其卒不能免祸，而唐亦不竞者，特怨恩太深，善恶太明，及堕朋党之累也。推其源流，亦自其家法使然。彼吉甫于裴垍尚以恩为怨，况牛僧孺、李宗闵辈，实相与为胜负者哉？故知房、杜诚不易得。天下唯不争长、不争功，则无事不可为，而房、杜实履之。世但言房乔能以己谋资杜如晦之断为难，不知彼既无所争，何但如晦视天下无不可容者。英卫王魏固优为之，使一毫彼此有萌于中，岂特不能容天下，虽如晦且将日操戈之不暇也。

五代梁、唐、晋、汉四世，人才无一可道者。自古乱亡之极，未有乏绝如是。盖唐之得士不过明经、进士两途，自郑畋死，大臣无复有人。而四世之君，皆起盗贼攘夺，故相与佐命者亦皆其徒，天下贤士何从而进哉？至周世宗承太祖之业，初非自取以兵，而得王朴佐之，李穀之徒遂以类至，便郁然有治平之象。北取三关，南定淮畿，无不如意而中国之兵亦少弭。其不克成业者，君臣皆早死尔。天故以是开真主之运欤。自是及本朝硕大俊杰之人继起相望，岂相距五六十年间前四世独无有，而今有之，其所以为天下者异也。禅代之际，尤人臣所难处，非其有圣智未必能善后，而范鲁公质从容复相艺祖者三年，晏然无纤毫之隙，前辈名公皆心服其人，则虽姚崇、李德裕未必能及也。惜其谦慎隐晦，行事不尽见于后世。只如群臣除拟一事，自唐以来皆宰相自除而进书旨，常朝进见非军国大事不议，至鲁公始正之，皆请面受旨而后行，至今以为故事。此非特自谨嫌疑，严君臣之分，将以革千载之失也。

天地英灵之气钟为山川，山川之气降而为人，皆有常限，不敢加损。君子小人兼得之，不在此，则在彼。譬人之元气皆有所禀，养之善则为寿考康宁，不善则为疾病，未有无元气而能为人者也。是以治世多贤材，乱世多奸雄，均一气尔。秦乱而后有陈胜、吴广、项籍，汉乱而后有曹操、袁绍兄弟、孙权父子，晋乱而后有苻坚、石勒、刘渊之徒，唐乱而后有黄巢、朱全忠、李克用之徒，此岂偶然而生哉！亦各有所授之，非若寻常龌龊庸流泯然以为死生者也。晋以前不可详考，唐自懿、僖后，人才日削。至于五代，谓之空国无人可也。虽其变乱在黄巢等，然吾观浮屠中乃有云门、临济、德山、赵州数十辈人卓然超世，是可与扶持天下，配古名臣。苟得一人必能成大事，然后知其散而横溃，又有在此者也。贤能之无有，尚何足怪哉。

　　欧文忠在滁州，通判杜彬善弹琵琶。公每饮酒，必使彬为之，往往酒行遂无算，故其诗云："坐中醉客谁最贤？杜彬琵琶皮作弦。"此诗既出，彬颇病之，祈公改去姓名，而人已传，卒不得讳。政和间，郎官有朱维者亦善音律，而尤工吹笛，虽教坊亦推之，流传入禁中。蔡鲁公尝同执政奏事及燕乐，将退，上皇曰："亦闻朱维吹笛乎？"皆曰："不闻。"乃喻旨召维试之，使教坊善工在旁按其声。鲁公与执政会尚书省大厅，遣人呼维甚急，维不知所以。既至，命坐于执政之末，尤皇恐不敢就位，乃喻上语，维再三辞不能。郑枢密达夫在坐，正色曰："公不吹，当违制。"维不得已，以朝服勉为一曲。教坊乐工皆称善，遂除维为典乐。维为京西提刑，为予言之。琵琶以下，拨重为难，犹琴之用指深，故本色有轹弦护索之称。文忠尝问琵琶之妙于彬，亦以此对。乃取使教他乐工试为之，下拨弦皆断。因笑曰："如公之弦，无乃皮为之耶？"故有"皮作弦"之句，而好事者遂传彬真以皮为弦，其实非也。唐人记贺怀智以鹍鸡筋作弦，人因疑之。筋比皮似有可作弦之理，然亦不应得许长，且所贵者声尔，安在以弦为奇耶？

　　熙宁以前洛中士大夫未有谈禅者，偶富韩公问法于颙华严，知其得于圆照大本。时本方住苏州瑞光寺，声振东南。公乃遣使作颂寄之，执礼甚恭如弟子。于是翻然慕之者人人皆喜言名理，惟司马温公、范蜀公以为不然。既久，二公亦自偶入其说，而温公尤多，蜀公遂以为讥。温公曰："吾岂为天下无禅乎？但吾儒所闻有不必舍我而从其书尔。"此亦几所谓实与而文不与者，观其与韩持国往来论中庸数书可见矣。末因蜀公论空相，遂以诗戏之曰："不须天女散，已解动禅心。"蜀公不纳。后复以诗戏之曰："贱子悟已久，景仁今日迷。"又云："到岸何须筏，挥锄不用金。浮云任来往，明月在天心。"此道极致，岂大聪明而有差别，观此谓温公不知禅，可乎？

　　唐人言冬烘是不了了之语，故有"主司头脑太冬烘，错认颜标是鲁公"之言，人以为戏谈，今蜀人多称之。崇宁末，安国同为郎成都人詹某，为谏官，故以安国尝建言移寺省，上章击之。其辞略云："谨按：某官人材阘冗，临事冬烘。"盖以其蜀人，闻者无不笑之。安国性隐而口吃，每戟手跃于众曰："吾不辞谴逐，但冬烘为何等语。"于是传之益广，遂目为"冬烘公"。

李文靖公沆为相，专以方严厚重镇服浮躁，尤不乐人论说短长附己。胡秘监旦谪商州，久未召。尝与文靖同为知制诰，闻其拜参政，以启贺之，历诋前居职罢去者，云："吕参政以无功为左丞；郭参政以失酒为少监；辛参政非材谢病，优拜尚书；陈参政新任失旨，退归两省。"而誉文靖甚力，意将以附之。文靖愀然不乐，命小史封置别箧，曰："吾岂真有优于是者，亦适遭遇耳。乘人之后而讥其非，吾所不为，况欲扬一己而短四人乎？"终为相，且不复用。

妇人疾莫大于产蓐，仓卒为庸医所杀者多矣，亦不素讲故也。旧尝见杜壬作《医准》一卷，记其平生治人用药之验。其一记郝质子妇产四日，瘈疭载眼，弓背反张，壬以为痓病，与大豆紫汤、独活汤而愈。政和间余妻才分娩，犹在蓐中，忽作此证，头足反接，相去几二尺，家人惊骇，以数婢强拗之，不直。适记所云而药囊有独活，乃急为之。召医未至，连进三剂，遂能直。医至，则愈矣，更不复用大豆紫汤。古人处方神验类尔，但世用之不当其疾，每易之。自是家人有临乳者，应所须药物必备，不可不广告人。二方皆在《千金方》第三卷。

赵康靖公概厚德长者，口未尝言人短。与欧文忠公同为知制诰，后亦同秉政。及文忠被谤，康靖密申辨理，至欲纳平生诰敕以保之，而文忠不知也。中岁常置黄、黑二豆于几案间。自旦数之，每兴一善念、为一善事，则投一黄豆于别器。暮发视之。初黑豆多于黄豆，渐久反之。既谢事归南京，二念不兴，遂彻豆无可数。人强于为善，亦要在造次之间每日防检。此与赵清献公焚香日告其所行之事于上帝同也。

今夏不雨四十日，自江左连湖外皆告旱。常岁五六月之间梅雨时，必有大风连昼夕，逾旬乃止。吴人谓之"舶趠风"，以为风自海外来，祷于海神而得之，率以为常。今岁特无有，故暑气尤烈。六月二十晚忽雨，至夜半。明日又雨。其晚卧池上，河汉当空，梧竹飒然，遂有秋意。盖前一日立秋，气候不应如是速也。余比岁不作诗，旧喜诵前辈佳句亦忘之，忽记刘原甫诗云："凉风响高树，清露坠明河。虽复夏夜短，已觉秋气多。"若为余言者。起傍池徐步，环绕数十匝，吟咏不能自已。僮仆皆已睡。前此适有以酴醾新酒相饷者，乃蹙起，连取三杯饮之，意甚适。不知原甫当时能如此否？然诗末云："艳肤丽华烛，皓齿扬清歌。临觞不作意，奈此粲者何？"则与吾异。此诗当是在长安时作，恨此一病未除也。

石介守道与欧文忠同年进士，名相连，皆第一甲。国初诸儒以经术行义闻者但守传注，以笃厚谨修表乡里。自孙明复为《春秋发微》，稍自出己意。守道师之，始唱为辟佛老之说，行之天下。文忠初未有是意，而守道力论其然，遂相与协力，盖同出韩退之。及为庆历圣德诗，遂偃然肆言，臧否卿相不少贷。议者谓元和圣德诗但奖用兵之善，以救贞元姑息之弊，且时己异，用推宪宗之意而成之，固不害为献纳，岂有天子在上，方欲有为，而匹夫崛起，擅参予夺于其间乎？孙明复闻之曰："为天下不当如是，祸必自此始。"文忠犹未以为然，及朋党论起，始悟其过。故嘉祐、治平之政施行与庆历不同，事欲求成亦必更历而后尽其变也。

卢怀慎好俭，家无金玉锦绣之饰。此固美事，然史言妻子至寒饿。宋璟等过之，门不施箔。风雨至，引席自障。则恐无是理。人孰无妻子之爱，固将与之共饱暖。其穷无以赡，义不苟取于人，则不得已宁使至于不足，此所以为贤。今身为宰相，俸廪非不足，不以富贵宠禄为淫侈足矣，何至于妻子寒饿乎？门不施箔，尤非是。宰相所居，至陋终与编户比屋异。纵无箔，客至亦当少引于内，必不至风雨侵坐。怀慎虽无甚过人，然亦不全为奸伪。此事盖出郑处晦《明皇杂录》，史臣妄信之。天下自有中道，初不远人情。君子行之，非专区区以取名。前世士大夫乃有过为矫饰，自谓怀慎所常行者。子瞻兄弟深不以为然，因制科论题出《魏志·和洽传》大教在通人情，盖有所讽。

四明温台间山谷多产菌，然种类不一。食之，间有中毒，往往至杀人者。盖蛇虺，毒气所熏蒸也。有僧教掘地，以冷水搅之，令浊。少顷，取饮，皆得全活。此方自见《本草》，陶隐居注谓之"地浆"。亦治枫树菌食之笑不止，俗言"笑菌"者。居山间，不可不知此法。

士大夫服丹砂死者，前此固不一。余所目击：林彦振平日充实，饮啖兼人。居吴下，每以强壮自夸。有医周公辅，言得宋道方炼丹砂秘术，可延年而无后害。道方，拱州良医也，彦振信之。服三年，疽发于脑。始见发际如粟，越两日，项额与胸、背略平。十日死。方疾亟时，医使人以帛渍所溃浓血，濯之水中，澄其下，略有丹砂。盖积于中与毒俱出也。谢任伯平日闻人畜伏火丹砂，不问其方，必求之服，唯恐尽。去岁亦发胸疽。有人与之语，见其疾将作。俄顷，觉形神顿异，而任伯犹未之觉。既觉，如风雨径以死。十年间亲见此两人，可以为戒矣。

杜子美诗"久为野客寻幽惯，细学何颙免兴孤。"何颙，后汉人，见《党锢传》。盖义侠者，与诗不类，意当作周颙。周、何字相近而讹。周颙奉佛，有隐操。其诗云："昔遭衰世皆晦迹，今幸乐国养微躯。依止老宿亦未晚，富贵功名焉足图。"则此意当在颙也。

张丞相天觉喜谈禅，自言得其至。初为江西运判，至抚州，见兜率从悦，与其意合，遂授法。悦，黄龙老南之子，初非其高弟，而江西老宿为南所深许道行一时者数十人。天觉皆历试之。其后天觉浸显，诸老宿略已尽。后来庸流传南学者，乃复奔走推天觉，称相公禅。天觉亦当之不辞。近岁遂有为长老开堂承嗣天觉者，前此盖未有。势利之移人，虽此曹，亦然也。初与老南同得道于慈明者，有文悦，住云峰。其行解坚高，略与南等。从悦既因天觉而重，故其徒谓云峰悦为文悦以别之。

世传王迥芙蓉城鬼仙事，或云无有，盖托为之者。迥字子高。苏子瞻与迥姻家，为作歌，人遂以为信。俞澹清老云，王荆公尝和子瞻歌，为其兄紫芝诵之。紫芝请书于纸荆公曰："此戏耳，不可以训。"故不传。犹记其首语云："神仙出没藏杳冥，帝遣万鬼驱六丁。"余在许昌与韩宗武会，坐客有言宗武年二十余时有所遇如子高。是时年八十余。余质之，宗武笑而不肯言。客诵其人往来诗数十篇，皆五字古风，清婉可爱，如《玉台新咏》。宗武见余爱，乃笑曰："荆公亦尝甚称，云非近人。当是齐梁间鬼。"遂略道本末，云见之几二年，无甚苦意，但恍惚或食，或不食。后国医陈易简教服苏合香丸半年余。一日，忽不见，未知为药之验否也。

卷三

　　程光禄师孟,吴下人,乐《易》纯质,喜为诗,效白乐天而尤简直,至老不改吴语。与王荆公有场屋之旧,荆公颇喜之。晚相遇,犹如布衣时。自洪州致仕归吴,过荆公蒋山,留数日。时已年七十余。荆公戏之曰:"公尚欲仕乎?"曰:"犹可更作一郡。"荆公大笑,知其无隐情也。

　　元丰间道士陈景元博识多闻,藏书数万卷。士大夫乐从之游。身短小而伛。师孟尝从求《相鹤经》,得之,甚喜,作诗亲携往谢。末云:"收得一般潇洒物,龟形人送鹤书来。"徐举首操吴音吟讽之,诸弟子在旁,皆忍笑不能禁。时王侍郎仲至在坐,顾景元不觉失声,几仆地。

　　柳永,字耆卿,为举子时多游狭邪,善为歌辞。教坊乐工每得新腔,必求永为辞,始行于世。于是声传一时。初举进士登科,为睦州掾。旧初任官荐举法不限成考。永到官,郡将知其名与监司连荐之,物议喧然。及代还,至铨,有摘以言者,遂不得调。自是诏初任官须满考乃得荐举,自永始。永初为《上元辞》有"乐府两籍神仙,梨园四部管弦"之句,传禁中,多称之。后因秋晚张乐,有使作《醉蓬莱辞》以献,语不称旨,仁宗亦疑有欲为之地者,因置不问。永亦善为他文辞,而偶先以是得名,始悔为己累,后改名三变,而终不能救。择术不可不慎。余仕丹徒,尝见一西夏归明官云:"凡有井水饮处,即能歌柳词。"言其传之广也。永终屯田员外郎,死旅,殡润州僧寺。王和甫为守时求其后不得,乃为出钱葬之。

　　秦观少游亦善为乐府,语工而入律,知乐者谓之作家歌。元丰间盛行于淮楚。"寒鸦万点,流水绕孤村"。本隋炀帝诗也,少游取以为《满庭芳》辞,而首言"山抹微云,天粘衰草"。尤为当时所传。苏子瞻于四学士中最善少游,故他文未尝不极口称善,岂特乐府?然犹以气格为病,故常戏云:"山抹微云秦学士,露花倒影柳屯田。""露花倒影",柳永《破阵子》语也。

富郑公为枢密副使,坐石守道诗,自河北宣谕使还,道除知郓州,徙青州,谗者不已,人皆为公危惧。会河北大饥,流民转徙东下者六七十万人,公皆招纳之。劝民出粟,自为区画,散处境内。屋庐、饮食、医药,纤悉无不备,从者如归市。有劝公非所以处疑弭谤,祸且不测。公傲然弗顾,曰:"吾岂以一身,易此六七十万人之命哉!"卒行之愈力。明年,河北二麦大熟,始皆襁负而归,则公所全活也。于是虽谗公者亦莫不畏服,知不可挠,而疑亦因是浸释。公在政府不久,而青州适当此变。尝见其与一所厚书云:"在青州二年,偶能全活得数万人,胜二十四考中书令远矣。"张侍郎舜民尝刻之石,余旧有模本,今亡之,不复见。

裴休得道于黄蘖,《圆觉经》等诸序文,皆深入佛理。虽为佛者,亦假其言以行,而吾儒不道,以其为言者佛也。李翱《复性书》即佛氏所常言,而一以吾儒之说文之。晚见药山,疑有与契而为佛者不道,以其为言者儒也。此道岂有二? 以儒言之则为儒,以佛言之则为佛,而士大夫每患不能自求其所闻,必取之佛,故不可行于天下,所以纷然交相诋,卒莫了其实也。韩退之《答孟简书》论大颠,以为实能外形骸,以理自胜,不为事物侵乱,胸中无隔碍。果尔,安得更别有佛法?是自在其说中而不悟。退之《原性》不逮李翱《复性书》远甚,盖别而为二,必有知者,然后信之。李翱作《复性书》,时年二十九,犹未见药山也。然求于吾儒者,皆与当时佛者之言无二,故自言志于道者四年,则其学之久矣。然无一言近佛而犹微外之,与老庄并列,盖以世方力诋其说,不可与之争,亦不必争故尔。吾谓唐人善学佛而能不失其为儒者,无如李翱。若王缙、杜鸿渐以宰相倾心为佛事,盖本于因果报应之说,犹有意徼幸以求福,乃其流之下概,而王摩诘、白乐天为佛则可矣,而非儒也。是召干戈而求不斗,虽欲使退之不作可乎? 孟简反欲乘其间而屈之,亦陋矣。《复性书》上篇,儒与佛者之常言也。其中篇以斋戒其心为未离乎静,知本无有思,则动静皆离,视听昭昭,不起于闻见而其心寂然,光照天地。此吾儒所未尝言,非自佛发之乎? 末篇论鸟兽虫鱼之类,谓受形一气,一为物,一为人,得之甚难。

生乎世，又非深长之年，使人知年非深长而身为难得，则今释氏所谓"人身难得无常迅速"之二言也，翱言之何伤？而必欲操释语以诲人，宜其从之者既不自觉，而诋之者亦不悟其学之所同也。

宋武帝与殷仲文论音乐云，正恐解则好之。此言极有味也。世之好饮者必能饮，好弈者必能弈，未有不知酒味而强饮，未尝学弈而自喜为弈。凡事皆然。欲求简静安闲，莫若初无所解，解而好，非有大勇不能绝也。吾少不幸溺于多闻，而喜穷理。每一事未晓，夜不能安枕，反覆推研，必欲极其至而后止。于是世间事多得曲折。中岁恐流于多事，始翻然大悔，一切扫除，愿为土木偶人。苟一念暂起，似有分别起灭，即力止之。若触芒刃，若陷机阱。数十年来，此境稍熟，觉心内心外真若无物。所未能遽去者，唯此数百卷书尔。更期以年岁，当尽弃之。以无知求有知易，以有知反无知难。使吾不早悟，蔽其所知而不返，虽欲求此须臾之适，其可得哉！

张安道与欧文忠素不相能。庆历初，杜祁公、韩、富、范四人在朝，欲有所为。文忠为谏官，协佐之，而前日吕申公所用人多不然。于是诸人皆以朋党罢去，而安道继为中丞，颇弹击以前事，二人遂交怨，盖趣操各有主也。嘉祐初安道守成都，文忠为翰林。苏明允父子自眉州走成都，将求知安道。安道曰："吾何足以为重？其欧阳永叔乎？"不以其隙为嫌也。乃为作书办装，使人送之京师谒文忠。文忠得明允所著书，亦不以安道荐之非其类，大喜曰："后来文章当在此。"即极力推誉，天下于是高此两人。子瞻兄弟后出入四十余年，虽物议于二人各不同，而亦未尝敢有纤毫轻重于其间也。

张友正，邓公之季子。少喜学书，不出仕。有别业，价三百万，尽鬻以买纸。笔迹高简，有晋宋人风味。尤工于草书。故庐在甜水巷，一日弃去，从水柜街僦小屋，与染工为邻。或问其故。答曰："吾欲假其缣素学书耳。"于是与约，凡有欲染皂者先假之，一端酬二百金。如是日书数端。米元章书自得于天资，然自少至老，笔未尝停。有以纸饷之者，不问多寡，入手即书，至尽乃已。元祐末，知雍丘县。苏子瞻自扬州召还，乃具饭邀之。既至，则对设长案，各以精笔、佳墨、纸三百列其上，而置馔其旁。子瞻见之，大笑就坐，每酒一行，即申纸共作字。以二小史磨墨，几不能供。薄暮，酒行既终，纸亦尽，乃更相易携去，俱自以为平日书莫及也。友正既未尝仕，其性介，不多与人通，故其书知之者少，但不逮元章耳。

建中靖国初，有前与绍圣共政者欲反其类，首建议尽召元祐诸流人还朝，以为身谋。未几，元祐诸人并集，不肯为之用，则复逐之，而更召所反者。既至，亦恶其翻覆，排之尤力。其人卒不得安位而去。张芸叟时以元祐人先罢，居长安里中，闻之。壁间适有扇架，戏题其下曰："扇子解招风，本要热时用。秋来挂壁间，却被风吹动。"时余季父仕关中，偶至长安，见芸叟道其事，指壁间诗以为笑乐。

李翱习之论山居，以怪石、奇峰、走泉、深潭、老木、嘉草、新花、视远七者为胜。今吾山所乏者，独深潭、老木耳。深潭不可得，松亦不多得。范文正公尝谓吾木会有时而老，但吾不及见也。然习之记虎丘池水不流，天竺石桥下无水，麓山力不副天奇，灵鹫拥前山不可远视，峡山少平地，泉出山无深潭，此五所者极天下之奇观，犹不能备，况吾居独得其七之五哉。人心终不能无累，余虽忘此，而每见潭水澄澈、高木郁然，未尝不有慕。圆证寺大松合抱三十余株，夹道蔽日，犹国初时故物。石桥合诸涧水道朱氏怡云阁之前。其深处水面阔四五丈，张文规所谓金碧潭者也。其下流注朱氏子嵩之圃，喷薄激射，交流左右，去吾庐不满三里，自可为吾之别馆。但寺僧不好事，比岁松有伐而为薪者，当祝使善护持之。朱氏子约今年田熟，作草堂三间泉上，暇日时往来，则习之所不足者，吾可以兼得矣。

五方地土风气各不同，古之立社各以其所宜。木非所宜，虽日培之不植。许洛地相接，嵩山至多松，而许更无有。王幼安治第，遣人取松百余本种栽之，仅能活一株，才三尺余，视之如婴儿也。乃独宜柏，有伐以为椽者。睢阳近亳，有桧无松，亦不多得。亳州宅堂前有两株樛枝者，约高二丈余，百年物也。至杉，则三州皆无之。木之佳者，无如是四种；而余仕四方，未尝兼得。余此山乃无不宜，种之得法，十年间便可合半抱。惟柏长差比迟尔。今环余左右者略有数千株。居常目松磊落昂藏，似孔北海；桧深密纤盘，似管幼安；杉丰腴秀泽，似谢安石；柏奇峻坚瘦，似李元礼。吾闲居久，宾客益少，何幸日得与四君子游耶?

大抵人才有四种:德量为上,气节次之,学术又次之,材能又次之。欲求成材,四者不可不备。论所不足,则材能不如学术,学术不如气节,气节不如德量。然人亦安能皆全,顾各有偏胜,亦视其所成之者如何。故德量不可不养,气节不可不激,学术不可不勤,材能不可不勉。苟以是存心,随所成就,亦便不作中品人物。唐人房玄龄、裴度优于德量,宋璟、张九龄优于气节,魏郑公、陆贽优于学术,姚崇、李德裕优于材能。姚崇蔽于权数,德裕溺于爱憎,则所胜者为之累也。汝曹方读《唐书》,当以是类求则有益。其他琐细与无用之空文不足多讲,徒乱人意尔。

曾从叔祖司空道卿庆历中受知仁祖,为翰林学士,遂欲大用。会宋元宪为相,同年素厚善。或以为言,乃与元宪俱罢。然仁宗欲用之意未衰也,再入为三司使,而陈恭公尤不喜。适以忧去。免丧,不召,就除知澶州。风节凛然,范文正公见推重。吾大观中亦忝入翰林,因面谢略叙陈。太上皇闻之,喜曰:"前此,兄弟同时迭为学士者有矣,未有宗族相继于数世之后。不唯朝廷得人,亦可为卿一门盛事。"吾顿首谢。今之叨冒,仁宗不得尽施于司空者,吾又兼得之,而略无前人报国之一二,每怀眷遇,未尝不流涕也。

叔祖度支讳温叟者,与苏子瞻同年,议论每不相下。元祐末,子瞻守杭州,公为转运使浙西。适大水灾伤。子瞻锐于赈济,而告之者或施予不能无滥,且以杭人乐其政,阴欲厚之。公每持之不下。即亲行部,一皆阅实,更为条画,上闻朝廷主公议。会出度牒数百付转运司,易米给民。杭州遂欲取其半。公曰:"使者与郡守职不同,公有志天下,何用私其州,而使吾不得行其职?"卒视它州灾伤重轻,分与之。子瞻怒甚,上章诋公甚力,廷议不以为直,乃召公还,为主客郎中。子瞻之志固美,虽伤于滥,不害为仁,而公之守不苟其官,亦人所难,可见前辈居官,无不欲自行其志也。

仁庙初即位,秋宴。百戏有缘橦竿者,忽坠地,碎其首死。上恻然怜之,命以金帛厚赐其家,且诏自是橦竿减去三之一。晏元献作诗纪之曰:"君王特轸推沟念,诏截危竿横赐钱。"余往在从班侍燕,时见百戏撞竿才二丈余，与外间绝不同。一老中贵人为余言，后阅元献诗，果见之。庙号称仁，信哉！

祖宗澶渊未修好以前，志在取燕，未尝不经营。故流俗言其喜而不可致者，皆曰如获燕王头。宣和末，北方用师，其大帅夔离不尝王燕，为边患，朝论必欲取之。未几，大将乃捕斩夔离不，函其首以献。诏藏之太社头库。天下皆上表贺，而其实非也。士大夫为庆者每相视笑曰："遂获燕王头耶。"

和尚置梳篦，亦俚语言必无所用也。崇宁中间改僧为德士，皆加冠巾。蔡鲁公不以为然，尝争之，不胜。翌日，有冠者数十人诣公谢，发既未有，皆为赝髻，以簪其冠。公戏之曰："今当遂置梳篦乎？"不觉烘堂大笑，冠有坠地者。

崇宁二年，霍侍郎端友榜，吾为省试点检官，安枢密处厚为主文，与先君善，一见以子弟待吾。处厚前坐绍圣间从官放归田里，至是以兵部尚书召还朝。尝中夜召吾语，因曰："吾更祸重矣，将何以善后？"吾曰："公不闻蔺相如、廉颇、郭汾阳、李临淮、张保皋、郑年事乎？缙绅之祸连结不解，非特各戮其身，国亦戮矣。公但能一切忘旧怨，以李文饶为戒，祸何从及？"处厚意动，矍然起，执吾手步庭下。时正月望夜，月正中，仰视星斗灿然，以手指天曰："此实吾心。"因问此六人大略。曰："四人者，吾知之。独不记保皋与年为何事？"吾言杜牧之所书新史略载之矣。还坐室中，取《唐书》检视。久之，曰："吾未有策题，便当著此，以信吾志。"遂论六人以策进士。

佛氏论持律以隔墙闻钗钏声为破戒，人疑之久矣。苏子由为之说曰："闻而心不动，非破戒。心动为破戒。"子由盖自谓深于佛者，而言之陋如此，何也？夫淫坊酒肆皆是道场，内外墙壁初谁限隔？此耳本何所在？今见有墙隔是一重公案，知声为钗钏是一重公案，尚问心动不动乎？吴僧净端者行解通脱，人以为散圣。章丞相子厚尝召之饭，而子厚自食荤，执事者误以馒头为馂馅置端前。端得之，食自如。子厚得馂馅，知其误，斥执事者而顾端曰："公何为食馒头？"端徐取视曰："乃馒头耶？怪馂馅乃许甜。"吾谓此僧真持戒者也。

吾素不能琴，然心好之。少时尝从信州道士吴自然授指法，亦能为一两弄。怠而弃去，然自是每闻善琴者弹，虽不尽解，未尝不喜也。大观末，道泗州，遇庐山崔闲，相与游南山十余日。闲盖善琴者，每坐玻璃泉上使弹，终日不倦。泉声不甚悍激，涓涓淙潺，与琴声相乱。吾意此即天籁也。闲所弹更三十余曲，曰："公能各为我为辞，使我它日持归庐山时倚琴而歌，亦足为千载盛事。"意欣然许之。闲乃略用平侧四声，分均为句以授余。琴有指法而无其谱，闲盖强为之。吾时了了略解，既懒不复作，今盖忘之矣。去年徐度忽得江外《招隐》一曲，以王珉旧辞增损而足成之，虽无弹者，可歌成声，适吾意时当稍依此自为一篇，以终闲志也。

《真诰》载萼绿华事，细考之，近今之紫姑神。晋人好奇，稍缘饰之尔。紫姑神始为诗文，自托于仙，不与人相接，而萼绿华事乃近亵，岂有真仙若此哉？或曰：释氏至四禅天乃无欲，自三禅而下，皆未免于欲。萼绿华盖未离乎欲界者也，亦不然。所谓仙者，岂真与世人同，仅有偶而已。后世缘是，遂肆为渎慢高真之言，无所不至，流俗争信之。唐人至有为后土夫人传者。今所在多有为后土夫人祠，而扬州尤盛。皆塑为妇人像，流俗之谬妄如此，亦起于西汉所谓神媪者。谓小孤为姑，何足怪哉！后土夫人盖以讥武后，然托论亦不当如此也。

毒热连二十日，泉旁林下平日目为胜处，亦觉相熏灼。忽自诃曰："冰蚕火鼠，此本何物？习其所安，犹不知异。今此热相初从何来，乃复浪为苦乐耶。"一念才萌，顾堂室内外，或阴或日，皆成清凉国土，戏以语群儿，皆莫知答。翌日，忽大雨，震电暴风，骤至坐间。草木掀舞，池水震荡，群儿欣然，皆以为快。因问："遂若是凉耶？抑来日复有热耶？来日复热，则汝之快者，将又戚然矣！"自吾之视群儿，固可笑，然吾行于世且半生，几何不为群儿？得无有如吾者，又笑其所笑乎？

释氏论佛，菩萨号皆以南谟冠之，自不能言其义。夷狄谓拜为膜，音谟。《穆天子传》膜拜而后受，盖三代已有此称，若云居南方而拜。膜既讹为谟，又因之为南无、南摩。《后汉·楚王英传》"伊蒲塞"之馔，伊蒲塞，即梵语优婆塞。时佛语犹未至中国，盖西域之译云。

然如身毒与天竺,其国名尚讹,况于语乎。

《唐书·李绛传》载论罢吐突承璀,请撰安南寺圣德碑事,云:"宪宗命百牛倒石。"此事出《唐旧史》。欧文忠遂谓石碑先立而后书。余家有李绛论事,载此甚详。云承璀先立碑堂,并碑石大小准华岳碑,不言已立碑也。绛既论,帝报可已。不令建立碑楼,便遣拽倒,乃记承璀奏楼功迹大,请缓拆。帝遣百牛倒之,则所倒乃碑楼,非碑石也。新史乃承旧史之误尔。凡书要以便事,何为必先立乎? 史言帝初怒,绛伏奏愈切,乃悟。而集本是奏疏,从中报可,无怒事,尤见其妄。

《列子》书称子列子,此是弟子记其师之言,非列子自云也。刘禹锡自作传,称子刘子,不可解,意是误读《列子》。

天下真理日见于前,未尝不昭然与人相接。但人役于外,与之俱驰,自不见尔,惟静者乃能得之。余少常与方士论养生,因及子午气升降,累数百言,犹有秘而不肯与众共者。有道人守荣在旁笑曰:"此何难? 吾常坐禅,至静定之极,每子午觉气之升降往来于腹中,如饥饱有常节。吾岂知许事乎? 惟心内外无一物耳。非止气也。凡寒暑燥湿有犯于外而欲为疾者,亦未尝悠然不逆知其萌。"余因而验之,知其不诬也。在山居久,见老农候雨旸,十中七八,问之,无他,曰:"所更多尔。"问市人,则不知也。余无事常早起,每旦必步户外,往往僮仆皆未兴。其中既洞然无事,仰观云物景象与山川草木之秀,而志其一日为阴、为晴、为风、为霜、为寒、为温,亦未尝不十中七八。老农以所更,吾以所见,其理一也。乃知惟静一法,大可以察天地,近可以候一身,而况理之至者乎?

宣和间,内府尚古器。士大夫家所藏三代秦汉遗物无敢隐者,悉献于上。而好事者复争寻求,不较重价,一器有直千缗者。利之所趋,人竞搜剔山泽,发掘冢墓,无所不至。往往数千载藏,一旦皆见,不可胜数矣。吴玉为光州固始令,光,申伯之国,而楚之故封也,间有异物,而以僻远,人未之知。乃令民有罪,皆入古器自赎。既而,罢官,几得五六十器,与余遇汴上,出以相示。其间数十器尚三代物。后余中表继为守,闻之微用其法,亦得十余器,乃知此类在世间未见者尚多也。范之才为湖北访察,有给言泽中有鼎,不知其大小,而耳见于外,其间可过六七岁小儿。亟以上闻,诏本部使者发民掘之。凡境内陂泽悉干之,掘数十丈,迄无有。之才寻见谪。

庆历中,西方用师一委韩公、范文正公,皆为招讨副使。未几,韩公以任福败好水,左迁秦州;文正擅报元昊书,迁耀州,皆夺使事。盖居中有不乐之者。仁宗忧边事无所付,且未决二公去留。王文安公尧臣时为翰林学士,乃以充陕西体量安抚使。当权者意欲使其附己,排二公。公具言二公方为夷狄所畏,忠勇无比。将御外敌,非二人不可。且辨任福败不缘帅,皆请还之。并荐其麾下狄青、种世衡等二十余人可为大将。议与当权者忤,尽格不行。会公言泾原贼所由入,他日必自是窥关中,请益兵预备,亦不行,而明年葛怀敏之败,正自泾原起。仁宗始悟,复行公策而还二公,迄降元昊。议者谓保全关辅虽韩、范之功,然非文安,亦不能成也。

唐中世以前,未尽以石为研,端溪石虽后出,亦未甚贵于世者。盖晋宋间善书者,初未留意于研,往往但于器贮墨汁,故有以铜铁为之者,意不在磨墨也。长安李士衡观察家藏一端研,当时以为宝,下有刻字云“天宝八年冬,端州东溪石,刺史李元书”。刘原甫知长安,取视之,大笑曰:“天宝安得有年? 自改元即称‘载’矣。且是时州皆称郡,刺史皆称太守,至德后始易。今安得独尔耶?”亟取《唐书》示之,无不惊叹。李氏研遂不敢复出。非原甫精博,固无与辨。然李氏亦非善为研计者,研但论美恶,诚可为宝,何必问久近耶? 近世有言许敬宗研者,亦或以其人弃之。若论李氏研,则许敬宗研真赝亦未可知。然好恶之或如此,彼为研者美恶自若,初何预知,而或以有年而贵,或以人而废,重可笑也。

刘原甫博物多闻,前世实无及者。在长安有得古铁刀以献,制作极巧。下为大环,以缠龙为之,而其首类鸟,人莫有识者。原甫曰:“此赫连勃勃所铸龙雀刀,所谓‘大夏龙雀’者也。鸟首盖雀云。”问之,乃种世衡筑青涧城掘地所得,正夏故疆也。又有获玉印遗之者,其文曰“周恶夫印”。公曰:“此汉条侯印尚存于今耶。”或疑而问之,曰:“古亚、恶二字通用。《史记》卢绾之孙他人封亚谷侯,而《汉书》作‘恶谷’是矣。”闻者始大服。因疑史条侯名正是恶夫亦未可知。春秋魏有丑夫,卫有良夫,盖古人命名,皆不择其美称,亦多有以恶名者,安知"亚夫"不为"恶夫"也?

韩丞相玉汝家藏王莽时铜枓一,状如勺。以今尺度之,长一尺三寸。其柄有铭,云"大官乘舆十湅铜枓,重三斤九两。新始建国天凤上戊六年十二月。工遵造。史臣闳、掾臣岑掌旁丞相弘令丞相第二十六枓食器"。正今之杓也。《史记·赵世家》赵襄子请代王,使厨人操铜枓食代王及从者,行斟,阴令以枓击杀之是已。湅,《周官》音炼。据《汉书》莽改始建国六年为天凤六年,而不言其因,今天凤上犹冒始建国,盖通为一称,未尝去旧号。上戊,莽所作历名。莽自以为土德王,故云。宣和间公卿家所藏汉器杂出,余多见之,唯此器独见于韩氏。

国朝监察御史皆用三丞以上,尝再任通判。人有阙,则中丞与翰林学士知杂选举二人,从中点一人除,宰相不与也。韩公为中丞,以难于中选,乃请举京官以为里行,遂荐王观文陶。治平初,御史缺,台臣如故事,以名上,英宗皆不用,内批自除二人。范尧夫以江东转运判官为殿中侍御史,吕微仲以三司盐铁判官为监察御史。里行得人之效,乃见于再世二十年之后,古未有也。

唐制,诏敕号令皆中书舍人之职,定员六人,以其一人为知制诰,以掌进画。翰林学士初但为文辞,不专诏命。自校书郎以上,皆得为之。班次各视其官,亦无定员,故学士入,皆试五题,麻诏敕诗赋,而舍人不试。盖舍人乃其本职,且多自学士迁也。学士未满一年,犹未得为知制诰,不与为文。岁满,迁知制诰,然后始并直。本朝既重学士之选,率自知制诰迁,故不试,而知制诰始亦循唐制不试。雍熙初年,太宗以李文靖公沆及宋湜王化基为之。化基上章辞不能,乃使中书并召试制诰二首,遂为故事。其后梁周翰、薛映、梁鼎亦或不试而用,欧阳文忠公记唯公与杨文公、陈文惠公三人者,误也。

唐御膳以红绫饼馂为重。昭宗光化中放进士榜,得裴格等二十八人,以为得人。会燕曲江,乃令大官特作二十八饼馂赐之。卢延让在其间,后入蜀,为学士。既老,颇为蜀人所易。延让诗素平易近俳,乃作诗云:"莫欺零落残牙齿,曾吃红绫饼馂来。"王衍闻之,遂命供膳,亦以饼馔为上品,以红罗裹之。至今蜀人工为饼馔,而红罗裹其外,公厨大燕,设为第一。

　　吴正肃公育罢政事,守蔡州。尝即州宅为容斋,自序其意,以为上为天子所容,中为士大夫所容,下为吏民所容。又谓知足而心虚旷,然后能容。达生以为寓,则无往而不容,且作诗著之。余为蔡守时已不复存,物色其处,西北隅仅有屋四楹,深不满三丈,手可及檐,意以为是。乃稍修葺之,不敢加其旧,以见公之志。遣人洛中求公集,得所作诗,因刻之壁间。高贤遗迹,世不多有,况公之名德风节,相去未百年,而来者曾不经意,况求其所用心也哉。

　　嘉祐中,邕州佛寺塑像其手忽振动,昼夜不止。未几,交趾入寇,城几陷。其后又动,而侬智高反,围城,卒陷之,屠其城去。熙宁元年又动,郡守钱师孟知其不祥,亟取投之江中,遂无他。物理不可解,佛岂为是也哉!以五行传推之,近土失其性也。余在江东宣州,大火几焚其半。前此亦有铁佛坐高丈余,而身忽迭前,迭却若俯,而就人者数日。土人方骇,既而火作,盖几邕州之异也。

　　本朝大乐循用王朴旧律,大抵失于太高,其声噍杀而哀。太祖时,和岘既下一律。景祐中,李照校古制,以为高五格,又请下其三。乐成,反低,人不以为然,废不用。皇祐初,阮逸、胡瑗再定,比和岘止下一律,议者亦不以为善也。燕乐律亦高,歌者每苦其难继,而未有知之者。熙宁末,教坊副使苑日新始献言,谓方响尤甚,与丝竹不协,乃使更造方响,以准诸音,于是第降一律。讫,后用之至崇宁云。

　　大乐旧无匏土二音,笙竽但如今世俗所用。笙以木刻其本,而不用匏。埙亦木为之。是八音而为木者三也。元丰末,范蜀公献《乐书》以为言而未及行,至崇宁更定大乐,始具之。旧又无簴,至是亦备。虽燕乐,皆行用。

　　国朝馆职、制科及进士第一人试用既有常法,余皆以大臣荐其所知而无定制。制科既改用策论,而进士第一人与大臣所荐犹循用诗赋。治平之末,英宗患人材少,始诏宰相参知政事各举五人。时韩魏公、曾鲁公为宰相,欧文忠公、赵康靖公为参政,共荐二十人。未及召试,而当神宗即位,乃先择其半,与府界提点陈子东奏事称旨,特命附试者十一人皆入馆。吴申为御史，言诗赋不足得士，请自是杂以经史、时务，试论策。乃命罢诗赋，试以策论二道。然而终神宗之世未尝行。盖自更官制，在内者与职事官杂除，在外赏劳以为贴职者，但以为宠也。元祐初，举行治平故事，而通命知枢密院与同知亦荐，遂用熙宁之令，试策一道。绍圣后不复行。四十年间，唯治平、元祐两见而已。盖必欲得材而慎其选，自不能数也。

世言不服药胜中医，此语虽不可通行，然疾无甚苦，与其为庸医妄投药反败之，不但为无益也。吾阅是多矣。其次有好服食，不量己所宜，但见他人得效，从而试之，亦或无益而反有害。魏晋间尚服寒食散，通谓之服散。此有数方，孙真人并载之《千金方》中，而皇甫谧服之，遂为废人。自言性与之忤，违错节度。隆冬裸袒，食冰当暑，甚至悲恚欲自杀，此岂可不慎哉！王子敬有帖云"服散发者，亦是数见"。言服者而不闻有甚利，其为害之甚，乃有如谧。此好服食之弊也。吾少不多服药，中岁以后，或有劝之少留意者。往既不耐烦，过江后亦复难得药材。每记《素问》"劳佚有常，饮食有节"八言，似胜服药也。

韩退之《孔戣墓志》言，古之老于乡者将自佚，非自苦。闾井田宅具在，亲戚之不仕，与倦而归者不在东阡，则在北陌，可杖屦来往也。谓戣为无是欲留之，此姑为说以留戣可也。若必待此而后可去，岂善为戣计者耶！戣时年七十三，归不及岁而卒。如退之所云"闾井田宅"、"亲戚"，谁且无之？顾不必尽求备。能如戣毅然刚决，固已晚矣，若又不能，是终不可去乎！王述乞骸骨自叙其曾祖昶与魏文帝笺曰："南阳宗世林，少得好名，州里瞻敬。年老汲汲自励，恐见废弃，时人咸共笑之。"若天假其寿，致仕之年不为此公婆娑之事。述时年六十三，辞情慷慨，自出其志，是以卒能践之，不但为美谈也。

阮裕为临海太守，召为秘书监，不就。复为东阳太守，再拜为侍中，又不就，遂还剡中以老。或问裕屡辞聘召而宰二郡，何耶？曰："非敢为高。吾少无宦情，兼拙于人间。既不能躬耕，必有所资，故曲躬二郡，岂以骋能私计故尔？"人情千载不远，吾自大观后，叨冒已多，未尝不怀归，而家旧无百亩田。不得已，犹为汝南、许昌二郡，正以不能无资，如裕所云。既罢许昌，俸廪之余，粗可经营了伏腊，即不敢更怀轩冕之意。今衣食不至乏绝，则二郡之赐也。但吾归而复出，所得又愈于前，则不能无愧于裕。

楚州紫极宫有小轩，人未尝至。一日，忽壁间题诗一绝，云："宫门闲一入，独凭阑干立。终日不逢人，朱顶鹤声急。"相传以为吕洞宾也。余尝见之，字无异处，亦已半剥去。土人有危疾，刓其黑服，如黍粟，服之皆愈。近世有孙卖鱼者，初以捕鱼为业，忽弃之而发狂，人始未之重。稍言灾福，无不验者，遂争信之。昼往来人家，终日不停足，夜则宿于紫极宫。灾福无不可问，或谬发于语言，或书于屋壁。或笑，或哭，皆不可测。久而推其故，皆有为也。宣和末，尝召至京师，狂言自若。或传其语有讥切者，罢归，固与当时流辈异矣。兵兴，不知所终。

常闻范尧夫每仕京师，早晚二膳，自己至婢妾，皆治于家，往往镌削，过为简俭，有不饱者。虽晚登政府，亦然。补外则付之外厨，加料几倍，无不厌饫。或问其故。曰："人进退虽在己，然亦未有不累于妻孥者。吾欲使居中则劳，且不足，在外则逸而有余，故处吾左右者，朝夕所言必以外为乐，而无顾恋京师之意，于吾亦一佐也。"前辈严于出处，每致其意如此。

张湛授范宁目痛方云："损读书一，减思虑二，专内视三，简外视四，且晚起五，夜早眠六。凡此六物，熬以神火，下以气簁，蕴于胸中七日，然后纳诸方寸。修之一时，近能数其目睫，远视尺棰之余。长服不已，洞见墙壁之外，非但明目，亦可延年。"此虽戏言，然治目实无逾此六者。吾目昏已四年，自去年尤甚，而今夏复加之赤眚。此六物讫不能兼用，故虽杂服他药，几月犹未平。因省平生所用目力，当数十倍他人，安得不敝？岂草木之味自外至者，所能复补湛？历数自阳里子、东门伯、左丘明、杜子夏、郑康成、高堂隆、左太冲七人嘲之。阳里子、东门伯不可知，而丘明以下五人，未有非读书者，安可不惧？要须尽用其方，不复加减，乃有验也。

杜牧作《李戡墓志》，载戡诋元白诗语，所谓非庄人雅士所为、淫言媟语入人肌肤者，元稹所不论，如乐天讽谏、闲适之辞，可概谓"淫言媟语"耶？戡不知何人，而牧称之过甚。古今妄人不自量，好抑扬予夺而人辄信之类尔。观牧诗纤艳淫媟，乃正其所言而自不知也。《新唐书》取为牧语，论《乐天传》，以为救失不得不然，益过矣。牧记戡母梦有伟男子持婴儿授之，云："予孔丘以是与尔。"及生戡，因字之夫授。晁无咎每举以为戏，曰："孔夫子乃为人作九子母耶？"此必戡平日自言者，其诡妄不言可知也。

李伯时初喜画马，曹、韩以来未有比也。曹辅为太仆少卿。太仆视他卿寺有廨舍，国马皆在其中。伯时每过之，必终日纵观，有不暇与客语者。法云圜通秀禅师为言："众生流浪转徙，皆自积劫习气中来。今君胸中无非马者，得无与之俱化乎？"伯时惧，乃教之，使为佛像，以变其意。于是深得吴道子用笔意。晚作《华严经》八十卷变相，李冲元书其文，备极工妙。不及终而以末疾废，重自太息。既不复能画，乃反厚以金帛求其所画在人者藏之，以示珍贵。宣和间，其画几与吴生等，有持其一二纸取美官者踵相继，而伯时无恙时，但诸名士鉴赏，得好诗数十篇尔。

杜牧记刘昌守宁陵，斩孤甥张俊事，史臣固疑之，然但以理推，未尝以《李希烈传》考之也。希烈围宁陵时，守将高彦昭，昌乃其副，贼坎城登之。昌盖欲引去，从刘元佐请兵，出不意以捣贼。彦昭誓于众曰："中丞欲示弱，覆而取之，诚善。然我为守将，得失在生人。今士创重者须供养，有如弃城去，则伤者死内，逃者死外，吾众尽矣。"于是士皆感泣，请留。昌大惭。则全宁陵，昌安得全攘其功耶？计刘元佐间能拒守当在彦昭，不在昌也。牧好奇意，欲造作语言为文字，故不复审虚实。希烈围宁陵四十日，而谓之三月；城不陷，以元佐救兵至，败希烈，而云韩晋公以强弩三千，希烈解围，皆非是。士固有幸不幸，高彦昭不得立传，计是官不至甚显而死，故昌得以为名。赵充国云："兵者，国之大事，当为后法。"昌为将固多杀，正使有之犹不足为法，况未必有。聊为辨正，以信史氏之说。

张文孝公观一生未尝作草字，杜祁公一生未尝作真字。文孝尝自作诗云："观心如止水，为行见真书。"可见其志也。祁公多为监司，及帅在外，公家文移书判皆作草字。人初不能辨，不敢白，必求能草书者问焉。久之，乃稍尽解。世言书札多如其为人，二公皆号重德，而不同如此，或者疑之。余谓文孝谨于治身，秋毫不敢越绳墨，自应不解作草字。祁公虽刚方清简，而洞晓世故，所至政事号神明，迎刃而解，则疏通变化，意之所乡，发于书者，宜亦似之也。

唐僧能书者三人：智永、怀素、高闲也。智永书全守逸少家法，一画不敢小出入。千文之外，见于世者亦无他书。相传有八百本。余所闻存于士大夫家者尚七八本，亲见其一于章申公之子择处。逸少书至献之而小变，父子自不相袭。唐太宗贬之太过，所以惟藏逸少书，不及献之。智永真迹深稳精远，不如世间石本用笔太碍也。怀素但传草书，虽自谓恨不识张长史，而未尝秋毫规模长史，乃知万事必得之于心，因人则不能并立矣。章申公家亦有怀素千文，在其子授处。今二家各藏其半，惜不得为全物也。高闲书绝不多见，惟钱彦远家有其"为史书当慎其遗脱"八字，如掌大，神彩超逸，自为一家。盖得韩退之序，故名益重尔。

叶源，余同年生。自言熙宁初，徐振甫榜已赴省试，时前取上舍优等久矣。省中策问交趾事，茫然莫知本末。或告以见马援传者，亟录其语用之，而不及详，乃误以援为愿，遂被黜。方新学初，何尝禁人读史，而学者自尔。源言之，亦自以为不然，故更二十年始得第。崇宁立三舍法，虽崇经术，亦未尝废史，而学校为之师长者本自其间出，自知非所学，亦幸时好以倡其徒，故凡言史，皆力诋之。尹天民为南京教授，至之日悉取《史记》而下，至《欧阳文忠集》焚讲堂下，物论喧然。未几，天民以言事罢。

政和间，大臣有不能为诗者，因建言诗为元祐学术，不可行。李彦章为御史，承望风旨，遂上章论陶渊明、李杜而下，皆贬之。因诋黄鲁直、张文潜、晁无咎、秦少游等，请为科禁。故事，进士闻喜燕例赐诗以为宠。自何丞相文缜榜后，遂不复赐，易诏书以示训戒。何丞相伯通适领修敕令，因为科云："诸士庶传习诗赋者杖一百。"是岁冬，初雪。太上皇意喜，吴门下居厚首作诗三篇以献，谓之"口号"。上和赐之。自是圣作时出，讫不能禁，诗遂盛行。至于宣和之末，伯通无恙时，或问"初设刑名，将何所施？"伯通无以对，曰："非谓此诗，恐作律赋省题诗害经术尔。"而当时实未有习之者也。

吴门下喜论杜子美诗，每对客，未尝不言。绍圣间为户部尚书，叶涛致远为中书舍人待漏院，每从官晨集，多未厌于睡，往往即坐倚壁假寐，不复交谈。惟吴至则强之与论杜诗不已，人以为苦，致远辄迁坐于门外檐次。一日，忽大雨瓢洒，同列呼之不至，问其故，曰："怕老杜诗。"梁中书子美亦喜言杜诗，余为中书舍人时，梁正在本省，每同列相与白事，坐未定，即首诵杜诗，评议锋出，语不得间。往往迫上马，不及白而退。每令书史取其诗稿示客，有不解意以录本至者，必瞋目怒叱曰："何不将我真本来！"故近岁谓杜诗人所共爱，而二公知之尤深。

欧阳文忠公为举子时，客随州，秋试作《左氏失之诬论》，云："石言于晋，神降于莘，内蛇斗而外蛇伤，新鬼大而故鬼小。"主文以为一场警策，遂擢为冠。盖当时文体云然，胥翰林偃亦由是知之。文章之弊，非公一变，孰能遽革？词赋以对的而用事切当为难。张正素云：庆历末有试《天子之堂九尺赋》者，或云："成汤当陛而立，不欠一分；孔子历阶而升，止余六寸。"意用《孟子》曹交言成汤九尺，《史记》孔子九尺六寸事。有二主司，一以为善，一以为不善。争，久之不决，至上章交讼。传者以为笑。若论文体，固可笑；若必言用赋取人，则与欧公之论何异，亦不可谓对偶不的而用事不切当也。唐初以明经、进士二科取士，初不甚相远，皆帖经文而试时务策，但明经帖文通而后口问大义，进士所主在策，道数加于明经，以帖经副之尔。永隆后，进士始先试杂文二篇。初无定名，《唐书》已不记诗赋所起，意其自永隆始也。

吴下全盛时，衣冠所聚，士风笃厚，尊事耆老。来为守者，多前辈名人，亦能因其习俗以成美意。旧通衢皆立表揭为坊名，凡士大夫名德在人者，所居往往因之以著。元参政厚之居名衮绣坊；富秘监严居名德寿坊；蒋密学堂居尝产芝草，名灵芝坊；范侍御师道居名豸冠坊；卢龙图秉居奉其亲八十余，名德庆坊；朱光禄□居有园池，号乐圃坊。临流亭馆以待宾客舟航者，亦或因其人相近为名。褒德亭以德寿富氏也，旌隐亭以灵芝蒋氏也，蒋公盖自名其宅前河为招隐溪，来者亦不复敢辄据。此风惟吾邦见之，他处未必皆然也。

李公武尚太宗献穆公主，初名犯神宗嫌名，加赐上字遵。好学，从杨大年作诗，以师礼事之，死为制服。士大夫以此推重。私第为闲燕、会贤二堂，一时名公卿皆从之游。卒谥和文。外戚未有得文谥者，人不以为过。其后李用和之子玮复尚真宗福康公主，故世目公武为老李驸马，所居为诸主第一。其东得隙地百余亩，悉疏为池，力求异石名木，参列左右，号静渊庄，俗言李家东庄者也。宣和间，木皆合抱，都城所无有。其家以归有司，改为撷芳园。后宁德皇后徙居，号宁德坊。

李公武既以文词见称诸公间，杨大年尝为序其诗，为《闲燕集》二十卷。柴宗庆亦尚太宗鲁国公主，贪鄙粗暴，闻公武有集，亦自为诗，招致举子无成者相与酬唱。举子利其余食，争言可与公武并驰。真宗东封亦尝献诗，强大年使为之序。大年不得已为之，遂亦自名其诗为《平阳登庸》一集，镂板以遗人，传者皆以为笑。

庄子言蹈水有道，曰："与济俱入，与汩偕出。"郭象以为磨翁而旋入者，济也；回伏而涌出者，汩也。今人言汩没，当是浮沉之意。

太宗敦奖儒术，初除张参政洎、钱枢密若水为翰林学士，喜以为得人，谕辅臣云："学士清切之职，朕恨不得为之。"唐故事，学士礼上，例弄猕猴戏，不知何意？国初久废不讲，至是乃使敕设日举行而易以教坊杂手伎，后遂以为例，而余为学士时但移开封府呼市人，教坊不复用矣。既在禁中，亦不敢多致，但以一二伎充数尔。大观末，余奉诏重修《翰林志》，尝备录本末。会余罢，书不克成。

吕文穆公父龟图与其母不相能，并文穆逐出之，羁旅于外，衣食殆不给。龙门山利涉院僧识其为贵人，延致寺中，为凿山岩为龛居之。文穆处其间九年乃出，从秋试，一举为廷试第一。是时会太宗初与赵韩王议，欲广致天下士以兴文治而志在幽燕，试《训练将士赋》。文穆辞既雄丽，唱名复见容貌伟然。帝曰："吾得人矣。"自是七年为参知政事，十二年而相。其后诸子即石龛为祠堂，名曰肄业，富韩公为作记云。

吕文穆公既登第，携其母以见龟图，虽许纳之，终不与相见，乃同堂异室而居。贾直孺母少亦为其父所出，更娶他氏。直孺登第，乃请奉其出母而归，与其后母并处。既贵，二母犹无恙，并封。二人皆廷试第一，虽为出母之荣，而父子之间礼经所无有者，处之各尽人情，为难能也。

《唐书·李藩传》记笔灭密诏王锷兼宰相事，《会要》崔氏论史官之失，其说甚明。而《新史》犹载之，岂未尝见崔所论耶？然即本传考之，藩为相，既被密旨，有不可，封还可也，何用更灭其字？自可见其误矣。给事中批敕事亦非是。唐制，给事中诏敕，有不便，得涂窜奏还，谓之涂归。此乃其职事，何为吏惊请联他纸？藩，名臣，二事尤伟而皆不然。成人之美者固所不惜，但事当核实尔。吾谓此本出批敕一事，盖虽有故事，前未有能举其职者，至藩行之，吏所以惊。后之美藩者，因加以联纸之言，又益而为王锷事，不知适为藩累也。据《王锷传》，锷自河东节度使加平章事，《会要》以为元和五年，正藩为相时。大抵《新史》自相抵牾，类如此。

唐以金紫银青光禄大夫皆为阶官，此沿袭汉制金印紫绶、银印青绶之称也。汉丞相、太尉皆金印紫绶，御史大夫银印青绶。此三府官之极崇者。夏侯胜云："经术苟明，取青紫如拾地芥。"盖谓此也。颜师古误以青紫为卿大夫之服，汉卿大夫盖未服青紫，此但据师古当时所见尔。古者官必佩印，有印则有绶。魏晋后既无佩印之法，唐为此名固已非矣，而品又在光禄大夫之下。汉光禄大夫秩比二千石，本以掌宫门为职，初非所贵重，何以是为升降乎？古今名号沿革颠倒错忤，盖不胜言，独怪元丰官制诸儒考核古今甚详，亦循而弗悟，故遂为阶官之冠。

《汉书·李陵传》言全躯保妻子之臣，随而媒糵其短，孟康注以酒酵为媒，曲为糵。师古引齐人名曲饼为媒，谓若酿成其罪者。宋景文公好造语。唐《新史》记程元振恶李光弼，言媒蝎以疑之，不知别有据耶？抑以意自为也。《春秋外传》有云蝎譖焉避之者。蝎音曷，木蠹也。言譖由中出如蠹然。或谓取诸此，然亦奇矣。

旧说崔慎为瓦棺寺僧后身，崔慎父为浙西观察使时生慎，至七岁，犹未食肉。忽有僧见之，捆其口曰："既要他官爵，何不食肉？"自是乃食荤。凡世间富贵人多自修行失念中来，或世缘未绝，有必偿之不可逃者。房次律为永禅师后身，前固有言之者矣。第崔所为略无修行之证，何但官爵一念失差也。往在丹徒常记与叶致远会甘露寺，坐间有举此事者。致远时有所怀，忽忿然作色曰："吾谓僧亦未是明眼人，不食肉安足道？何以不待其末年，执之十字路口，痛与百掴，方为快意？"闻者绝倒。

国初州郡贡士犹未限数目，自太宗始有意广收文士。于是为守者率以得士多为贵。淳化三年，试礼部遂几二万人。自后未有如是盛者。时钱枢密若水知举，廷试取三百五十三人。孙何为第一，而丁晋公、王冀公、张邓公三宰相在其间。

晋宋间佛学初行，其徒犹未有僧称，通曰道人，其姓则皆从所授学。如支遁本姓关，学于支谦为支，帛道猷本姓冯，学于帛尸梨密为帛是也。至道安始言佛氏释迦，今为佛子，宜从佛氏，乃请皆姓释。世以释举佛者，犹言杨、墨、申、韩。今以为称者，自不知其为姓也。贫道亦是当时仪制定以自名之辞不得不称者，疑示尊礼，许其不名云耳。今乃反以名相呼而不讳，盖自唐已然，而贫道之言废矣。

吕许公初荐富韩公出使，晏元献为枢密使，富公不以嫌辞，晏公不以亲避，爱憎议论之际，卒无秋毫窥其间者。其直道自信不疑，诚难能也。及使还，连除资政殿学士。富公始以死辞，不拜。虽义固当，然其志亦有在矣。未几，晏公为相，富公同除枢密副使。晏公方力陈求去，不肯并立。仁宗不可，遂同处二府，前盖未有此比也。

张司空齐贤初被遇太宗，骤至签书枢密院。会北伐契丹，代州正当房冲而杨继业战殁，帝忧甚，求守者。齐贤自请，行。既至，果大败房众。时母晋国大夫人孙氏年八十余，尚无恙。帝数召至宫中，眷礼甚厚，如家人。朝散郎仲咨，其曾孙也。尝出帝亲札回赐孙氏一诗示余，云："往日贫儒母，年高寿太平。齐贤行孝侍，神理甚分明。"又有一幅云："张齐贤拜相，不是今生宿世遭逢，本性于家孝，事君忠，婆婆老福，见儿荣贵。"齐贤还自代州，遂入相。圣言简质，不为文饰，群臣安得不尽心乎？诗、诏其家有石刻，士大夫罕见之者。

国朝宰相致仕，从容进退，享有高寿。其最著者六人。张邓公八十六,陈文惠八十二,富韩公八十一,杜祁公八十,李文定七十七,庞颖公七十六,文潞公虽九十二,而晚节不终,士论惜之。张邓公仍自相位得谢,尤为可贵。

韩建粗暴好杀而重佛法。治华州,患僧众庞杂,犯者众。欲贷之,则不可尽;治之,则恐伤善类。乃择其徒有道行者使为僧正,以训治之,而择非其人,反私好恶予夺,修谨者不得伸,犯法者愈无所惮。建久之乃悟。一日忽判牒云:“本置僧正,欲使僧正。僧既不正,何用僧正,使僧自正。”传者虽笑,然以为适中理。

明皇幸蜀图,李思训画,藏宗室汝南郡王仲忽家。余尝见其摹本,方广不满二尺,而山川云物、车辇人畜、草木禽鸟无一不具。峰岭重复,径路隐显,渺然有数百里之势,想见为天下名笔。宣和间,内府求画甚急,以其名不佳,独不敢进。明皇作骑马像,前后宦官宫女导从略备。道旁瓜圃,宫女有即圃采瓜者,或讳之为摘瓜图,而议者疑。元稹《望云骓歌》有“骑骡幸蜀”之语,谓仓卒不应仪物犹若是盛,遂欲以为非幸蜀时事者,终不能改也。山谷间民皆冠白巾,以为蜀人为诸葛孔明服,所居深远者,后遂不除,然不见他书。

欧文忠公初以张氏事,当权者幸,以诬公,亟命三司户部判官苏安世为诏狱,与中贵人杂治,冀以承望风旨。中外谓公必不能免,而安世秋毫无所挠,卒白公无他。当权者大怒,坐责泰州监税,五年不得调。后治狱者,亦不过文致公贷用张氏奁具物坐贬尔。安世寻卒于至和间,终广西转运使。官既不甚显,世无知之者。其为人亦自廉直而敏于事,不磨勘者十五年。王文公为墓志,仅载其事。

吕许公在相位,以郊礼特加司空,力辞,不拜。既病,归政事,仁宗眷之犹厚,乃复除司空平章军国重事,三五日一造朝。有大事及边机,许宰执就第咨访,前无是比也。元祐初,晦叔辞位,遂用故事,以文潞公平章重事,而晦叔亦拜司空平章事,遂践世官,尤为盛事。

卷四

《禹贡》导漾东流为汉，又东为沧浪之水。沧浪，地名作水名也。孔氏谓汉水别流在荆州者。《孟子》记《孺子之歌》所谓"沧浪之水可以濯缨"者，屈原《楚辞》亦载之。此正楚人之辞。苏子美卜居吴下，前有积水即吴王僚开以为池者，作亭其上，名之曰沧浪。虽意取濯缨，然似以沧浪为水渺弥之状，不以为地名，则失之矣。沧浪犹言嶓冢桐柏也。今不言水而直曰嶓冢桐柏，可乎？大抵《禹贡》水之正名而不可单举者，则以水足之。黑水、弱水、沣水之类是也。非水之正名而因以为名，则以水别之，沧浪之水是也。沇水伏流至济而始见，沇亦地名，可名以济，不可名以沇，故亦谓之沇水，乃知圣贤一字，未尝无法也。

桑钦为《水经》，载天下水甚详，而两浙独略。浙江谓之渐江，出三天子都。钦，北人，未尝至东南，但取《山海经》为证尔。《山海经》三天子都在彭泽，安得至此？今钱塘江乃北江之下流，虽自彭泽来，盖众江所会，不应独取此一水为名。余意"渐"字即"浙"字，钦误分为二名。郦元注引《地理志》，浙江出丹阳黟县，南蛮中者是矣。即今自分水县出桐庐号歙港者，与衢婺之溪合而过富阳以入大江。大江自西来，此江自东来，皆会于钱塘，然后南趋于海。然浙江不见于《禹贡》，以钱塘江为浙江始见于《秦纪》，而衢婺诸水与苕、霅两溪等不见于《水经》者甚多，岂以小遗之，抑不及知耶？余守钱塘，尝取两路山水证其名实，质诸耆老，颇得其详，欲使好事者类为一书，以补桑、郦之阙。会兵乱，不及成也。

颜鲁公《吴兴地》记乌程县境有颛顼冢。《图经》云，晋初衡山见颛顼冢，有营丘图。衡山在州之东南。《春秋传》所谓楚子伐吴，克鸠兹至于衡山者也，今谓之横山。或疑颛顼都帝丘，今濮州，是无缘冢在此。古今流传虽不可尽信，然舜葬苍梧，禹葬会稽，何必其都耶？今州之西南有杼山，亦隶乌程。其旁有夏驾山夏王村，相传以为夏杼巡狩所至。杼,夏之七王也。禹葬会稽则杼之至此,固无足怪。庸俗之言,未可为全无据也。越王勾践本禹之后,盖吴越在夏,皆中国地。其后习于用夷,故商周之间变而为夷,岂真夷狄也哉!六合之大,自开辟以来,迭为华夷,不知其几变。如幽燕故壤沦陷不满二百年,已不复名为中国矣,而闽、广、陇、蜀列为郡县者,亦安知秦汉之前,非皆夷狄耶?

三江既入,震泽底定。孔氏以太湖为震泽而不名三江,意若以北江、中江与南江为三江,在荆州之分,汉沱参流则别为三;在扬州之分,因入于海则合于一。所谓北江者,今丹阳而下,钱塘皆是也。孔氏本未尝至吴,故其解北江以为自彭蠡江分为三,入震泽为北江入海,不知北江本不与震泽相通,以太湖为震泽,亦非。《周官》九州有泽薮,有川有浸。扬州泽薮为具区,其浸为五湖。既以具区为泽薮,则震泽即具区也。太湖乃五湖之总名耳。凡言薮者,皆人资以为利,故曰薮,以富得名,而浸则但水之所钟也。今平望八尺震泽之间水弥漫而极浅,与太湖相接。自是入于太湖,自太湖入于海,虽浅而弥漫,故积潦暴至,无以泄之,则溢而害田,所以谓之震,犹言三川皆震者。然蒲鱼莲茨之利,人所资者甚广,亦或可堤而为田,与太湖异,所以谓之泽薮。他州之泽无水暴至之患,则为一名而已,而具区与三江通塞为利害,故二名以别之。《禹贡》方以既定为义,是以言震泽而不言具区,此非吴越之人不知,而先儒皆北人,但据文为说,宜其显然失之地里而不悟也。

三江与震泽相通者,或泄震泽而入海,或合震泽而入海。其一为吴淞江固无疑矣,其二不可名。今青龙、华亭、昆山、常熟,皆有江通海,与震泽连,意必在其间。韦昭言浙江、浦阳松江者,其妄固不待较,而王氏言入者亦不可为入海。凡言入于渭,入于河,皆由之以往,言其终也。三江既自为别,水非有所从来。前既未尝言入于海,不得直言入,乌知入之为入海?但文适同耳。当如既陂、既泽、既导、既潴之类,各就其本水言之。既入若言由地中行也。凡傍海之江皆狭,非大江比。海水两潮相往来,始至而悍激,则与沙俱至。既退而缓,则留其沙而水独返,故不过三五岁,即淤浸障塞。水不入于江,则不能通于海，震泽受之而为害。若江水自由地中行，各分而入海，震泽安得有决溢耶？

侯公说项羽事，《汉书》载本末不甚详。高祖以口舌远之，诚难能也，然世或恨其太寡恩。余家有汉金乡侯长君碑云："讳成，字伯盛。山阳防人。汉之兴也，侯公纳策济太上皇于鸿沟之厄，谥安国君。曾孙辅封明统侯。光武中兴，玄孙霸为大司徒，封於陵侯，枝叶繁盛。或家河随，或邑山泽。"然后知高祖所以待侯公者亦不薄，唯不用之而已。汉初群臣未有封侯者，一时有功，皆旋赐之美名，号曰君，有食邑。娄敬封奉春君，富贵衣食之。盖所以待君子小人者不以私恩，皆高祖所以能取天下也。其传至曾孙而得侯，尚高祖之遗意耶。《后汉·侯霸传》，河南密人，不言为侯公后，但云族父渊。元帝时宦者佐石显等领中书，号太常侍，霸以其仕为太子舍人，盖史之阙也。汉之遗事，古书无复可见，而偶得于此，知藏碑不为无补也。

高祖终身不见侯公固善，然史不当遂没其事。刘原甫尝代侯公说项羽辞，其文甚美。原甫盖精于西汉者也，然吾尝谓太公、吕后在羽军中二年，以兵相攻，遂一胜一负，略相当，高祖泰然示之，若不急于太公者。广武之役方数之十罪，虽欲烹太公而不顾，此岂真忘其父哉！知羽未有胜我之策，而我有灭羽之计，羽必不敢害太公也。及杀龙且，枭塞王欣，分韩信、彭越、黥布以王关东，厚抚军士以收四方之心，形势已成，羽援寡食尽，故以中分天下啖之，盖察其为人仁柔而贪。仁柔则难于轻绝我，贪则利于分天下。其谋一定，然后遣使，一不中而再，其于太公殆直取之耳。侯公亦会是成功也。然苟非其人，亦不能成其意，此陆贾所以不能，而侯公能之也。汉初从高祖者又有肃公、薛公、枞公，史皆失其名，知高祖之养士以待缓急之用者非一途也。

东汉郑均致仕，章帝赐尚书，禄终其身，时号白衣尚书，则汉致仕无禄也。唐制亦然，而时有特给者。

本朝宰相以三师致仕者，元丰以前惟三人：赵韩王太师、张邓公太傅、王魏公太保。元丰末，文潞公始以太师继之。

范蜀公素不饮酒，又诋佛教。在许下与韩持国兄弟往还，而诸韩皆崇此二事。每燕集，蜀公未尝不与极饮尽欢，少间则必以谈禅相勉。蜀公颇病之。苏子瞻时在黄州，乃以书问救之当以何术，曰："曲蘖有毒，平地生出醉乡。土偶作祟，眼前妄见佛国。"子瞻报之曰："请公试观能惑之性何自而生，欲救之心，作何形相。此犹不立，彼复何依？正恐黄面瞿昙亦须敛衽，况学之者耶？"意亦将有以晓公，而公终不领，亦可见其笃信自守，不肯夺于外物也。子瞻此书不载于集。

苏子瞻元丰间赴诏狱，与其长子迈俱行。与之期，送食惟菜与肉，有不测，则彻二物而送以鱼。使伺外间以为候，迈谨守。逾月，忽粮尽，出谋于陈留，委其一亲戚代送而忘语其约。亲戚偶得鱼鲊送之，不兼他物。子瞻大骇，知不免，将以祈哀于上，而无以自达，乃作二诗寄子由，祝狱吏致之，盖意狱吏不敢隐，则必以闻。已而果然，神宗初固无杀意，见诗益动心。自是遂益欲从宽释，凡为深文者，皆拒之。二诗不载集中，今附于此："柏台霜气夜凄凄，风动琅珰月向低。梦绕云山心似鹿，魂飞汤火命如鸡。额中犀角真吾子，身后牛衣愧老妻。他日神游定何所，桐乡应在浙江西。""圣主如天万物春，小臣愚暗自亡身。百年未了须还债，十口无家更累人。是处青山可藏骨，他时夜雨独伤神。与君今世为兄弟，更结来生未了因。"

北苑茶土所产为曾坑，谓之正焙。非曾坑为沙溪，谓之外焙。二地相去不远，而茶种悬绝。沙溪色白过于曾坑，但味短而微涩，识茶者一啜即知，如别泾渭也。余始疑地气土宜不应顿异如此，及来山中，每开辟径路，刲治岩窦，有寻丈之间土色各殊，肥瘠、紧缓、燥润，亦从而不同。并植两木于数步之间，封培灌溉略等，而生死丰瘁如二物者。然后知事不经见，不可必信也。草茶极品惟双井、顾渚，亦不过各有数亩。双井在分宁县，其地属黄氏鲁直家也。元祐间，鲁直力推赏于京师，旅人交致之，然岁仅得一二斤尔。顾渚在长兴县，所谓吉祥寺也。其半为今刘侍郎希范家所有。两地所产，岁亦止五六斤。近岁寺僧之采者多不暇精择，不及刘氏远甚。余岁求于刘氏，过半斤则不复佳。盖茶味虽均，其精者在嫩芽。取其初萌如雀舌者，谓之枪。稍敷而为叶者，谓之旗。旗非所贵，不得已取一枪一旗犹可，过是则老矣。此所以为难得也。

柳公权记青州石末研墨易冷。冷字或为泠。凡顽石捍坚，磨墨者用力太过而疾，则两刚相拒，必热而沫起。俗言磨墨如病儿，把笔如壮夫。又云磨墨如病风手，皆贵其轻也。冷与泠二义不相远。石末本瓦研，极不佳，止青州有之。唐中世未甚知有端歙石，当是以瓦质不坚，磨墨无沫耳。物性相制，固有不可知者。今或急于磨墨而沫起，殆缠笔不可作字，但取耳中塞一粟许投之，不过一蓺，磨即不复见。顷墨工王湍言此，试之，果然。书几间，亦不可不知此。

赐告予告，孟康解《汉书》以为休假之名，非也。告者以假告于上，上从之而或赐或予，故因谓之告。左氏言韩献子告老，岂亦假耶？颜师古以为请谒之言，是也。然谓谢病谢事亦为告，则非是。谢者，置其事与言病而去尔。古文皆相因为义，自可以为意通，而说者每凿而附会，是以愈传而愈失也。

妇人以姓为称，故周之诸女皆言姬，犹宋言子，齐言姜也。自汉以来不复辨，类以为妇人之名，故《史记》言高祖居山东好美姬，《汉书·外戚传》云所幸姬戚夫人之类，固已失矣。注《汉书》者见其言薄姬、虞姬、戚姬、唐姬等，皆妾而非后，则又以为众妾之称。近世言妾者遂皆言姬，事之流传失实，每如是。今谓宗女为姬，亦因《诗》言王姬之误也。

俗言"忍事敌灾星"，此司空表圣诗也。表圣《休休亭记》自言尝为匪人所辱，宜以耐辱自警，因号耐辱居士，盖指柳璨，岂白马之祸。璨将为不利，有不得已而忍辱以免者，故为是言耶？《表圣传》见《五代旧史·梁书》，盖其卒在唐亡后也。然绝不能明其大节，至谓躁进矜伐，为端士所鄙。昭宗反正，召为兵部侍郎，谓己当为宰辅，为时要所抑，愤而谢病去。世之毁誉，相反如此。如表圣出处用心，而不见知于当世，犹至是乎。王元之为五代阙文，始力为之辨。方元之时，去五代尚未远，盖犹有所传闻。今《新唐书》所载，大抵多取于元之，故知君子但强于为善，是非之公要有不能终乱者，其久而必定也。

乐君，达州人，生巴峡间，不甚与中州士人相接，状极质野而博学纯至，先君少师特爱重之，故遣吾听读。今吾尚略能记六经，皆乐君口授也。家贫甚，不自经理。有一妻、二儿、一跛婢，聚徒城西，草庐三间，以其二处诸生，而妻子居其一。乐易坦率多嬉笑，未尝见其怒。一日过午未饭，妻使跛婢告米竭。乐君曰："少忍，会当有饷者。"妻不胜忿，忽自屏间跃出，取按上简击其首。乐君袒而走，仆于舍下。群儿环笑，掖起之。已而，先君适送米三斗。乐君徐告其妻曰："果不欺汝。饥甚，幸速炊。"俯仰如昨日，几五十年矣。每旦起，分授群儿经，口诵数百过不倦。少间，必曳履慢声抑扬，吟讽不绝。蹑其后听之，则延笃之书也。群儿或窃效靳侮之，亦不怒。喜作诗，有数百篇。先君时为司理，犹记其相赠一联云："末路清谈得陶令，他时阴德颂于公。"又《寄故人》云："夜半梦回孤月满，雨余目断太虚宽。"先君数称赏之，今老书生未有其比也。

往时南馔未通，京师无有能斫鲙者，以为珍味。梅圣俞家有老婢，独能为之。欧阳文忠公、刘原甫诸人每思食鲙，必提鱼往过圣俞。圣俞得鲙材，必储以速诸人，故集中有《买鲫鱼八九尾尚鲜活永叔许相过留以给膳》、又《蔡仲谋遗鲫鱼十六尾余忆在襄城时获此鱼留以迟永叔》等数篇。一日，蔡州会客，食鸡头，因论古今嗜好不同，及屈到嗜芰、曾晳嗜羊枣等事。忽有言欧阳文忠嗜鲫鱼者，问其故，举前数题曰："见《梅圣俞集》。"坐客皆绝倒。

元丰间，淮浙士人以疾不仕，因以行义闻乡里者二人，楚州徐积仲车，苏州朱长文伯原。仲车以聋，伯原以跛。其初皆举进士，既病，乃不复出。近臣多荐之，因得为州教授，食其禄，不限以任。伯原，吾乡里。其居在吾黄牛坊第之前，有园宅，幽胜，号乐圃。与林枢密子中尤厚善。绍圣间，力起为太学博士，迁秘书省正字，卒。仲车贫甚，事母至孝。父早弃家，不知所终。乃尽力于母。既死，图其像，日祭之，饮食皆持匕箸举进于像上若食之者，像率淋漓沾污。父名石，每行山间或庭宇，遇有石，辄跃以过，偶误践必呜咽流涕。好作诗，颇豪怪。日未尝辍，有六千余篇。每客至，不暇见，必辞以作诗忙，终于家。苏子瞻往来淮甸，亦致礼，以为独行君子也。

钱塘西湖旧多好事僧，往往喜作诗。其最知名者熙宁间有清顺、可久二人。顺字怡然，久字逸老，其徒称顺怡然、久逸老。所居皆湖山胜处，而清约介静，不妄与人交。无大故不至城市，士大夫多往就见。时有馈之米者，所取不过数斗，以瓶贮置几上，日取其三二合食之。虽蔬茹亦不常有，故人尤重之。其后有道潜。初无能，但从文士往来，窃其绪余，并缘以见当世名士，遂以口舌论说时事，讥评人物，因见推称。同时有思聪者，亦似之而诗差优。近岁江西有祖可、惠洪二人。祖可诗学韦苏州，优此数人。惠洪传黄鲁直法，亦有可喜而不能无道潜之过。祖可病癞死。思聪，宣和中弃其学为黄冠，又从而得官。道潜、惠洪皆坐累编置。风俗之变，虽此曹亦然。如顺、久，未易得也。

孙枢密固人物方重，气貌淳古，亦以至诚厚德名天下。熙宁间，神宗以东宫旧僚托腹心，每事必密询之。虽数有鲠论，而终不自暴于外。言一定，不复易。虽一日数返，守一辞不为多言。其子朴尝为人道其家庭之言曰："为人当以圣贤为师，则从容出于道德。若急于名誉，兀兀老死，不足学也。"故其秉政于元丰、元祐两朝间，皆未尝不为士大夫所推尊，而讫不为惊世骇俗之事。其名四子，长即朴，次名曰雍，曰野，曰峦，可见其志也。

居高山者常患无水。京口甘露、吴下灵岩，皆聚徒数百人而汲水于下，有不胜其劳者。今道场山亦无水，以污池积雨水供濯溉，不得已则饮。人无食犹可，水不可一日阙，但有水者，不知其为重尔。吾居东西两泉。西泉发于山足，蓊然澹而不流。其来若不甚壮，汇而为沼，才盈丈，溢其余流于外。吾家内外几百口，汲者继踵，终日不能耗一寸。东泉亦在山足，而伏流决为涧，经碧淋池，然后会大涧而出。傍涧之人取以灌园者，皆此水也。其发于上以供吾饮，亦才五尺。两泉皆极甘，不减惠山。而东泉尤冽，盛夏可冰齿，非烹茶、酿酒，不常取。今岁夏不雨几四十日，热甚。草木枯槁，山石皆可熏灼人。凡山前诸涧悉断流，有井者不能供十夫一日之用，独吾两泉略不加损。平居无水者，既患不能得水，有水而易涸者，方其有时，又以为常而不贵。今吾泉乃特见重艰于得水之时，故居者始知其利，盖近于有常德者，天固使吾有是居也哉！

李亘，字可久，兖州人。举进士，少好学，通晓世事。吾识之最早，知其卓然必有立者。吾守许昌，一旦冒大雪，自兖来见，留十日而去,未尝及世事,惟取古人出处所难明者,质疑于余。后为南京宁陵丞,徐丞相择之作尹,特爱之。及择之当国,寖用为郎官。建炎末,虏犯淮南,亘不及避地,久之不相闻。有言亘已屈节于刘豫者,余深以为不然。既而闻为豫守南京,且迁大名留守,余虽怅然,然念亘终必不忍至此。今春徐度自临安来,云见其乡人云,亘谋归本朝,已为豫族诛矣,不觉为流涕,乃知余信之为不谬。亘有知虑,见事速。此其间委折,必有可言者,恨知之未详也。

赵俊,字德进,南京人,与余为同年生。余自榜下不相闻,守南京始再见之。官朝奉郎。新作小庐,在城北。杜门,虽乡里不妄交。刘器之无恙时居河南,暇时独一过之。徐择之于乡人最厚,亦善俊。乃为丞相,乡人多随其材见用,俊未尝往求,择之亦忘之,独不得官。建炎末,金将南牧,或劝之避地。俊曰:“但固吾所守尔,死生命也,避将何之?”衣冠奔踣于道者相继,俊晏然安其居,卒不动。刘豫僭号,起为虞部员外郎,辞疾不受。以告畀其家,卒却之。如是再三,豫亦不复强。凡家书文字,一不用豫僭号,但书甲子。后三年,死。此亦徐度云。自兵兴以来,常恨未见以大节名世者,在建康得一人,曰通判府事杨邦乂,尝表诸朝,得谥而立庙祀。今又闻亘与俊皆故人,益可尚,世犹未有能少发明之者,他日当求其事,各为之作传。

蒋侍郎堂家藏杨文公与王魏公一帖,用半幅纸,有折痕。记其略云:“昨夜有进士蒋堂,携所作文来,极可喜,不敢不布闻。谨封拜呈。”后有苏子瞻跋云:“夜得一士,旦而告人,察其情,若喜而不寐者。”蒋氏不知何从得之,在其孙彝处也。世言文公为魏公客,公经国大谋,人所不知者,独文公得与观。此帖不特见文公好贤乐士之急,且得一士必亟告之。其补于公者固亦多矣。片纸折封尤见前人至诚,相与简易平实,不为虚文,安得复有隐情不尽,不得已而苟从者,皆可为后法也。

房次律为宰相当中原始乱时,虽无大功亦无甚显过。罢黜,盖非其罪,一跌不振,遂至于死,世多哀之。此固不幸,然吾谓陈陶之败亦足以取此。杜子美《悲陈陶》云:“孟冬十郡良家子,血作陈陶泽中水。野旷天清无战尘,四万义军同日死。”哀哉!此岂细事乎? 用兵成败,固不可全责主将，要之，非所长而强为之，胜乃其幸，败者必至之理，与故杀之无异也。次律之志岂不欲胜而强非其长，则此四万人之死，其谁当之乎？顾一跌犹未足偿。陆机河桥之役不战而溃者二十余万人，固未必皆死，然死者亦多矣。讼其冤者，孰不切齿孟玖，然不知是时机何所自信而敢遽当此任。师败七里涧，死者如积，涧水为不流。微孟玖，机将何以处乎？吾老出入兵间，未尝秋毫敢言尝试之意，盖尝谓陆机河桥之役、房琯陈陶之战，皆可为书生轻言兵者之戒，不论当时是非当否也。

兵兴以来，盗贼边骑所及无噍类。有先期奔避伏匿山谷林莽间者，或幸以免。忽襁负婴儿啼声闻于外，亦因得其处。于是避贼之人，凡婴儿未解事、不可戒语者，卒弃之道旁以去，累累相望。哀哉！此虎狼所不忍，盖事不得已也。有教之为绵球，随儿大小为之，缚置口中，略使满口而不闭气。或有力更预畜甘草末，临急时量以水渍，使咀味。儿口中有物实之，自不能作声，而棉软不伤儿口。或镂板以揭饶州道上。己酉冬，敌自江西犯饶信，所在居民皆空城去，颠仆流离道上，而婴儿得此全活者甚多。乃知虽小术亦有足活人者，君子可不务其大乎！此亦不可不知。许幹誉为余道，愿广此言，使人无不闻也。

三十年间，士大夫多以讳不言兵为贤，盖矫前日好兴边事之弊。此虽仁人用心，然坐是四方兵备纵弛不复振，器械刓朽，教场鞠为蔬圃。吾在许昌亲见之，意颇不以为然。兵但不可轻用，岂当并其备废之哉！乃为新作甲仗库，督掌兵官复教场，以日阅习。一日，王幼安见过，曰："公不闻邢和叔乎？非时入甲仗库检察，有密启之者，遂坐谪。"吾时中朝不相喜者甚众，因惧而止。后闻有欲以危言中吾者，偶不得，此亦天也。然自夷狄暴起，东南州郡类以兵不足用，且无器械，望风而溃者皆是。恨吾前日之志不终，然是时吾虽欲忘身为之，不过得罪，终亦必无补也。

孔孟皆力诋愿人，余少不能了，以为居之似忠信，行之似廉洁，终愈于不为忠信廉洁之人，何伤乎而疾之深也。既纵观古今君子小人情伪之际，然后知圣贤之言不徒发也。彼不为忠信廉洁者，其恶不过其身。人既晓然知之,则是非亦不足为之惑。乃非其情而矫为之,则名实颠倒、内外相反,苟用以济其奸何所不可为。方孔孟时,先王遗风余泽未远,犹有能察而知之者,所忧特贼德而已。后世先王之道知者无几,不幸染其习而勿悟,则将举世从之,《庄子》所谓"小惑易方,大惑易性"者,其为患岂胜言乎!

子贡问曰:"乡人皆好之,何如?"子曰:"未可也。""乡人皆恶之何如?"子曰:"未可也。不如乡人之善者好之,其不善者恶之。一乡之人未必皆善,亦未必皆不善。今无别于善恶而一皆好之,非乡原乎?"若反此,不幸非其罪而不善者恶之,则孟子所谓"自反而仁与礼者,虽以为禽兽可也"。若善者亦恶之则不可矣,故君子不畏不善人之所恶,而贵善人之所好,两者各当其分,则何择于好恶哉?然惟仁者能好人能恶人,则好恶非仁者未易得其正,亦必自知者明,自反者审,然后不为外之好恶所夺也。

阅所曝碑册,见李邕所作《张柬之碑》,读之终篇。五王与刘幽求等皆有社稷大功,然五王沉勇忠烈,非幽求辈险谲贪权、偶能济事者比。其间桓彦范与柬之尤奇材,可与姚崇相后先,盖皆本于学术,然其不幸智不及薛季昶敬晖,不能自免于祸,亦坐书生习气,仁而不能断也。幽求能劝彦范诛三思,非有以过二人,正以其一于前,无所顾避尔。柬之、彦范既欲成此,又欲全彼,其志岂不哀哉!然天下事要有不得已者,势必不能两立。若以柬之、彦范之材,而辅之幽求之决,岂特卒保其身,安得更有景龙事乎?世言废幽求等,坐姚崇不喜。非崇不能容,乃所以全之也。村校中教小儿诵诗,多有"心为明时尽,君门尚不容。田园迷径路,归去欲何从"一篇,初不知谁作。大观间三馆曝书,昭文库壁间有敝箧,置书数十册,蠹烂几不可读。发其一,曰《玉堂新集》,载此篇,乃幽求《咏怀》作也。岂非迁杭、郴州刺史时耶?然幽求岂是安田园者,姑愬而云尔。

故事,制科必先用从官二人举上其所为文五十篇,考于学士院,中选而后召试。得召者不过三之一,惟欧阳文忠公为学士时,所荐皆天下名士,无有不在高选者,苏子瞻兄弟、李中书邦直、孙翰林巨源是也。世遂称欧阳善举贤良。程试既不过策论,故所上文亦以策论中半,然多未免犹为场屋文辞,惟孙巨源直指当世弊事,列其条目,援据祖宗源流本末,质以故事,反覆论说,皆可施行,无一辞虚设。韩魏公一见,曰:"恸哭涕泣论天下事,其今之贾谊乎?"时方为於潜县令,会以期丧,不及试。免丧,魏公犹当国,即用为崇文馆编校书籍,遂见进用,不复更外任,盖犹愈于正登科也。

李育,字仲蒙,吴人。冯当世榜第四人登科,能为诗,性高简,故官不甚显,亦少知之者。与外大父晁公善,尤爱其诗。先君尝得其亲书《飞骑桥》一篇于晁公,字画亦清丽,以为珍玩。《吴志》孙权征合肥,为魏将张辽所袭,乘骏马上津桥。桥板撤丈余,超度得免,故以名桥。今在庐州境中。诗本后亡去,略追记之,附于此:"魏人野战如鹰扬,吴人水战如龙骧。气吞魏王惟吴王,建旗敢到新城旁。霸主心当万夫敌,麾下仓皇无羽翼。途穷事变接短兵,生死之间不容息。马奔津桥桥半撤,汹汹有声如地裂。蛟怒横飞秋水空,鹗惊径度秋云缺。奋迅金羁汗沾臆,济主艰难天借力。艰难始是报主时,平日主君须爱惜。"此诗五七岁时先君口授,小儿识之。

钱塘西湖、建康钟山,皆士大夫愿游而不获者。仕宦适之,未有不厌足所欲。两郡余皆辱居之。在钱塘十月,适敌犯京师,信息未通。日望涕泣,引首北向,何暇顾其他,仅以祈晴一至天竺而已。建康亦留半岁,正当冬春之间,出师待敌,寝食且废。钟山虽兵火残破之余,形势故在。六朝遗迹故事,班班犹可数。城中但见屹然在侧尔。而少从先君入峡,瞿塘、滟滪、高唐、白帝城,皆天下绝险异奇,乃一一纵观,至今犹历历在目。晚往来浙东七里濑、金华三洞诸胜处,每至,辄留数日,非兴尽不归。乃知山林丘壑亦各有分,非轩冕者所可常得,天固付之山人野老也。

上所好恶固不可不慎,况于取士?神童本不专在诵书,初亦不以为常科,适有则举之尔,故可因之以得异材。观元献不以素所习题自隐,文公不以一赋适成自幸,童子如此,他日岂有不成大器者乎?大观行三舍法,至政和初,小人规时好者谬言学校作成人材已能如三代,乃以童子能诵书者为小子有造,此殆近俳,而执事者乐闻之。凡有以闻,悉命之官,以成其说。故下俚庸俗之父兄幸于苟得,每苦其子弟以为市。此岂复更有人材哉！宣和末，余在蔡与许，见江外以童子入贡者数辈，率一老书生挟二三人持状立庭下求试，与倡优经过而献艺者略等。初亦怪抱之，使升堂坐定，问之，乃志在得公厨数十千为路费尔，为之怅然。后或因之有得官者，今莫知皆安在？理固然也。

景修与吾同为郎，夜宿尚书新省之祠曹厅，步月庭下，为吾言：往尝以九月望夜道钱塘，与诗僧可久泛西湖，至孤山已夜分。是岁早寒，月色正中，湖面渺然如熔银，傍山松桧参天，露下叶间蔌蔌皆有光。微风动，湖水晃漾，与林叶相射。可久清癯，苦吟坐中，凄然不胜寒，索衣无所有，空米囊覆其背，谓平生得此无几。吾为作诗记之，云："霜风猎猎将寒威，林下山僧见亦稀。怪得吟诗无俗语，十年肝鬲湛寒辉。"此景暑中想象，亦可以洒然也。

读书而不应举，则已矣。读书而应举，应举而望登科，登科而仕，仕而以叙进，苟不违道与义，皆无不可也。而世有一种人，既仕而得禄，反嘐嘐然以不仕为高，若欲弃之者，此岂其情也哉！故其经营有甚于欲仕，或不得间而入，或故为小异以去，因以迟留，往往遂窃名以得美官而不辞，世终不寤也。有言穷书生不识馒头，计无从得。一日，见市肆有列而鬻者，辄大呼仆地。主人惊问，曰："吾畏馒头。"主人曰："安有是理？"乃设馒头百许枚，空室闭之，徐伺于外，寂不闻声，穴壁窥之，则以手搏撮，食者过半矣。亟开门诘其然，曰："吾见此，忽自不畏。"主人知其绐，怒而叱曰："若尚有畏乎？"曰："有。犹畏腊茶两碗尔。"此岂求不仕者耶？

东林去吾山东南五十余里，沈氏世为著姓。元丰间有名思者，字东老，家颇藏书，喜宾客。东林当钱塘往来之冲，故士大夫与游客胜士闻其好事，必过之，东老亦应接不倦。尝有布袍青巾称回山人，风神亦高迈，与之饮，终日不醉。薄暮，取食余石榴皮，书诗一绝壁间曰："西邻已富忧不足，东老虽贫乐有余。白酒酿来缘好客，黄金散尽为收书。"即长揖出门，越石桥而去，追蹑之，已不见，意其为吕洞宾也。当时名士多和其诗传于世。苏子瞻为杭州通判，亦和，用韩退之《毛颖传》事，云："至用榴皮缘底事，中书君岂不中书。"虽以纪实，意亦有在也。

橘极难种,吾居山十年,凡三种而三槁死。其初移栽,皆三四尺,余一岁,便结实,累然可爱。未几,偶岁大寒,多雪,即立槁。虽厚以苫覆草拥,不能救也。盖性极畏寒,而吾居在山之半,又面北,多北风,与平地气候绝不同。山前梅花及桃李等率常先开半月,盖五七里之间如此。今吴中橘亦惟洞庭东、西两山最盛,他处好事者园圃仅有之,不若洞庭人以为业也。凡橘一亩比田一亩利数倍,而培治之功亦数倍于田。橘下之土几于用筛,未尝少以瓦砾杂之。田自种至刈,不过一二耘,而橘终岁耘无时,不使见纤草。地必面南,为属级次第使受日,每岁大寒,则于上风焚粪壤以温之。“吾不如老圃”,信有之矣。

吾居虽略备,然材植不甚坚壮,度不过可支三十年即一易。人生不能无役,闲中种木亦是一适。今山之松已多矣,地既皆辟,当岁益种松一千,桐、杉各三百,竹凡见隙地皆植之。尽五年而止,可更有松五千,桐、杉各千五百。三十年后,使居者视吾室敝,则伐而新之。竹但取其风霜毁折与侵道妨行者,可不外求而足。今岁积益,与此山竹无虑增数千竿,松杉生不满三尺者处处有之。桐子已实,伺其坠,多畜之。冬春之间当与汝曹日策杖山行自课,择仆之健而愿者两人供役,吾不为无事矣。然此居竟何有,吾年六十犹思预植良材为后计。柳子厚诗云:“晚学寿张樊敬侯,种漆南园待成器。”使子厚在,宁免一笑耶?

人之操行,莫先于无伪,能不为伪,虽小善亦有可观。其积累之,必可成其大。苟出于伪,虽有甚善,不特久之终不能欺人,亦必自有怠而自不能掩者。吾涉世久,阅此类多矣。彼方作为大言以掠美,牵率矫厉之行以夸众,孰不能窃取须臾之誉?或因以得利,然外虽未知,未有不先为奴婢,窥其后而窃笑者。虽欲久,可乎?今吾父子相处,固自闺门之内,而宾客之从吾游者,未尝不朝夕左右入吾室而并吾席也,吾固无善可称,然终日之言苟有一毫相戾,何独有愧乡党邻里,尚能压服汝曹之心哉!尝记欧阳文忠与其弟侄书有云:“凡人勉强于外,何所不至,惟考之其私,乃见真伪。”此非其家人无与知者,可书诸绅也。

　　《晋史》言王逸少性爱鹅，世皆然之。人之好尚，固各有所僻，未易以一概论。如崔铉喜看水牛斗之类，此有何好，然而亦必与性相近类者。逸少风度超然，何取于鹅？张正素尝云："善书者贵指实掌虚，腕运而手不知。鹅颈有腕法，悗在是耶？今鹅千百为群，其间必自有特异者。畜牧人皆能辨，即贵售之以为种。盖物各有出其类者，逸少既意有所寓，因又赏其善者也。"正素能书，识古人行笔意，其言似有理。

　　司空，国史有传，其大节略已备矣，而平生出处与章奏论事，见于谋国者遗落甚多。先大父太师兄弟三人皆以司空荫入官，至老不敢忘也。吾少时犹记太师有亲书其遗事一卷三十四条，今莫知本安在。本院子孙既微，大观末吾尝从求家集及手书稿草，犹得五六十卷，意欲为论次及作家传。久之，不能成。丧乱以来，图籍零落。今岁曝书追寻，尚有前日之半，喜不自禁。稍凉，笔研可亲，终当成此志，亦欲使汝曹知吾门内先此立朝者卓卓如是，非如乃翁猥退无能也。

　　韩退之作《毛颖传》，此本南朝俳谐文《驴九锡》、《鸡九锡》之类而小变之耳。俳谐文虽出于戏，实以讥切当世封爵之滥，而退之所致意，亦正在"中书君老不任事，今不中书"等数语，不徒作也。文章最忌祖袭，此体但可一试之耳。下《邠侯传》世已疑非退之作，而后世乃因缘规仿不已。司空图作《容成侯传》，其后又有《松滋侯传》。近岁温陶君黄甘绿吉江瑶柱万石君传纷然不胜其多，至有托之苏子瞻者，妄庸之徒遂争信之。子瞻岂若是陋耶？中间惟《杜仲一传》杂药名为之，其制差异，或以为子瞻在黄州时出奇以戏客，而不以自名。余尝问苏氏诸子，亦以为非是。然此非玩侮游衍有余于文者，不能为也。

　　神仙出没人间，不得为无有；但区区求遇其人而学之者，皆妄人也。神仙本出于人，孰不可为？不先求己之仙而待人以为仙，理岂有是乎！今乡里之善人见不善人且耻与之接矣，安有神仙而轻求于妄人者？古今言尝遇仙必天下第一等人，顾未必皆授之以道。然或前告人以祸福，使有所避就；或付之药饵，使寿考康强。非见之也，彼自以类求耳。唐人多言颜鲁公为神仙，近世传以欧阳文忠公、韩魏公皆为仙，此复何疑哉！

自古夷狄乱华无甚于刘元海，其得志无几而子和卒见弑，至聪遂亡，曾不及二十年。其次安禄山，不二年亦弑于庆绪。阿保机虽仅免于弑，不及反国，以帝靶归元昊，称兵西方十五六年，其末弑于偾令哥。天之于善恶顺逆不可欺如此。桀纣为虐，所杀中国之人犹可数计，而皆以亡天下，纣不免诛死。岂有裔夷长驱涂炭毒流四海，因之以死者何可为量数而得令终耶？今金贼犯顺亦已十年，以天道言之，数之一周也。其将有禄山、元昊之变乎？

孟子言“乌是何言”也，乌盖齐鲁发语不然之辞，至今用之，作鼻音，亦通于汝颍。《汉书》记故人见陈涉言“夥，涉之为王耽耽者！”夥，吴楚发语惊大之辞，亦见于今。应劭作祸音，非是。此唇音与“坏”相近。《公羊》记州公如曹，以齐人语过我为化我。今齐人皆以过为夬音。欧阳文忠记打音本谪耿切，而举世讹为丁雅切。不知今吴越俚人，正以相殴击为谪耿音也。

吴越之俗，以五月二十日为分龙日，不知其何据。前此夏雨时行，雨之所及必广，自分龙后，则有及有不及，若有命而分之者也。故五六月之间，每雷起云簇，忽然而作，类不过移时，谓之过云雨。虽三二里间亦不同。或浓云中见，若尾坠地，蜿蜒屈伸者，亦止雨其一方，谓之龙挂。深山大泽，龙蛇所居，其久而有神，宜有受职者，固无足怪。屋庐林木之间，时有震击而出，往往有隙穴，见其出入之迹。或曰此龙之懒而匿藏者也。佛老书多言龙行雨甚苦，是以有畏而逃。以是推之，龙之类盖不一。一雨分役，亦若今人之有官守长贰佐属，其勤惰材不材，为之长者，各察而治之耶。

崔唐臣，闽人也，与苏子容、吕晋叔同学相好。二公先登第，唐臣遂罢举，久不相闻。嘉祐中，二公在馆下。一日，忽见舣舟汴岸，坐于船窗者，唐臣也。亟就见之，邀与归，不可。问其别后事，曰：“初倒箧中，有钱百千，以其半买此舟。往来江湖间，意所欲往则从之。初不为定止。以其半居货，间取其赢以自给，粗足即已，不求有余，差愈于应举觅官时也。”二公相顾，太息而去。翌日，自局中还，唐臣有留刺，乃携酒具再往谒之，则舟已不知所在矣。归视其刺之末，有细字小诗一绝，云：“集仙仙客问生涯，买得渔舟度岁华。案有黄庭尊有酒，少风波处便为家。"讫不复再见,顷见王仲弓说此。

山林园圃但多种竹,不问其他景物,望之自使人意潇然。竹之类多,尤可喜者筜竹,盖色深而叶密。吾始得此山,即散植竹,略有三四千竿,杂众色有之,意数年后所向,皆竹矣。戊申、己酉间,二浙竹皆结花而死,俗谓之米竹。于是吾所植亦槁尽,今所存,惟介竹数百竿尔。方其初花时,老圃辄能识之,告吾亟尽伐去,存其根,则来岁尚可复生,而余终不忍。至已槁而后伐,则与其根俱朽矣。比虽复补种,而竹种已难得,不能及前五之一,然犹更须三五年,始可望其干云蔽日。今日有告余种竹法者,但取大竹,善掘其鞭,无使残折,从根断取其三节,就竹林烧其断处,使无泄气。种之一年即发细笋,掘出勿存。次年出笋便可及母,此良有理。插柳者烧其上一头,则抽条倍长。䕺牡丹者烧其柄,或蜡封,即不萎。盖一术也。当即试之。然种竹须当五六月。虽烈日,无害。小瘁,久之复苏。世言五月十三日为竹醉可移,不必此日,凡夏皆可种也。杜子美诗云:"西窗竹影薄,腊月更须栽。"余旧用其言,每以腊月移种,无一竿活者,此余亦信书之弊而见事迟耶。

刘惔盛暑见王导,导以腹熨弹棋局,云:"何乃渹。"惔出,人问:"王公何如?"惔曰:"未见他异,唯闻吴语耳。"当谓渹为冷,吴人语也。今二浙乃无此语。

世以登科为折桂,此谓郤诜对策东堂,自云"桂林一枝"也。自唐以来用之。温庭筠诗云:"犹喜故人新折桂,自怜羁客尚飘蓬。"其后以月中有桂,故又谓之月桂。而月中又言有蟾,故又改桂为蟾,以登科为登蟾宫。用郤诜事固已可笑,而展转相讹复尔,然文士亦或沿袭,因之弗悟也。

丁仙现自言及见前朝老乐工,间有优诨及人所不敢言者,不徒为谐谑,往往因以达下情,故仙现亦时时效之,非为优戏,则容貌俨然如士大夫。绍圣初,修天津桥,以右司员外郎贾种民董役。种民时以朝服坐道旁,持杖亲指麾工役,见者多非笑。一日,桥成,尚未通行,仙现适至,素识种民,即诃止之,曰:"吾桥成,未有敢过者,能打一善诨,当使先众人。"仙现应声云:"好桥,好桥。"即上马急趋过。种民以为非诨，使人呕追之，已不及。久，方悟其讥己也。

韩忠献公罢政事，尝语康公兄弟以马伏波论少游事云："吾已无及，汝曹他日能如少游言，为乡里善人守坟墓亦足矣。"康公既葬忠献许昌，仕寖显。一日，归省墓下，用王逸少故事，期六十即挂冠归，以终公志，为文自誓。元丰末，谪守邓州。明年六十，乃具述前语，求致仕。章十上。时裕陵眷康公未衰，苦留之，遣中使喻旨，曰："先臣有知，见卿宣力国事，当亦必以为然。"康公犹请不已，乃就易许昌，曰："可以守坟墓矣。"公不得已，拜命。未几，再入为相。韩宗武云。

杜子美诗："自平宫中吕太一，收珠南海千余日。近供生犀翡翠稀，复恐征戍干戈密。蛮溪豪族小动摇，世封刺史非时朝。蓬莱殿前诸主将，才如伏波不得骄。"《代宗纪》广州市舶使吕太一反，逐其节度张休。或疑"宫中"二字恐误，读《韦伦传》，言"宦者吕太一"是，盖中人为宫市于岭南者尔，故称市舶使。此诗似为哥舒晃作。太一以广德二年反，晃大历八年以循州刺史反，杀岭南节度使吕崇贲，相去盖十年。自此诗而上至《青丝》五篇，疑皆失其题，故但以句首语名之，所以读者多不能遽了。《魏知古传》复有荐洹水令吕太一，在开元间，与大历亦相远。此别一人，姓名适同尔。

浙东溪水峻急，多滩石，鱼随水触石皆死，故有溪无鱼。土人率以陂塘养鱼，乘春鱼初生时，取种于江外，长不过半寸，以木桶置水中，细切草为食，如食蚕，谓之鱼苗。一夫可致数千枚，投于陂塘，不三年，长可盈尺，但水不广，鱼劳而瘠，不能如江湖间美也。《大业杂记》载，吴郡送太湖白鱼种子，置苑内海中水边，十余日即生。其法取鱼产子著菰藻上者，刈之，曝干，亦此之类，但不知既曝干，安得复生？必别有术。今吴中此法不传，而太湖白鱼实冠天下也。

虎丘山，晋王珣故居。珣尝为吴国内史，故与其弟珉皆卜居吴下。旧传宅在城内曰华里，今景德寺即是。虎丘乃其外第尔。珣与珉分东西二宅，本在山前，后舍为寺，乃号东西寺。今寺乃在山巅，下瞰剑池。父老以为会昌末，废其地归于民今为田者，犹能指其故处。大中初，寺复，乃迁于上，则非复珣、珉之旧矣。寺之西亦有小院，谓之西庵，盖但存其名。余大父故庐与景德寺为邻，自虏入寇，景德寺皆焚，而虎丘偶独存。其胜概犹为吴下第一也。

徐复，所谓冲晦处士者，建州人。初举进士，京房易，世久无通其术者，复尝遇隐士得之，而杂以六壬遁甲。自筮终身无禄，遂罢举。范文正公知苏州，尝疑夷狄当有变，使复占之。复为言西方用师，起某年月，盛某年月。天下当骚然，故文正益论边事及元昊叛，无一不验者。仁宗闻而召见，问以兵事，曰："今岁值小过刚失位而不中，惟强君德乃可济事。"命为大理评事，不就，赐号而归。杭州万松岭，其故庐也。时林和靖尚无恙，杭州称二处士。和靖卒，乃得谥。与复同时者又有郭京，亦通术数，好言兵而任侠不伦，故不显。

道家有言三尸，或谓之三彭，以为人身中皆有是三虫，能记人过失。至庚申日，乘人睡去而谗之上帝，故学道者至庚申日辄不睡，谓之守庚申，或服药以杀三虫。小人之妄诞，有至此者。学道以其教言，则将以积累功行以求升举也，不求无过而反恶物之记其过，又且不睡以守，为药物以杀之，岂有意于为过而幸蔽覆藏匿，欺妄上帝可以为神仙者乎？上帝照临四方，纳三尸阴告而谓之谗，其悖谬尤可见。然凡学道者，未有不信其说。柳子厚最号强项，亦作《骂尸虫文》。唐末有道士程紫霄者，一日朝士会终南太极观守庚申。紫霄笑曰："三尸何有？此吾师托是以惧为恶者尔。"据床求枕，作诗以示众，曰："不守庚申亦不疑，此心长与道相依。玉皇已自知行止，任尔三彭说是非。"投笔，鼻息如雷。诗语虽俚，然自昔其徒未有肯为是言者，孰谓子厚而不若此士也？

余在建康，有李氏子自言唐宗室后，持其五代而上告五通，援敕书求官。缣素虽弊，字画犹如新。其最上广川郡公汾州刺史李暹一告尤精好。其初书旧衔赵州刺史，次云右可汾州刺史云云。然后书告词。先言门下，末言主者施行，犹今之麻词也。"开元二十年七月六日"下后，低项列银青光禄大夫守兵部尚书兼中书令集贤殿学士云云，萧嵩宣。中书侍郎阙，知制诰王丘奉行。此中书省官也。再起项列侍中兼吏部尚书、弘文馆学士臣光庭与黄门侍郎、给事中等言，制出如右，请奉制付外施行，谨言。年月日。画制可者，门下省官也。再列尚书左丞相阙，开府仪同三司行尚书右丞相云云，璟侍中云云，盖光庭前衔而不名。次列吏部侍郎林甫、彤，告某官奉被制书如右，符到奉行。年月日下者，尚书省官也。璟与林甫、彤三名皆亲书，大如半掌，极奇伟，盖裴光庭、宋璟、李林甫。彤，当为韦彤。中书省官书姓，而门下尚书省则不书。光庭以兼吏部尚书，故再见于尚书省官而不名。萧嵩、裴光庭学士结衔皆在官下。余见唐敕多，大抵皆吏部告，惟此中书所命如今堂除者，故有辞，但前不言敕而言门下为异尔。兵兴以来，先代遗迹存者无几，可以示后生之乐多闻者也。

晏元献为参知政事，后仁宗亲政，与同列皆罢，知亳州。亳有摘其为章懿太后墓志不言帝所生以自结者，然亦不免俱去。一日，游涡水，见蛙有跃而登木捕蝉者，既得之，口不能容，乃相与坠地，遂作《蜩蛙赋》。略云"匿蕞质以潜进，跳轻躯而猛噬。虽多口以连获，终扼吭而弗制"。欧阳文忠滁州之贬作《憎蝇赋》，晚以濮庙事亦厌言者屡困不已，又作《憎蚊赋》。苏子瞻扬州题诗之谤，作《黠鼠赋》。皆不能无芥蒂于中，而发于言，欲茹之不可，故惟知道者为能忘心。

赵康靖公初名裎，直史馆黄宗旦名知人，一见公，曰："君他日当以笃厚君子称于世。"因使改名约。已而，忽梦有持文书示之若公牒者，大书"赵槩"二字。初弗悟，既又梦有遗之书者，题云"秘书丞通判汝州赵槩"，始疑其或谕己，乃改后名。后六年登科，果以秘书丞通判海州，但"汝"字不同尔。议者谓"汝"字篆文与"海"字相近，公梦中或不能详也。既稍显，又梦与王文安公同入一佛寺，文安题壁云"刑部郎中知制诰赵槩"。后十年，亦以此官入掖垣，遂为学士。礼部王文安公为三司使，同会，偶为书题名记，云"自刑部郎中知制诰召入"，两人相顾大笑。此尤可怪，故康靖平生尤信梦。晚作"见闻记"，其一篇书当时诸公间梦事甚详。

刘原甫廷试本为第一。王文安公，其舅也。为编排试卷官，既拆号，见其姓名，遂自陈请降下名。仁宗初以高下在初覆考官，编排官无与，但以号次第之耳。文安犹力辞不已，遂升贾直孺为魁，以原甫为第二。

陆龟蒙作《怪松图赞》，谓草木之性本无怪，生不得地，有物遏之，而阳气作于内，则愤而为怪。范文正公初数以言事动朝廷，当权者不喜,每目为怪人。文正知之。及后复用为西帅,上疏请城京师以备敌,曰:"吾又将怪矣。"乃书龟蒙赞以遗当权者,曰:"朝廷方太平,不喜生事。某于搢绅中独为妖言,既龃龉不得伸辞,因乖戾得无如龟蒙之松乎?"时虽知其讽己,讫不能尽用其言。

世言迟久有待者曰"宿留",自汉即有此语。二十八星谓之舍,亦谓之宿。宿者,止其所居也。留作去音。古一字而分二义者多以音别之。如自食为食,食人则音伺。自饮为饮,饮人则音荫之类是矣。盖应留而留则为平音,应去而留则为去音。逗留亦同此义。

颜鲁公真迹宣和间存者犹可数十本。其最著者《与郭英乂议论坐位书》,在永兴安师文家,《祭侄李明文病妻乞鹿脯帖》在李观察士衡家,《乞米帖》在天章阁待制王质家,《寒食帖》在钱穆甫家。其余《蔡明远帖》、《卢八仓曹帖》、《送刘太真序》等不知在谁氏,皆有石本。《坐位帖》,安氏初析居分为二,人多见其前段,师文后乃并得之。相继皆入内府,世间无复遗矣。

钱穆甫为如皋令,会岁旱蝗发,而泰兴令独绐郡将云:"县界无蝗。"已而,蝗大起,郡将诘之,令辞穷,乃言县本无蝗,盖自如皋飞来,仍檄如皋,请严捕蝗,无使侵邻境。穆甫得檄,辄书其纸尾,报之曰:"蝗虫本是天灾,即非县令不才,既自敝邑飞去,却请贵县押来。"未几,传至郡下,无不绝倒。

《左氏》记晋平公梦黄熊事,亦见《国语》,二本皆作"熊"字,韦氏《国语》注遂以为熊罴之熊。杜预于《左氏》不言何物。世多疑熊当如《尔雅》鳖三足为能之能,谓传写有衍文。据陆德明《左氏释文》直以为能字,音奴来反,则固已云尔,不知以意删其文耶,或别有据也。余考古文熊、能二字本通用,故贤能之能,字书以为兽名,坚而强力则熊也。是熊字或为能,能字或为熊,初未尝有别。熊罴之熊,能鳖之能,二物共一名,各随其所称,则何必更论衍文,正当读为能尔。宋莒公兄弟留意小学,虽补注《国语》,略能辨之,以正韦氏之误,然意不尽彻,终不免改熊为能也。

吾明年六十岁,今春治西坞隙地,作堂其间,取蘧伯玉之意,名之曰"知非"。赵清献年五十九,闻雷而得道,自号知非子,此真为伯玉者也。今吾无清献之闻，而遽以名其堂，姑志其年耶？抑将求为伯玉耶？夫伯玉亦何可求为？南郭子綦有言今之隐几者，非昔之隐几者也。古之人于一隐几之间犹有所辨，尚何论六十年，岂不知其有与物俱迁而独存者乎？苟知存者之为是，则迁者无物而不非也。自是观之，则吾亦可以少税驾于此堂矣。始吾守蔡州，方三十九，明年作堂于州治之西庑，名之曰"不惑"。吾以为僭，然吾有志学焉者也。今二十年，幸其所愿学者未尝废，亦粗以为不至于颠迷流荡而丧其本心者，虽求为伯玉，可也。

　　汉末五斗米道出于张陵，今世所谓张天师者也。凡受道者出五斗米，故云五斗米道，亦谓之米贼，与张角略相同。张鲁，盖陵之孙，然其法本以诚信不欺诈为本，而鲁为刘焉督义司马，因与别部司马张修共击汉中太守苏固，遂袭杀修而夺其军，恶在其不欺诈耶？王逸少父子素奉此道，逸少人物高胜，必非惑于妖妄者，其用意故不可知。然孙恩入会稽，其子凝之为内史，以入静室求鬼兵不设备，遂为恩屠其家，亦可见矣。近世浙江有事魔吃菜者，云其原出于五斗米而诵《金刚经》，其说皆与今佛者之言异，故或谓之金刚禅，然犹以角字为讳，而不敢道也。

　　扬子云谓严君平本蜀庄姓，避明帝之讳也。其称李仲元，盖与君平为一等人。班固作《王吉传》，序载君平与郑子真事甚详，而不及仲元。颜师古以《三辅决录》君平名遵，子真名朴。余读《蜀志》，秦宓与王商书论严君平、李弘立祠事，曰："李仲元不遭法言，令名必沦。"又以知仲元盖名弘，但惜其行事不著尔。

历代笔记小说大观总目

汉魏六朝

西京杂记（外五种） ［汉］刘歆 等撰　王根林 校点

博物志（外七种） ［晋］张华 等撰　王根林 等校点

拾遗记（外三种） ［前秦］王嘉 等撰　王根林 等校点

搜神记·搜神后记 ［晋］干宝 陶潜 撰　曹光甫 王根林 校点

世说新语 ［南朝宋］刘义庆 撰　［梁］刘孝标注　王根林 标点

唐五代

朝野金载·云溪友议 ［唐］张鷟 范摅 撰　恒鹤 阳羡生 校点

教坊记（外七种） ［唐］崔令钦 等撰　曹中孚 等校点

大唐新语（外五种） ［唐］刘肃 等撰　恒鹤 等校点

玄怪录·续玄怪录 ［唐］牛僧孺 李复言 撰　田松青 校点

次柳氏旧闻（外七种） ［唐］李德裕 等撰　丁如明 等校点

酉阳杂俎 ［唐］段成式 撰　曹中孚 校点

宣室志·裴铏传奇 ［唐］张读 裴铏 撰　萧逸 田松青 校点

唐摭言 ［五代］王定保 撰　阳羡生 校点

开元天宝遗事（外七种） ［五代］王仁裕 等撰　丁如明 等校点

北梦琐言 ［五代］孙光宪 撰　林艾园 校点

宋元

清异录·江淮异人录 ［宋］陶毂 吴淑 撰　孔一 校点

稽神录·暌车志 ［宋］徐铉 郭彖 撰　傅成 李梦生 校点

贾氏谭录·涑水记闻 〔宋〕张洎 司马光 撰 孔一 王根林 校点

南部新书·茅亭客话 〔宋〕钱易 黄休复 撰 尚成 李梦生 校点

杨文公谈苑·后山谈丛 〔宋〕杨亿口述、黄鉴笔录、宋庠整理 陈
  师道 撰 李裕民 李伟国 校点

归田录(外五种) 〔宋〕欧阳修 等撰 韩谷 等校点

春明退朝录(外四种) 〔宋〕宋敏求 等撰 尚成 等校点

青琐高议 〔宋〕刘斧 撰 施林良 校点

渑水燕谈录·西塘集耆旧续闻 〔宋〕王辟之 陈鹄 撰 韩谷 郑世刚
  校点

梦溪笔谈 〔宋〕沈括 撰 施适 校点

麈史·侯鲭录 〔宋〕王得臣 赵令畤 撰 俞宗宪 傅成 校点

湘山野录 续录·玉壶清话 〔宋〕文莹 撰 黄益元 校点

青箱杂记·春渚纪闻 〔宋〕吴处厚 何薳 撰 尚成 钟振振 校点

邵氏闻见录·邵氏闻见后录 〔宋〕邵伯温 邵博 撰 王根林 校点

冷斋夜话·梁溪漫志 〔宋〕惠洪 费衮 撰 李保民 金圆 校点

容斋随笔 〔宋〕洪迈 撰 穆公 校点

萍洲可谈·老学庵笔记 〔宋〕朱彧 陆游 撰 李伟国 高克勤 校点

石林燕语·避暑录话 〔宋〕叶梦得 撰 田松青 徐时仪 校点

东轩笔录·嬾真子录 〔宋〕魏泰 马永卿 撰 田松青 校点

中吴纪闻·曲洧旧闻 〔宋〕龚明之 朱弁 撰 孙菊园 王根林 校点

铁围山丛谈·独醒杂志 〔宋〕蔡絛 曾敏行 撰 李梦生 朱杰人 校点

挥麈录 〔宋〕王明清 撰 田松青 校点

投辖录·玉照新志 〔宋〕王明清 撰 朱菊如 汪新森 校点

鸡肋编·贵耳集 〔宋〕庄绰 张端义 撰 李保民 校点

宾退录·却扫编 〔宋〕赵与时 徐度 撰 傅成 尚成 校点

桯史·默记 〔宋〕岳珂 王铚 撰 黄益元 孔一 校点

燕翼诒谋录·墨庄漫录 〔宋〕王栐 张邦基 撰 孔一 丁如明 校点

枫窗小牍·清波杂志 〔宋〕袁褧 周辉 撰 尚成 秦克 校点

四朝闻见录·随隐漫录 〔宋〕叶少翁 陈世崇 撰 尚成 郭明道 校点

鹤林玉露 〔宋〕罗大经 撰 孙雪霄 校点

困学纪闻 ［宋］王应麟 撰 栾保群 田松青 校点

齐东野语 ［宋］周密 撰 黄益元 校点

癸辛杂识 ［宋］周密 撰 王根林 校点

归潜志·乐郊私语 ［金］刘祁 ［元］姚桐寿 撰 黄益元 李梦生
　　校点

山居新语·至正直记 ［元］杨瑀 孔齐 撰 李梦生 庄葳 郭群一
　　校点

南村辍耕录 ［元］陶宗仪 撰 李梦生 校点

明代

草木子(外三种) ［明］叶子奇 等撰 吴东昆 等校点

双槐岁钞 ［明］黄瑜 撰 王岚 校点

菽园杂记 ［明］陆容 撰 李健莉 校点

庚巳编·今言类编 ［明］陆粲 郑晓 撰 马镛 杨晓波 校点

四友斋丛说 ［明］何良俊 撰 李剑雄 校点

客座赘语 ［明］顾起元 撰 孔一 校点

五杂组 ［明］谢肇淛 撰 傅成 校点

万历野获编 ［明］沈德符 撰 杨万里 校点

涌幢小品 ［明］朱国祯 撰 王根林 校点

清代

筠廊偶笔 二笔·在园杂志 ［清］宋荦 刘廷玑 撰 蒋文仙 吴法源
　　校点

虞初新志 ［清］张潮 辑 王根林 校点

坚瓠集 ［清］褚人获 辑撰 李梦生 校点

柳南随笔 续笔 ［清］王应奎 撰 以柔 校点

子不语 ［清］袁枚 撰 申孟 甘林 校点

阅微草堂笔记 ［清］纪昀 撰 汪贤度 校点

茶余客话 ［清］阮葵生 撰 李保民 校点